विद्यापति : एक दृष्टिकोण

(साक्षात्कार)

प्रभात प्रकाशन

विद्यापति : एक दृष्टिकोण

संकलन एवं सम्पादन

स्वाति चौधरी

प्रलेक प्रकाशन प्राइवेट लिमिटेड

*in association with JVP Publication Pvt Ltd.

ISBN : 978-93-905006-0-4

पहला पेपरबैक संस्करण : मार्च 2021

प्रकाशक :
प्रलेक प्रकाशन प्राइवेट लिमिटेड
PRALEK PRAKASHAN PVT. LTD.

वितरक :
जेवीपी पब्लिकेशन प्राइवेट लिमिटेड
JVP PUBLICATION PVT. LTD.
602, आई-3, ग्लोबल सिटी
विरार (वेस्ट), मुम्बई, महाराष्ट्र-401303
दूरभाष : 9833402902 / 7021263557
Email : pralek.prakashan@gmail.com
Website : www.pralekprakashan.com

विद्यापति : एक दृष्टिकोण : संकलन संपादन - स्वाति चौधरी
Vidyapagti : ek drishtikon : (*Interview*) *Compilation and editing* by Swati Choudhary

आवरण : जेवीपी पब्लिकेशन प्रा.लि.

पुस्तक सज्जा : जेवीपी पब्लिकेशन प्रा.लि.

आमुख

कवि कंठहार विद्यापति आधुनिक भारतीय आर्य भाषाओं के प्रथमोन्मेषकालीन उत्तर भारतीय वाङ्मय के सर्वाधिक ज्वाज्वल्यमान नक्षत्र हैं। विद्यापति एक बहुभाषीय रचनाशीलता के कवि हैं और आदिकाल-भक्तिकाल के काव्य चेतना संधिकाल के कवि के रूप में सुप्रसिद्ध हैं। उन्होंने संस्कृत, अपभ्रंश या अवहट्ट और मैथिली में एक समान अधिकार के साथ रचना की।

विद्यापति न सिर्फ़ मिथिला के पर्याय कवि रूप में स्थापित हैं, बल्कि यह कहना सर्वथा उचित होगा, कि वह अपने समय से लेकर वर्तमान काल तक बहुचर्चित व विवादित सृजनकार रहे हैं, वह एक किंवदंती हैं, जिसके व्याख्या का स्वरुप हर काल के अनुसार बदला जाता रहा है और रहेगा। उनके जन्म-मृत्यु, प्रमाण को लेकर भी विवाद रहे हैं, कारण भारत में इतिहास व जीवनवृत्त लिखने की परंपरा नहीं के बराबर रही है, सो प्राचीन पुरुषों की जीवनी लिखने में जनश्रुतियाँ या स्वयं रचनाकार व उनके समकालीन की रचनाओं का आधार लेना पड़ता है। विद्यापति इस विषय में अधिक सौभाग्यशाली हैं, क्योंकि यह एक राजवंश आश्रित थे और उस राजवंश के इतिहास के साथ विद्यापति के जीवन से संबंधित कई ऐतिहासिक सामग्रियाँ कई पुस्तकों में प्रसंग-क्रम में उपस्थित हैं। विद्यापति मैथिल ब्राह्मण थे। इनका मूल बिसइबार और आस्पद ठाकुर था। मैथिली समाज में पंजी-प्रथा का प्रचलन है, जिसमें पुस्त-दरपुस्त, परिवार के सभी सदस्यों के नाम एक पोथी में लिखे जाते हैं। पंजी की इसी व्यवस्था ने स्पष्ट किया, कि गढ़ बिसपी आज के 'बिस्फी' में कर्मादित्य त्रिपाठी विद्यापति के वंश के आदिपुरुष विष्णु शर्मा ठाकुर के पोते थे। कर्मादित्य के बाद इनके परिवार में जन्म लेने वाले सभी तत्कालीन मिथिला राजवंशों में उच्च पदों पर कार्यरत रहे। विद्यापति के संपूर्ण परिवार पर सरस्वती की असीम कृपा रही। ऐसे में विलक्षण प्रतिभावान विद्यापति की काव्य-कुशलता स्वाभाविक है।

कवि कोकिल पर शोध के दौरान नित् नए विवादों में उलझे उनके काव्य से जुड़े कई प्रश्न सामने आकर खड़े हो जाते थे और सभी के लिए विद्वानों के अपने-अपने तर्क थे। सभी तार्किकता से परिपूर्ण एवं पुष्ट थे। अब समस्या यह बनी रही, कि इन तर्कों को ही आधार रखना था, क्योंकि यह अभिनव जयदेव का

काव्य-साक्ष्य था, लेकिन विश्लेषण का सभी का अपना दृष्टिकोण होता है और इसके भी अपने वही आधार होते हैं, जो अन्य के तर्क को समृद्ध कर रहे होते हैं। ऐसे में मैंने सोचा क्यूँ न आज के विद्वानों एवं स्वनाम धन्य अपने-अपने क्षेत्र के महारथियों के विचार से दो-चार हुआ जाए। इससे न सिर्फ़ मेरा दृष्टिकोण स्पष्ट होगा, बल्कि मेरी व्याख्या को नया आयाम प्राप्त होने में निश्चित ही मदद मिल सकेगी। साक्षातकार को माध्यम बनाकर विद्वजनों से प्रश्नोत्तरी की प्रक्रिया में सबसे पहले विद्यापति के वंशजों एवं ग्रामीणों से संपर्क स्थापित किया और परिणामत: सिर्फ़ यह प्राप्त हुआ कि कविवर साक्षात् ईश्वर हैं और कई के अनुसार ब्रह्म ये परे भी हैं। यहाँ मसला अत्यधिक विसमय व विडंबनाओं को घेरने लगा, फिर साक्षात्कार का रुख उन साधकों की ओर किया, जिन्होंने विद्यापति को काव्य-साधक के रूप में लिया। शोध-कार्य संपन्न होने के उपरान्त तक मेरी जिज्ञासा बनी हुई है। विदित है, मेरी ही तरह वह सभी जिन्हें काव्य से प्रीति रही है, वह निश्चित ही कई प्रश्नों को चित्त में लिए उत्तर की आशा रखते होंगे, कि विद्यापति आज कैसे प्रासंगिक हैं? वह भक्ति कवि हैं या शृंगारिक? वैष्णव-शैव-शाक्त या पंचदेवोपासक?

प्रस्तुत साक्षात्कार संग्रह 'विद्यापति' पर शोध कार्य के दौरान लिया गया है। भाषा और साहित्य के सवाल विषयनिष्ठ व वृहत चिंतन के होते हैं। उनके किसी पक्ष पर सर्वसम्मत निष्कर्ष देना या सुनिश्चित करना, अत्यंत कठिन है। यह एक विचारधारा रोकने व एक संस्कृति के फलक की सीमाबंधन सा है। रचनाकारों के इतिवृत से जुड़े गंभीर प्रश्नों का सीधे, स्पष्ट और प्रत्यक्ष उत्तर भी कई बार विद्वानों, साहित्य विमर्शकों, शोधार्थियों और पाठकों को संतुष्ट नहीं कर पाते हैं, इसका कारण, साहित्य अध्ययन में व्यक्तिगत अभिरुचि की गुंजाइश का सर्वाधिक होना है। प्रस्तुत पुस्तक (साक्षात्कार संग्रह) में विद्यापति की सांस्कृतिक, साहित्यिक, सामाजिक विशेषताएँ लोकजीवन के संदर्भ में आलोचकों, साहित्यकारों एवं रचनाकारों के स्पष्ट मत हैं, जो हिंदी साहित्य व मैथिल साहित्य के साझा कवि कोकिल विद्यापति की अंतर्वर्ती ऐतिहासिक निरंतरता विश्लेषित कर प्रश्नोत्तर शैली में संकलित किया गया है। यह ग्रंथ हिंदी, मैथिली के विद्यार्थी एवं शोधार्थी ही नहीं, हर आयुवर्ग के पाठकों के लिए उपयोगी है।

प्रलेक प्रकाशन की मैं हृदय से आभारी हूँ जिन्होंने इस संग्रह को प्रकाशित करने के लिए चुना।

कृति की पूर्णता में जिन उदात्त चरित्र और सहज व्यवहार वाले स्वनाम धन्य विद्वानों की असीम तथा निष्कलुष सहायता मिली है उनकी मैं कृतज्ञ हूँ। विनम्र आभारी हूँ, पद्मश्री डॉ. उषाकिरण खान जी की, जिन्होंने पुस्तक प्रणयन में उचित दिशा-निर्देश देकर उत्साहवर्द्धन किया है।

तकनीकी सहयोग हेतु उदय राज 'उदय' का धन्यवाद!

इस पुस्तक से यदि पाठकों की तनिक भी पीपासा शांत हुई तो मैं अपना परिश्रम सफल मानूंगी।

अंत में बस इतना ही कहना चाहूँगी, कि विद्यापति की उपमाएँ अनूठी और अछूती है। उनकी उत्प्रेक्षाएँ कल्पना के उत्कृष्ट विकास के उदाहरण हैं। सभी किन्तु-परंतु से भिन्न व अपने मूड के मीटर के स्वतंत्र उवाचक, काव्य-साधक हैं। जार्ज ग्रियर्सन के शब्दों में—The glowing stanzas of Vidyapati are read by the devout Hindu with a little of the baser part of human sensuousness as the song of Solomon by the Christian priests.

स्वाति चौधरी

प्रभात प्रकाशन

क्रम

डॉ. गंगेश गुंजन

पिता—स्व. श्री दामोदर झा

माता—श्रीमती सिंहेश्वरी देवी

जन्म—15 जुलाई 1942, बरारी, भागलपुर बिहार

शिक्षा—पीएच.डी, हिन्दी

आजीविका—आकाशवाणी, प्रसार भारती, भारत सरकार

प्रकाशन-कथा संग्रह-मैथिली; अन्हार इजोत, उचितवक्ता, सिन्दूरक दाम, लोक सुनू : दुरूखक दुपहरिया, हिन्दी; शब्द तैयार हैं। कहानी संग्रह—हिन्दी; भोर, मिथिलांचलकी लोक कथाएँ। उपन्यास-मैथिली; पहिले लोक, हिन्दी; उनका आना। नाटक—मैथिली; आइ भोर व अन्य।

सम्मान—प्रबोध साहित्य-सम्मान, चेतना-सम्मान, बिहार सम्मान, विद्यापति पुरस्कार, आकाशवाणी हिंदी-सम्मान, तमिलनाडु हिंदी अकादमी सम्मान, साहित्य-साधना सम्मान, मिथिला रत्न सम्मान, मिथिला विभूति सम्मान, साहित्य अकादमी पुरस्कार, विद्या वारिधि सम्मान।

मैथिल राज्य की माँग को लेकर देसिल बयना का सूत्र आधारभूत स्तम्भ

प्रश्न—आप विद्यापति से कितने प्रभावित हैं?

उत्तर—विद्यापति से मैं बहुत प्रभावित हूँ। किन्तु जितने प्रभावित आचार्य सुमन जी या यात्री जी या मेरे दो पीढ़ी पूर्वज भी, जितने रचनाकार लोग रहे उनसे थोड़ा कम और जहाँ तक गुरूदेव रवीन्द्रनाथ ठाकुर से भी कम, क्योंकि उनसे कम यह दोनों जिनका जिक्र मैंने अभी किया यह लोग भी उनसे कम प्रभावित रहे।

प्रश्न—आपके लेखन/शोध में कैसे-कैसे और कहाँ-कहाँ विद्यापति का वास है?

उत्तर—विद्यापति हमारे आदि कवि की परम्परा हैं। मैथिली के उस रूप में आजतक की जो कविता आई है मैथिली की उसमें प्रच्छन्न रूप से विविध अनुपात मात्रा में वह सबकी कविता में है, होना चाहिए ही क्योंकि हम लोग उनकी कविता सुनकर जबकि नाम नहीं जानते थे, उनकी भनिता को सुनने के बावजूद इसका बोध नहीं था, कि इसके रचनाकार विद्यापति हैं, लेकिन गाँव-घर में अवसरों पर जो माँ-बहनों से उनकी भनिता सुनते आ रहे थे। पहले तो सांकेतिक प्रभाव था; उनके काव्य का उनके कथन का उसके बाद पढ़ाई-लिखाई के दौरान हिन्दी में आदि कवि के रूप में मैंने उनको पढ़ा। ये मैं आपको 1961-1963 की बात बता रहा हूँ पटना विश्वविद्यालय की उस समय विद्यापति को अध्ययन के तौर पर लेना पड़ा फिर कई बार ऐसा हुआ, कि रेडियो सेवा में वार्ता के तौर पर विद्वानों से चर्चा करनी पड़ी। कई रूपक लिखे उनपर मैंने एक तो खासतौर पर 'तिल-तिल नूतन होई संगीत' रूपक जिसे ब्रह्मदेव नारायण सिंह जी ने बहुत मन से और बहुत मेहनत से तैयार किया था। मैथिली में खुद उनके पदों पर आधारित एक रूपक किया था 'माधव कत परबोधब राधा' वह बहुत लोकप्रिय हुआ था। फिर उसके बाद ज़ाहिर है, कि ऐसे व्यक्तित्व का जिक्र और सिलसिला आता ही रहता है प्रबुद्ध जीवन में और जैसी हमारी जीविका थी, फिर जो हमारा लिखना-पढ़ना है या संगोष्ठियों में इत्यादि में कुल मिलाकर विद्यापति से सबका सामना पड़ता है। मेरा भी रहा अभी

तक आज की तारीख तक। मुझे एक अवसर मिला था पुस्तक लिखने का तो मैंने 2007 में लिखा तैयार किया और वो है विद्यापति संगीत लोक व्यवहार गीत मैथिली में मुख्यत: विद्यापति के संदर्भ में ही है। यह एक केन्द्रित रूप से विद्यापति पर मेरा काम है, इसमें विद्यापति के पद तो हैं ही साथ ही विद्यापति संगीत जो मिथिला का कंठाहार बना हुआ है, उसकी लुप्तप्राय ध्वनियाँ मेरे भी ज़ेहन में है। किशोर और युवा हो रहा था कुछ बचे-खुचे लोगों से मैंने पंडित रामचन्द्र मलिक उपदेशानंद आदि के मुख से सुना है और जो हमारे यहाँ दशहरा आदि अवसरों पर जो आयोजन हुआ करता था, उनके मुख से सुना है तिरहुत और विद्यापति गान। अत: प्रच्छन्न रूप से विद्यापति का प्रभाव हमारे काव्य संवेदना पर पड़ा है। मैं ऐसा मानता हूँ कि गद्य में भी संगीत है हमारी वाक्य बनाने की जो अनुभव योजना है, उसका जड़ कदाचित विद्यापति के पद्य से ही जुड़ता है।

प्रश्न—विद्यापति के बाद के लेखकों में कितना प्रभाव आपको देखने को मिलता है?

उत्तर—हमारे समकालीन में तो उतना प्रखर नहीं हमसे ठीक पूर्ववर्ती में प्रभाव रहा है, होगा, विद्यापति का प्रभाव भाषा या मूर्त रूप में आपको नहीं देखने को मिलेगा। किसी भी बड़े कवि का प्रभाव किसी परवर्ती कविता पर या साहित्य पर उतना प्रत्यक्ष नहीं होता है। वो एक विश्लेषण खास तरह के अध्ययन की ज़रूरत है। मैं ऐसा मानता हूँ, कि चूँकि कविता की एक धारा एक स्वरूप में शुरू हुई मैथिली में और वो अभी तक आयी है और जिसका रूप व्यक्ति का है, मनुष्य का नहीं..। मनुष्य की आयु सीमित होती है, वह कविता अगर आज भी जीवित है तो किसी रंग में हमारे काम आ रही है। हमारा कुछ हित कर रही है तो वो उस उम्र में संवेदना की यात्रा में अद्यतन जो योगदान है, वो कवि करता है वह स्वत: उससे जुड़ा हुआ होता है। यह मेरा अपना समाजशास्त्र है। इतने सौ वर्षों तक जीवित है, वो उसकी उम्र में ही हम उससे ही हमारी नई कविता का इतिहास जुड़ता है। उसी शृंखला में चाहे अनचाहे कोई ज़्यादा कोई कम अपना स्वभाव अपने संस्कार और अपने प्रभाव इत्यादि के विचार के कारण कम ज़्यादा प्रभावित होता है, पुराने कवियों से पूर्ववर्ती कवियों से। पूर्व में जितने ही कवि हुए राजकमल जी से पूर्व के, जिन्हें आप हिन्दी में नागार्जुन के नाम से जानते हैं, वो और सारे आचार्य उनका नाम यहाँ से लेने से काफी समय लगेगा सबके सब उनसे प्रभावित रहे। प्रभावित होने का मतलब साधारणत: यह लिया जाता है, कि हमारे भीतर उनका रस और परंपरा तो उनसे है। लेकिन हर नई जीवित पीढ़ी अपने तरीके से उसका व्यवहार करती है, इस्तेमाल करती है। काव्य की युक्तियों में भी ऐसा हुआ है। अब पद्य तो लोग नहीं लिखते हैं, अब मुक्त कविता का ज़माना है, ग़ज़लें लिखी जा रही हैं कुछ ऐसी

जो मूर्त विशेषताएँ हैं विद्यापति काव्य की, उनमें कुछ बदलाव तो ज़रूर आया है। वह युग नहीं रहा परंतु उसमें भी जो सूक्षतम् तत्व है, रस का, श्रृंगार का इत्यादि जितने हैं या मानव मूल्य की जितनी बातें हैं, वहाँ, स्त्री-विषयक, प्रेम-विषयक, तो उन सबों की जो धारा निरंतर जीवन तक आती रहती हैं, वर्तमान तक। तो ऐसा है, तो सभी कवियों पर उसका प्रभाव आपको इस रुप में देखने को मिल सकता है।

प्रश्न—आज के समय में 'देसिल बयना सब जन मिट्ठा' को किस परिप्रेक्ष्य एवं वस्तुस्थिति में देखने को मिलता है?

उत्तर— देसिल बयना सब जन मीठा का जो आपने कहा, उसकी प्रासंगिकता वैसे तो निजी रुप में जिसकी मातृभाषा है, उनके लिए रह जायेगी परंतु वह उस समय, जिस प्रभाव से व जिस अभिप्राय से और जितना उपयोगी रहा होगा, विद्यापति काल में उतना अब निश्चित ही नहीं रह गया है। इसका मतलब यह नहीं, कि उसका अस्तित्व खत्म हो गया है, जब तक मातृभाषा की चेतना भाषा-भाषी में रहेगी तब तक वो बदला नहीं जा सकता, वो स्वरुप उसका बदलता है, थोड़ी भौगोलिक परिस्थितियाँ, ऐतिहासिक परिस्थितियाँ, सामाजिक, कितनी सारी जो समय और काल का परिवर्तन है, उसके अनुपात में उसका महत्व रह जाता है, खत्म तो नहीं होता, कुछ परूच्छ होता चला जाता है। देखिए आज लगभग सारी भाषाओं की सीमा टूट चुकी है, टूटना उतना अच्छा नहीं होगा कहना, फैल चुकी है। गंगा-यमुना-सरस्वती कितनी भाषा का कितनी जगह विस्तार हुआ है, यह अध्ययन का विषय है, हो सकता है भाषा-शास्त्रियों के लिए, भाषा-प्रेमियों के लिए, साहित्यिकों के लिए। आज मोटा-मोटी सभी भाषाओं का प्रत्यक्ष या अनुवाद हो या प्रकोप के माध्यम से, कई बार आप लगाने लगते दक्षिण या पश्चिम चैनल, फिल्में इत्यादि तमाम चीजें हैं, जिन्होंने प्रभावित किया, तो देसिल बयना सब जन मिट्ठा पूर्णत: तो रहेगा, परंतु इसके व्यवहार की जो परिधि है, व्यवहार की जो गुंजाइश है, वो अब उतनी प्रमुख नहीं रह गई है, क्योंकि अब मातृभाषा को लेकर यह गाया और पढ़ा तो जा सकता है, लेकिन जिस मातृभाषा में उपयोगिता की जितनी सीमा है, जीवनोपयोगी जितना है, अर्थात् वो आपके जीवन में किस हद तक सुविधाजनक है, किस हद तक नहीं, वहाँ पर है। जैसा मैंने निवेदन किया, वो बुनियादी रूप से अनश्वर है। उस भावना, उस धारणा का नाश नहीं हो सकता है। देसिल बयना में कई और नई चीजें जो जुड़ी हैं, जैसे मैथिली में खास तौर पर राज्य मिथिला की मान्यता या अन्य रूपों की और तत्व जुड़े हैं, नई परिस्थितियों में अष्ट्म सूची में आने के बाद जो बातें आई हैं, नई चेतना आई है। उसमें इसकी थोड़ी उपयोगिता बढ़ी है, इसको लेकर, क्योंकि ऐसी माँग के लिए तो यही कुछ आधारभूत चीजें हैं, परंतु यह बहुत कह सकते हैं, कि परीक्षा व पाठ्यक्रम की तरह है। अधिकार और व्यवहारत: यह जो

है, मुख्य धारा से मिलने में मुझे नहीं लगता है...यह मेरा आकलन है, किसी प्रकार की टिप्पणी नहीं है और नकारात्मक तो बिल्कुल नहीं है।

प्रश्न—राजनीतिक सामाजिक जीवन में आज विद्यापति कितने प्रासंगिक हैं?

उत्तर— राजनीतिक और सामाजिक जीवन में विद्यापति सामाजिक जीवन में तो हैं, अभी प्रत्यक्ष रूप में नहीं हैं। उस घनत्व के साथ उस स्वरूप में नहीं है, उसकी वजह है, परिवर्तन का लंबा जो सदियों का दौर चला है और इसमें आदमीपन जो है, उसमें भी बहुत बदलाव आया है। इतिहास के उस काल में जो जीवनमूल्य थे, सृष्टि तो व्यापक है, परंतु सृष्टि के जो अवदान हैं, उनमें बहुत सारा जोड़-घटाव होता रहता है, कई पुरानी चीजें दह-बह गई, कई बन गई, उठ गई, स्थापित हो गई, तो इस बड़ी यात्रा में बदला है। उस वक़्त राजनीतिक महत्व था, प्रत्यक्ष मतलब था, कि हम-आप सब जानते हैं, कि विद्यापति स्वयं उन्होंने...उन्हें तलवार ही उठानी पड़ी क्षेत्र, भाषा इत्यादि के पक्ष में। एक कवि जिसे योद्धा रूप में भी आना पड़ा। कई सच्चाई है, जो थीं, लेकिन विद्यापति के पद अब वैसी मदद नहीं कर सकते। मदद जैसे—अष्टम् सूची में मान्यता तक में उसकी बड़ी भूमिका है, उसके आधार पर हमारे पूर्वज जो लड़ाई की एक पूरी नींव रखते हैं, मैथिली की। वहाँ से कैसी भूमिका होती है विशिष्ट मूल्यों की वह पूर्वजों ने किया है। वहाँ उसकी मान्यता है, अब समाज में उसके पद तो नष्ट नहीं हुए हैं, पद का स्वरूप बदला है। जैसा मैंने कहा, कि संवेदना के रंग होते हैं, अनुभव होता है, रस होता है जीवन का तो जीवन के रसों में बहुत सारा नया रस जुड़ता है, बहुत सारा घटता है, बढ़ता है, काल के अनुसार। इसलिए उसके बाह्म स्वरुप पर अर्थात् साहित्य का बाह्म स्वरुप तो लुप्त होता गया, लेकिन नए स्वरुप में जो उनके कंटेन्ट का सौरभ है, माधुर्य है, सुन्दरता है, वास्तविकता है, जीवन में, वह अभी भी समाज में है, तेवर थोड़ा बदल गया है हमारे बर्ताव का, व्यवहार का। उनकी थोड़ी भंगिता बदल गई है, लेकिन है। हम आज भी प्रेम करते हैं, आज भी घृणा करते हैं, आज भी अन्याय होता है। हाँ विद्यापति की कविताओं में स्त्री पर जो खास तौर पर विभिन्नताओं पर, गरीब-अमीर पर, स्त्री को लेकर समाज में जो बाल-विवाह इत्यादि कुरीतियाँ मौजूद थीं, वो सब आज स्वयं ही जा रही हैं। धीरे-धीरे उनके लिए उनके पद आज भी प्रासंगिक हैं। राजनीति के लिए मुझे ऐसी कोई प्रासंगिकता नहीं दिखती।

प्रश्न—श्रृंगार-भक्ति के समन्वय पर विद्यापति के लिए आपका अपना दृष्टिकोण क्या है?

उत्तर— विद्यापति का श्रृंगारिक होना या भक्त कवि होना या शाक्त होना। वह सारा अपने समय की व्याख्या है। हमारी पूर्व पीढ़ी तक भी वही व्याख्या है, संभव

है उसका खंडन नहीं करता हूँ और उसकी कोई आवश्यकता भी नहीं है, लेकिन मेरा मन कहता है, मेरा अपना आत्मचिंतन और विश्लेषण कहता है, जिस समय यह बातें जितनी कही गई हैं, जिस कोण से और जिस आवश्यकता में कही गयीं थीं, उनमें बहुत परिवर्तन आ चुका है, बहुत कुछ अप्रासंगिक हो चुका है। आज से कई साल पहले मैंने एक कहानी लिखी थी 'बंधेज' मैथिली में। यह सन् 1962-63 ई. की कहानी है, उसमें एक मजदूर की स्त्री है, वो अपने पति से विद्रोह करती है, उसका पति निकम्मा है, निट्ठल्ला है, फिर भी उसका पति नौकरी करने से मना करता है और स्त्री उसका विरोध करती है, कि मुझे नौकरी करनी है लेकिन उसका पति कहता है, कि काम करने नहीं जाओगी धाय का। इस पर स्त्री कहती है, मेरा बच्चा बीमार है, मैंने कई दिनों से खाना नहीं खाया है, तो मैं नौकरी पर जाऊँगी। उस पर मजदूर तर्क करता है, कि मेरी बीवी मेरी बात काटेगी। इस पर वह कहती है, कैसी तुम्हारी बीवी, जो एक समय का खाना नहीं दे सकता वह कैसा पति हुआ? वह कोई शिक्षित महिला नहीं है, अशिक्षित महिला है, श्रमिक है, फिर भी उसने विरोध किया और उसका पति कांपता खड़ा रह गया उसका विद्रोह न कर पाया। वो स्त्री अपने बीमार छोटे बच्चे के लिए लड़ती है, एक बच्ची उसकी पहले ही मर चुकी है। यह उदाहरण मैंने इसलिए दिया, कि आज गाँव में वही स्त्री वो नहीं है वह बहुत बदल चुकी है और विद्यापति के काल की स्थिति तो ज़ाहिर है अब बहुत बदल चुकी हैं, इस अर्थ में मैंने कहा कि सामाजिक कई बातें नई आती हैं, छुटती हैं, कम होती हैं या बदलती हैं और नए स्वरुप में आती हैं जीवन में। उसी प्रकार से उनकी भक्ति पदों के विषय में यह कह सकते हैं, कि थे तो वह रसिक कवि, लेकिन रस का एक ऐसा स्तर आता है, जब भक्ति-श्रृंगार में फर्क कठिन होता है, जो उस मनोभूमि में एक क्षण के लिए भी गुजरा है, उसको इस बात का इल्म है, कि इसमें कोई फर्क नहीं। मैं अगर कहूं, उस समय धार्मिक माहौल था युग था, तो उसमें विद्यापति मुझे शिव के ज़्यादा क़रीब लगते हैं, इसके लिए दो प्रमुख तर्क हैं, मेरे लिए, एक तो यह कि शिव उनसे इतने प्रभावित थे, कि उन्होंने उनकी चाकरी की। शिव ने एक कवि की सेवा की, यह एक अद्भुत विषय है, यह दुनिया के इतिहास में किंवदंती भी है, और कुछ प्रमाण भी हैं, यह एक अद्भुत बात है, कि कवि/भक्त की चाकरी स्वयं ईश्वर करें। दूसरा गंगा से विद्यापति की भक्ति के प्रसंग में कहते हैं, कि जब विद्यापति अशक्त हो गये और गंगा स्नान लाभ की उनकी कामना थी, तो उन्होंने गंगा का आह्वान किया और वह स्वयं धार बदलकर विद्यापति तक आयीं। यह तथ्य किंवदंती होने के बावजूद जो उनका व्यक्तित्व, कृतित्व मन था, उसका अंदाज़ा लगता है। विद्यापति के लिए सब एक है। बुनियादी बात जो हम सभी मानते और बताते हैं, कि धर्म सभी एक है, तो यह विभाजन भक्ति-शृंगार, वैष्णव-शैव-शक्ति, बुद्धिजीवी वर्ग का अपना-अपना नज़रिया

है। तत्कालीन धार्मिक नेता समाज के ऐसे विवादों को करते रहते हैं। इस अर्थ में यह विभाजन होता होगा। घर में भी हमारे पांच में से कोई एक ज़्यादा क़रीब होता है, तो इस संवेदना से, शिव विद्यापति के अधिक समीप थे।

प्रश्न—आज भी विद्यापति साहित्य के मूल्याँकन और पुनर्मूल्यांकन के संदर्भ में आपके क्या विचार हैं? क्यों?

उत्तर— मूल्यांकन और पुनर्मूल्यांकन तो हर बड़े रचनाकार का होते आया है और होता ही रहेगा। नई दृष्टियाँ आयेगी। इनके काल को कसौटी पर कसा जायेगा। विद्यापति का व्यक्तित्व सिर्फ़ कवि वाला व्यक्तित्व तो है नहीं, उनके पांडित्य का है उनके भाषाओं के सूक्ष्म ज्ञान का है, उनकी नीतिपरक विषयों का है। कई आयाम हैं, उनके व्यक्तित्व के। वह हमारी परंपरा में है, इसलिए प्रासंगिकता के साथ पुनर्मूल्यांकन का विषय रहेंगे।

प्रश्न—मिथिलांचल के लोकाचार में विद्यापति की प्रासंगिकता क्या है?

उत्तर— विद्यापति कवि होने के नाते तो प्रबुद्धों के मन में, रसिकों के मन में, भक्तों के मन में हैं, लेकिन जन-साधारण में, दैनिक-जीवन में, व्यवहारों में, जो विद्यापति आये वह अपने पद के कथनों के कारण भास के कारण आए। पदों के सांगीतिक बनावट के कारण आए और कथन के कारण आए। आज भी शादी हो रही है, आज भी गौना हो रहा है, आज भी उत्सव हो रहे हैं। विद्यापति हमारे आचरण में स्थापित हो गये हैं, लेकिन उनका स्वरूप बदल रहा है। साथ ही विस्थापित भी किये जा रहे हैं, कारण है; भाषा के स्तर, पर कथन के स्तर पर, नई-नई बातें आ रही हैं। विद्यापति संगीत का प्रचलन भी लुप्त हो रहा है। विद्यापति संगीत को लेकर गुरूदेव रवीन्द्रनाथ जिस प्रकार से प्रभावित हुए थे, उसी प्रकार वह उनके संगीत शैली से भी प्रभावित रह होंगे। ऐसा मेरा मानना है, कि रवीन्द्र संगीत की शैली विद्यापति संगीत से सर्वथा प्रेरित रही है। मिथिला में यह शैली लुप्त हो रही है। समाज और जीवन में विस्थापित होते जा रहे है, लेकिन पाठ्यक्रम में पढ़ाये जाते हैं और रहेंगे। पढ़े-लिखों में विद्यापति का भविष्य दूरगामी है, जिसमें नए कवियों की रचना जुड़ती जाती हैं।

प्रश्न—मैथिल को भाषा की मान्यता मिलने के साथ ही हिन्दी से पृथक करने का प्रश्न खड़ा कर दिया गया है। ऐसे में भविष्य में हिन्दी और मैथिली का कितना नुक़सान है (ह्रास) और क्या लाभ देखकर यह बहस छेड़ी गई?

उत्तर— जिनता मैं समझता हूँ, मैं इन बातों को राजनीतिक चेतना या दृष्टिकोण से नहीं देखता। हमारी भाषा व साहित्य की नींव विद्यापति हैं। मैथिली की लिपि और

विद्यापति के साहित्य ने ही वह आधारभूत ढाँचा प्रदान किया, जिससे हम यहाँ तक पहुंच सके। इसका हम उपयोग क्या कर पाये यह तो काल के प्रारब्ध पर है। जो इसका नेतृत्व कर रहे हैं, आगे ले जा रहे हैं। कवि व लेखक का पक्ष उनके हाथ में नहीं है, वह कैसे और उर्वर-उपयोगी बन सकते हैं, देखने वाली बात है। यह तभी तक उपयोगी है, जब तक नयी पीढ़ी के जीवन-कर्म में सहायक व सुविधाजनक है। अर्थात् रोजगार संबंधी, हुनर संबंधी या अन्य चीजें। सिर्फ़ शैक्षणिक मान्यता से नहीं, शिक्षा के बाद उससे क्या प्राप्त होगा? लोग विकास के लिए अपनी भूमि छोड़कर जा रहे हैं। अगर मां भी भोजन देने लायक नहीं है, तो रोजगार की तलाश पलायनवादी बना देती है। भाषा तो एक अन्य सूक्ष्म अवसर है, इसलिए भविष्य में इसी रूप में प्रासंगिक रहेगी। अष्ट्म सूची में भाषा की मान्यता तो मिल गयी है और यह अधिकार बड़ा अधिकार है, लेकिन इसकी उपयोगिता हो इसका भविष्य तय करेगी। यह एक बड़ी जिम्मेदारी है। कहा गया है—

घरे भीता, रणे सुरा

तो हमें भावुकता छोड़, धरातल पर अथक प्रयास की आवश्यकता है। अपने कम्फर्ट ज़ोन से बहार निकल कर इसकी उपयोगिता सिद्ध करनी है। हिन्दी के साथ साहित्य में तो स्पर्धा कर सकते हैं, लेकिन अन्य तथ्यों पर बचकानी बातें लगती हैं। हिन्दी विश्व की दूसरी सबसे अधिक बोली जाने वाली भाषा है। सामयिक महत्व के लिए मैथिली को विकास की आवश्यकता है। भाषा की कट्टरता का पाखंड दोनों ओर से चलता आ रहा है। मैंने भोगा है इन द्वंद्वों को। मेरी तो नौकरी ही ख़तरे में पड़ गई थी, इस विवाद के कारण। अब दोनों भाषाओं में कठमुल्ले कम हो गये हैं। भाषा एक-दूसरे को भरती ही है। पुष्ट करती है।

प्रश्न—इस साहित्य धरोहर को आगे बढ़ाने व लोक-संस्कृति के विकास हेतु कौन-कौन से प्रयास साहित्यकार समाज और सरकार द्वारा किये जा रहे हैं? साथ ही किस प्रकार के प्रयास कारगर सिद्ध हो सकते हैं?

उत्तर—हमारी पीढ़ी से पाँच गुना अधिक गुणवत्ता से परिपूर्ण आज का लेखक वर्ग है। क्या खूबसूरत, क्या सुंदर लिख रहे हैं। अपने समय को कह रहे हैं। यह समय हमारे समय में होता, तो हमने अपनी तरह से कहा होता। आज की पीढ़ी नौजवान बहुत आशान्वित करते हैं और इनमें पुराने रंग की भाषा का स्वाभिमान नहीं है। यह भाषा-विकास के लिए नए स्वाभिमान से जुड़े हैं। आज के युवा लेखक भाषा-प्रेम को लेकर विश्व साहित्य को चुनौती दे रहे हैं। वही भविष्य में धरोहर है। भाषा का साहित्य के तौर पर यही धरोहर हैं, विविधताओं में लिखा जा रहा है। जीवन के साधन बहुत आए हैं और चुनौतियाँ भी बहुत आयी हैं, लोकतांत्रिक प्रश्न भी खड़े हुए हैं, सामाजिक प्रवृत्ति-विधि का भी ढाँचा बदला है। परिवर्तन हुआ है। मैं जितना

समझता हूँ, साहित्य और भाषा माध्यम से उपलब्ध की हुई विशिष्टताएँ या रिकॉर्ड अनुपात में बढ़ गये हैं। उच्चाधिकारी क्या करते हैं? भाषा के लिए देखने योग्य होगा अधिकारी बनने के उपरान्त स्वयंरूपी अंग्रेज हो जाते हैं, ऐसे नहीं चलेगा। जिस क्षेत्र से आप आए हैं उनकी भाषा, साहित्य, संस्कृति के लिए आपने क्या किया? क्या योगदान दिया?...यह महत्वपूर्ण हैं। लोग धरोहर होंगे, इसमें जुड़ेंगे और शोध-अनुसंधान को दुनियाँ तो व्यापक हो रही हैं। अपनी-अपनी समझ के अनुसार सभी आत्मीयता से सक्रिय हैं। आने वाले समय में समृद्ध होंगे।

पद्मश्री डॉ. उषाकिरण खान

जन्म—24 अक्टूबर 1945 लहेरियासराय, दरभंगा, बिहार

पिता—स्व. जगदीश चौधरी

माता—स्व. शकुंतला देवी

शिक्षा—पीएच.डी., इतिहास

व्यवसाय—अध्यापन

प्रकाशन—उषाजी की पहली कहानी इलाहाबाद से निकलनेवाली यशस्वी पत्रिका 'कहानी' में प्रकाशित हुई। उषाकिरण जी पहली ग्रामीण कथा उपन्यास लेखिका हैं, उसके बाद कई लेखिकायें उभर कर आईं। अब इन्होंने अपनी मातृ-भाषा मैथिली में 'भामती' एवं हिन्दी में 'सिरजनहार' एवं अगिन हिंडोला लिखकर ऐतिहासिक उपन्यासों की ओर दृष्टिपात किया है व अन्य कहानी संग्रह प्रकाशित।

उपलब्धि—उषाकिरण जी विश्व हिन्दी सम्मेलन में प्रतिनिधि के रूप में सूरीनाम तथा न्यूयॉर्क जा चुकी हैं एवं भोजपुरी सम्मेलन में मौरिशस गईं।

सम्मान—बिहार राष्ट्र भाषा का हिंदीसेवी सम्मान, बिहार राजभाषा विभाग का महादेवी वर्मा सम्मान, दिनकर राष्ट्रीय पुरस्कार, साहित्य अकादमी पुरस्कार, कुसुमांजलि पुरस्कार, विद्यानिवास मिश्र पुरस्कार एवं पद्मश्री सम्मान, भारत भारती सम्मान, प्रबोध साहित्य सम्मान। उषाकिरण जी सामाजिक क्रियाकलापों में बेहद सक्रिय हैं। आयाम की अध्यक्षा है।

विद्यापति अपने समय के अत्याधुनिक विचारों वाले व्यक्तित्व थे

प्रश्न—आप विद्यापति से कितने प्रभावित हैं?

उत्तर—कविवर विद्यापति से मैं बहुत प्रभावित हूँ। मुझे गर्व है, कि मैं मैथिल हूँ, जिसमें कवि ने जन्म लिया। मैं उनकी परम्परा की वाहक हूँ।

प्रश्न—आपके लेखन/शोध में कैसे-कैसे और कहाँ-कहाँ विद्यापति का वास है?

उत्तर—मेरे शोध का विषय है—सांस्कृतिक मिथिला : एक अध्ययन। विद्यापति के बिना मिथिला के समाज और संस्कार की चर्चा की नहीं जा सकती। उनके साहित्य में वह संस्कृत में हो, अवहट्ट में या मैथिली में, समाज का विवरण है, संस्कृति की वृहत चर्चा है। नचारी और महेशवाणी की निर्धन गौरी का समाज, शिवजी के साथ उनका संवाद-विवाद, प्रेम, और चुहल सब मैथिल समाज का आस ही तो है। उनके शिव मिथिलावासी हैं गौरा मैथिल स्त्री। उनके सेवक उगना हैं, जो शिवरूप हैं। विद्यापति एक सहृदय मैथिल कवि हैं। सो शोध प्रबंध में खासा स्थान लिया है। लेखन में क्या कहूँ, मैंने कविवर की आत्मकथा सिरजनहार उपन्यास रूप में लिख डाली। अपने मन के विद्यापति को पूरी तरह उतार दिया।

प्रश्न—विद्यापति के बाद के लेखकों में कितना प्रभाव आपको देखने को मिलता है?

उत्तर—विद्यापति के परवर्ती लेखकों, कवियों पर उनका प्रभाव था। उनकी पुत्रवधू चन्द्रकला, पौत्रवधू लखिमा ठकुराइन इत्यादि पर सीधे प्रभाव पड़ता दिखता है। परंतु सबसे अधिक लोक व्याप्ति विद्यापति के प्रभाव से लिप्त हैं। जैसे उनकी रचनाएँ कुछ हैं परन्तु स्त्री-पुरुष असंख्य गीत, नचारी, व्यवहार और संस्कार-गीत रचते रहे हैं। शैली भी उनकी भनिता भी उनकी 'भनहिं विद्यापति...' आधुनिक कवियों में चन्द्रभानु सिंह, विनयानंद झा सदृश कवि उदाहरण हैं। सबसे महान उदाहरण हैं, कविवर रवीन्द्रनाथ ठाकुर (टैगोर)। उन्होंने भानुसिंहेर पदावली नाम की अनेक

रचनाएँ रच डाली। कविगुरू टैगोर ने प्रारम्भ ही उनकी शैली से किया। गीतांजलि के भाव जो आध्यात्म से पूरित हैं, विद्यापति के भावलोक से ही लिया गया है। क़ायदे से हिन्दी या मैथिली वालों ने काम ही नहीं किया, वरना रवीन्द्रनाथ पर विद्यापति के प्रभाव पर बांग्ला साहित्य में खासा लिखा गया है।

प्रश्न—आज के समय में 'देसिल बयना सब जन मिट्ठा' को किस परिप्रेक्ष्य एवं वस्तुस्थिति में देखने को मिलता है?

उत्तर—विद्यापति अपने समय के अत्याधुनिक विचारों वाले व्यक्ति थे। कवि ह्दय होने के कारण लोकतांत्रिक स्वभाव था उनका, यह सब एक प्रकार से दरबारी कवि की विशेषता का निषेध करता है। कुछ तो होगा, कि उन्होंने सामान्य जन के लिए जो काव्य लिखे उसमें नाम शिव और पार्वती का लिया, सीधे किसी रूपा या रूपचन्न का नहीं लिया। देसिल बयना में लिखे गये गीत जन-जन में पहुंचा। आज भी यह हो रहा है। क्लिष्ट हिन्दी या लोकभाषा जो ठीक से समझ ही नहीं आती ज़ुबान पर चढ़ती ही नहीं। आज भी देसिल बयना ही आवश्यक है। दूसरा मेरी समझ से मातृभाषा में बातचीत करने को लेकर आज यह वाक्य मुहावरे की तरह प्रयोग में आता है। विशेष रूप से मैथिली भाषा जो सुमधुर है, उसे याद रखें उसका प्रयोग करें।

प्रश्न—राजनीतिक सामाजिक जीवन में आज विद्यापति कितने प्रासंगिक हैं?

उत्तर—विद्यापति भाषा तथा भाव के दुरूपयोग के लिए मात्र प्रासंगिक हैं। उनके नाम पर थोड़े समारोह कर तत्कालिक कुर्सीधारी नेताओं को बुलाकर सम्मानित करना एवज् में कुछ अर्थलाभ लेना भर रह गया। सामाजिक चेतना में उनका कोई उपयोग नहीं। विद्यापति मात्र डेकोरेशन की 'वस्तु' बनकर रह गये हैं।

प्रश्न—श्रृंगार भक्ति के समन्वय पर विद्यापति के लिए आपका अपना दृष्टिकोण क्या है?

उत्तर—यह प्रश्न बड़ा व्यापक है। विद्यापति जितने बड़े भक्त कवि थे उतने ही बड़े श्रृंगारिक कवि थे। राधाकृष्ण के भाव को विद्यापति ने रतिभाव में बदल लिया था। उनके पहले कवि जयदेव ने वैसा ही कहा है। परंतु जयदेव की नायिका राधा, विद्यापति की राधा जितनी प्रगल्य नहीं है। सहज सुंदर शब्द-विन्यास तथा शिल्प-विधान इनके काव्य को अध्यात्म की ऊंचाई तक पहुंचाती है। यह प्रश्न उठना स्वभाविक है, कि भक्तिभाव इतनी अश्लीलता की हद तक श्रृंगारिक कैसे हो सका? संस्कृति कवि कालिदास तथा जयदेव थे तो वह जन सामान्य न तो पढ़ सकते थे, न गा सकते थे, परंतु कविवर ने बोधगम्य मैथिली भाषा में वह सब लिखा, जो समाज

में प्रचलित नहीं था। उसका कारण और उत्तर मेरे अपने आकलन के अनुसार यह है। बहुत दिनों से बौध आस्था तन्मयान का बोलबाला समाज में हो गया था। इस व्यवस्था का निषेध आठवीं सदी से होने लगा था। कालांतर में जनसाधारण का ध्यान कवियों ने आकर्षक देवता 'कृष्ण और राधा' की ओर खींचा। यह खींचना साहित्य के सहज भाव से हुआ सो इस प्रवृत्ति का नामकरण हुआ 'सहज भाव' जयदेव सहजयानी कहे गये, तो अभिनव जयदेव (विद्यापति) भी सहजयानी गर्हित, कुंठित यौनिक क्रिया में योग ढूंढ़ने वाले समाज को इनके सहज भाव के गीत अपनी ओर आकर्षित करने लगे। राधा-कृष्ण का आलंबन इन्हें सांसारिक सुख भी देगा और आध्यात्मिक उपलब्धि भी। यह नया पथ समाज को तंत्र की ओर से खींच लाने में सफल हुआ। राजनीतिक हैसियत उस समय मिथिला की छोटी थी, परन्तु राजा सशक्त थे। कीर्ति सिंह हो या शिव सिंह, दोनों वीर तथा आत्माभिमानी थे। यह सच है, कि छोटे भूगोल के राजा की क्या बिसात? विद्यापति एक उत्कृष्ट सांधिविग्रहिक थे। उनकी सूझबूझ से कठिन मामले सुलझ जाते थे। विद्यापति का उपयोग कभी भी कायदे से उनके इस रूप पर हुआ ही नहीं। यदि हो तो अच्छे परिणाम निकल सकते हैं।

प्रश्न—आज भी विद्यापति साहित्य के मूल्यांकन और पुनर्मूल्यांकन के संदर्भ में आपके क्या विचार हैं? क्यों?

उत्तर— विद्यापति के गीतों का सर्वाधिक मूल्यांकन हुआ है। बाकी साहित्य का कम। जो भी हुआ है वह समय आगे निकल गया। कई पीढ़ियाँ बदल गईं। अपने समय के अनुसार पूनर्मूल्यांकन होना चाहिए। आज के विद्वान, जिज्ञासु नई सोच रखते हैं उन्हें पूरी छूट है, कि वे विद्यापति के व्यक्तित्व और कृतित्वों का, उनके समय का, उनके राजनीतिक क्रियाकलापों का, उनके राज्याश्रयी व्यवहार का मूल्यांकन करें। आज के भाषाई विद्वान उनको किस रूप में देखते हैं? यह जानना दिलचस्प होगा।

प्रश्न—मिथिलांचल के लोकाचार में विद्यापति की प्रासंगिकता क्या है?

उत्तर— उनके संस्कार और व्यवहार गीत गाना, बस!

प्रश्न—मैथिल को भाषा की मान्यता मिलने के साथ ही हिन्दी से पृथक करने का प्रश्न खड़ा कर दिया गया है। ऐसे में भविष्य में हिन्दी और मैथिली का कितना नुक़सान है (ह्रास) और क्या लाभ देखकर यह बहस छेड़ी गई?

उत्तर— पहली बात तो विद्यापति के साहित्य को हिन्दी से हटा देने से मैथिली को कोई नुक़सान होने वाला नहीं है। हिन्दी की आधार भाषा मैथिली है। विद्यापति

को हिन्दी के छात्र न पढ़कर, पालित्य, छंद-बंद से वंचित होंगे, यह उनके प्रति अन्याय होगा। बहस का कोई आधार नहीं है। यह बहस खुन्नस में छेड़ी गई है। अकारण मैथिली के पुरोधा और हिन्दी के पंडित बाबू रगड़कर आग पैदा कर रहे हैं। वह होगा नहीं।

प्रश्न—इस साहित्य धरोहर को आगे बढ़ाने व लोक संस्कृति के विकास हेतु कौन-कौन से प्रयास साहित्यकार समाज और सरकार द्वारा किये जा रहे हैं? साथ ही किस प्रकार के प्रयास कारगर सिद्ध हो सकते हैं?

उत्तर— विद्यापति के साहित्य के धरोहर को साहित्यकार ने बचाया है। बेनीपुरी जी, आचार्य शिवपूजन सहाय तथा शैलेन्द्र मोहन झा आदि ने व्यापक शोध किये। ठीक से संग्रहित किया। फिर भी बचे होंगे कुछ। सबसे अधिक कवि वाचिक परंपरा में लोककंठ में विराजित है। साहित्यकार और लोक अपना काम कर रहे हैं। समाज ने विद्यापति पर्व के बहाने उन्हें जीवित रखा है, प्रचारित एवं प्रसारित किया है। साथ ही राजनीतिक नेतागण पर्व पर उपस्थित रहकर आर्थिक अनुदान देकर सहायता की है। विद्यापति की जन्मस्थली 'बिस्फी' कार्यस्थली 'देकुली' इत्यादि स्थान को संरक्षित कर पर्यटन स्थल बनाना चाहिए। एक लोक भाषा केन्द्र हो, विद्यापति गायन शैली तथा बिदायत नाच शैली का राजकीय संरक्षण हो, तब यह अधिक व्यापक होगा। धरोहर को बचाने का सबसे उचित तरीका यही है।

डॉ. विजय बहादुर सिंह

जन्म—16 फरवरी 1940, फैजाबाद, उत्तरप्रदेश

शिक्षा—पीएच.डी, हिन्दी।

कार्य—अध्यापन एवं भाषा परिषद के निदेशक, मासिक पत्रिका वागर्थ के सम्पादक व अनेक विश्वविद्यालयों में अतिथि आचार्य।

प्रकाशन—आलोचना—छायावाद कवि, नागार्जुन का रचना-संसार कविता और संवेदना, उपन्यास समय और संवेदना, मुक्तिसंघर्ष और साहित्यकार की भूमिका, कविता की स्वदेशी तेजस्विता और भवानी प्रसाद मिश्र, लोकप्रिय कविता की कसौटियाँ, नागार्जुन-संवाद, आलोचना का स्वदेश, दुष्यन्त कुमार (मोनोग्राफ)। अनभिजात का सौन्दर्य, अंधेरे में मशालः इत्यादि। समाज एवं शिक्षा संबंधी—आजादी के बाद के लोग, आओ खोजें एक गुरु, स्कूल दूसरा घर, आओ विचारें आज मिलकर। सम्पादन—लोकप्रिय कवि भवानी प्रसाद मिश्र, ये कोहरे मेरे हैं, प्रतिनिधि कविताएँ भवानी प्रसाद मिश्र, भवानी प्रसाद मिश्र के साक्षात्कार, भवानी प्रसाद मिश्र के पत्र, जनकवि—केदारनाथ अग्रवाल, नागार्जुन, शमशेर, त्रिलोचन, भवानी प्रसाद मिश्र, इत्यादि। कविताएँ—मौसम की चिट्ठी, पृथ्वी का प्रेमगीत, पतझर की बांसुरी, शब्द जिन्हें भूल गई भाषा, भीम बैठका, तथा अन्य कविताएँ व संग्रह। प्रकाशनाधीन—जातीय अस्मिता के कवि जयशंकर प्रसाद, भवानी प्रसाद मिश्र जीवन और काव्य।

विद्यापति का यौवन के उद्दाम राग की अति अस्वभाविक थी

प्रश्न—आप विद्यापति से कितने प्रभावित हैं?

उत्तर—विद्यापति आज भले किन्हीं कारणों से मैथिली भाषा तक सीमित कर दिए जाएँ किन्तु बंगला और हिन्दी, भाषा और साहित्य के लोग आज भी उन्हें अपनत्व देते हैं। अस्सी के पहले स्नातकोत्तर कक्षाओं में वे हमारे पाठ्यक्रम में थे। आचार्य विश्वनाथ प्रसाद मिश्र ने तो शब्दराशि के आधार पर यह भी प्रदर्शित कर दिया है, कि मैथिली अवधी के बेहद क़रीब है। अवधी यों भी पद्मावत के जायसी और मानस के तुलसीदास के माध्यम से अपने आप पहचानी जाती है। इसलिए विद्यापति स्थानीय स्तर पर भाषा की राजनीति के हवाले हो चुके हों पर सांस्कृतिक संपदा की दृष्टि से वे सबके हैं और रहेंगे।

प्रश्न—आपके लेखन/शोध में कैसे-कैसे और कहाँ-कहाँ विद्यापति का वास है?

उत्तर—हिन्दी भाषा और साहित्य के विद्यार्थी और सेवक के नाते विद्या पति से हमारा रिश्ता एक सांस्कृतिक आधार लिए हुए है।

प्रश्न—विद्यापति के बाद के लेखकों में कितना प्रभाव आपको देखने को मिलता है?

उत्तर—हिंदी में विद्यापति का सीधा असर सूर और तुलसी में साफ़-साफ़ देखा जा सकता है। सूर के राधाकृष्ण और तुलसी के शिव में इसकी पहचान की जा सकती है। विद्यापति यों भी प्रेमाभिव्यक्ति के लिए कृष्ण और राधा के पास जाते हैं और भक्ति की अभिव्यक्ति के लिए शिव के पास। तुलसी में राम के साथ साथ शिव की भी महिमा गाई गई है। इस तरह से वे दोनों परम्पराओं को एक साथ लिए चलते हैं जिसके लिए सूर और तुलसी अलग अलग रास्तों से आते हैं।

प्रश्न—आज के समय में 'देसिल बयना सब जन मिट्ठा' को किस परिप्रेक्ष्य

एवं वस्तुस्थिति में देखने को मिलता है?

उत्तर— लोक द्वारा बोली जाने वाली भाषा ही सबसे मीठी और भरोसेमन्द होती है।याद करो तो कबीर, जायसी, मीरा, तुलसी इन्होंने भी यही पथ अपनाया। जब भी कोई जुबान अभिजात हो उठती है, उसमें ज़रूरत से ज़्यादा परिष्कृति आ जाती है, वह अपनी ऊष्मा और आत्मीयता खो बैठती है। उपमा में कहें तो बेडरुम की अंतरंगता छोड़ ड्राइंगरूम की औपचारिक बतकही हो जाती है। तब उसका स्वरस बदल जाता है। विद्यापति खुद संस्कृत और अपभ्रंश के ज्ञाता और रचनाकार थे। पर मैथिली में लिख कर वे लोकरस से सराबोर हो पाए। उनके बरसों बाद के केशवदास अपनी अस्वाभाविक काव्यभाषा के चलते काव्य के प्रेत कहे गए। एक और उदाहरण ग़ालिब का है, जो खुद को फारसी का अद्वितीय ज्ञाता और शायर मानते थे, पर रेख़्ता में लिखकर ही वे हमारे परमप्रिय शायर बने। इसलिए यह बात केवल सैद्धांतिक तौर पर सही नहीं, व्यावहारिक रूप से भी खूबसूरत है। 1930 के आसपास कवि भवानीप्रसाद मिश्र ने लिखा—'जिस तरह हम बोलते हैं, उस तरह तू लिख और इसके बाद भी हमसे बड़ा तू दिख।'

प्रश्न—राजनीतिक सामाजिक जीवन में आज विद्यापति कितने प्रासंगिक हैं?

उत्तर— किसी कवि या लेखक की प्रासंगिकता की माप इससे होगी कि उसने अपनी कृतियों में जो अनुभव समेटा है, उनकी प्रासंगिकता क्या है? मसलन भारतीय समाज में प्रेम की, राधाकृष्ण की, शिव की, सौंदर्य और कभी न बूढ़ी होने वाली जिजीविषा और प्यास की। जब तक ये प्रासंगिक हैं, विद्यापति की कविता भी प्रासंगिक रहेगी।

प्रश्न—श्रृंगार भक्ति के समन्वय पर विद्यापति के लिए आपका अपना दृष्टिकोण क्या है?

उत्तर— श्रृंगार और भक्ति, राग और विराग, प्रेय और श्रेय ये दोनों ही जीवन के सहज और स्वाभाविक चरण और गतियाँ हैं। विद्यापति और हमारे जमाने में निराला इसके विशिष्ट प्रमाण और उदाहरण हैं।विद्यापति का आत्मविश्लेषण या कहें आत्मालोचन करते हुए एक पद है—

माधव हम परिनाम निरासा
तुअ जगतारन दीन दयामय अतव तोहर बिस्वासा।

इसमें कवि ने अपने यौवन के उद्दाम राग की अतियों का भी उल्लेख किया है। वह स्वाभाविक तो था पर उसकी अतियाँ अस्वाभाविक थीं। इसलिए अपराध बोध के साथ विनयपूर्वक कृपाकांक्षा भी है।

प्रश्न—आज भी विद्यापति साहित्य के मूल्यांकन और पुनर्मूल्यांकन के संदर्भ में आपके क्या विचार हैं? क्यों?

उत्तर— पुनर्मूल्यांकन की ज़रूरत वस्तुतः तभी पड़ती है, जब हम किसी नई सामाजिक सोच और दृष्टि से कवि या लेखक को देखने चलें। उदाहरण के लिए समाज में हमें प्रेम का कौन सा रूप मूल्यवान लगता है या भक्ति की प्रासंगिकता क्या है या पदावली के महत्व पर। इसी तरह के अन्य प्रश्न।

प्रश्न—मिथिलांचल के लोकाचार में विद्यापति की प्रासंगिकता क्या है?

उत्तर— विद्यापति सांस्कृतिक संपदा की दृष्टि से प्रासंगिक हैं जब तक समाज में प्रेम है अनुराग है, श्रृंगार है, भक्ति है विद्यापति नित् नये फ्लेवर में जीवंत हैं। मिथिला का लोकाचार इससे भिन्न नहीं।

प्रश्न—मैथिल को भाषा की मान्यता मिलने के साथ ही हिन्दी से पृथक करने का प्रश्न खड़ा कर दिया गया है। ऐसे में भविष्य में हिन्दी और मैथिली का कितना नुक़सान है (ह्रास) और क्या लाभ देखकर यह बहस छेड़ी गई?

उत्तर— इससे हिंदी पर क्या असर पड़ना। वह तो किसी एक प्रदेश की अपनी भाषा नहीं। उसे तो आठ नौ प्रदेश और मुंबई, कोलकाता, दिल्ली जैसे महानगर बोलते हैं। पूरे देश के तीर्थ स्थानों पर वह कॉमन भाषा है। प्रश्न तो यह कि मैथिली पर क्या असर पड़ा? इसे तो भाषा की राजनीति करने वाले ही बता सकेंगे।

प्रश्न—इस साहित्य धरोहर को आगे बढ़ाने व लोक संस्कृति के विकास हेतु कौन-कौन से प्रयास साहित्यकार समाज और सरकार द्वारा किये जा रहे हैं? साथ ही किस प्रकार के प्रयास कारगर सिद्ध हो सकते हैं?

उत्तर— इस वक़्त की सरकार हिंदुओं को कट्टर हिन्दू बन कर अन्य धर्मावलंबियों के प्रति घृणा करना सिखा रही। इसलिए समाज भीतर से टूट बिखर रहा। मुझे भय है, कि यह अपनी पहचान न खो दे।

डा. रमानन्द झा 'रमण'

जन्म—02 जनवरी, 1949 ई. लालगंज, मधुबनी, बिहार

पिता—स्व. परमानन्द झा

षिक्षा-पीएच.डी, मैथिली

सेवा—पूर्व रिजर्व बैंककर्मी

प्रकाशन-विचार एवं चरित्र, निबन्ध, बटुक, सचित्र बालमासिक, आलोचना—नवीन मैथिली कविता, मैथिली नऽव कविता, मैथिली साहित्य और राजनीति, अखियासल, बेसाहल, भजारल, हिआओल, लक्ष्मीपति सिंह, चितिर-बितिर, बेराएल, अनुसन्धान-प्रतिमान। सम्पादन-मैथिलीक आरम्भिक कथा, श्यामानन्द रचनावली, मैथिली अकादमी, घर-बाहर, मैथिली त्रैमासिक व अन्य। अनुवाद—मौलियरक दू नाटक, छओ बिगहा आठ कट्ठा व अन्य।

पुरस्कार—जॉर्ज अब्राहम ग्रिअर्सन पुरस्कार, भाष-भारती सम्मान, किरण पुरस्कार, साहित्यिकी सम्मान।

विद्यापति का 'देसिल बयना' आसन्न संकट से सुरक्षा के लिए हमें सावधान करता है

प्रश्न—आप विद्यापति से कितने प्रभावित हैं?

उत्तर—मैं विद्यापति से वैचारिक स्तर पर प्रभावित हूँ। यह वैचारिकता सांस्कृतिक और राजनीतिक हैं। विद्यापति समाज में व्याप्त बुराइयों को देख उनपर प्रहार करते हैं। उन बुराइयों से समाज को मुक्त करने के लिए उन्होंने अपनी सुललित शब्दावली में अपने विचार व्यक्त किये हैं, जैसे—'निर्धन बापुर पूछय ने कोय', 'भोला गरीबक दिन', 'हम नहि आजु रहब एहि आंगन जौं बूढ। होएत जमाय' आदि। इसी प्रकार 'परबस जनु होउ प्रान पियारा' प्रत्यक्षत: स्वकीया की चेतावनी लगती है, किन्तु है यह विद्यापति के समय की प्रतिध्वनि जिसमें आक्रान्ताओं से अपने को मुक्त रखने की सलाह है। विद्यापति के लोकभाषा-प्रेम से सांस्कृतिक और राजनीतिक स्तर पर सक्रिय आन्तरिक उपनिवेशवादी शक्तियों से लड़ने में मुझे बल मिलता है।

प्रश्न—आपके लेखन/शोध में कैसे-कैसे और कहाँ-कहाँ विद्यापति का प्रभाव है?

उत्तर—विद्यापति का साहित्य प्रत्यक्षत: मेरे लेखन अथवा शोध का विषय नहीं है, किन्तु जब भी मिथिला की भाषा और साहित्य और उसमें अभिव्यक्त मिथिला की संस्कृति और सांस्कृतिक परम्पराओं का सन्दर्भ आता है विद्यापति आकर्षण और प्रामाणिक स्रोत स्वत: हो जाते हैं।

प्रश्न—विद्यापति के बाद के लेखकों में कितना प्रभाव आप को देखने को मिलता है?

उत्तर—विद्यापति के परवर्ती कवियों में उनका प्रभाव बहुस्तरीय है। यह प्रभाव विषय-वस्तु आ शिल्प दोनों स्तर पर है। यह प्रभाव नेपाल के मल्ल राजाओं से असम के शंकर देव, बंगाल के चैतन्य महाप्रभु और चण्डीदास, उड़ीसा के रामानन्द राय तक है। रवीन्द्रनाथ ठाकुर का भानुसिंहेर पदावली तो विद्यापति की भाषा में ही है।

प्रश्न—आज के समय में 'देसिल बयना सब जन मिट्ठा' को किस परिप्रेक्ष्य एवं वस्तुस्थिति में देखने को मिलता है?

उत्तर— असामान्य विद्वता और प्रतिभा के धनी, बहुभाषाविज्ञ कवि विद्यापति सैकड़ों वर्षों से लोकमानस में संस्कृत के महान विद्वान और ग्रन्थकार के रूप में नहीं, अपितु 'देसिल बयना' की महत्ता को पहचानने और उसमें रचना करने के कारण है। संस्कृत विद्वानों की भाषा थी, समाज के सामान्य लोगों से संस्कृत की दूरी बढ़ गई थी, विद्यापति ने लोकभाषा में लोगों की समस्या और उनके भावों को स्वर दिया। विद्यापति का यह सोच वर्तमान लोकतान्त्रिक शासन-व्यवस्था के सन्निकट है। कवि कोकिल विद्यापति राजा के आश्रित रहते हुए भी वैचारिक और भावात्मक स्तरपर लोकतान्त्रिक थे। इसी लोकतान्त्रिक धारणा के आधार पर लिखित गीतों से वे आज भी जन-जन के कंठहार है, जनप्रिय हैं, जनकंठ में विराजमान हैं। मैक्रोसॉफ्ट के सीईओ बिल गेट्स ने सगर्व भविष्यवाणी की है, कि उनके (Information Highway) पर उनकी मर्जी के खिलाफ कोई भी भाषा और संस्कृति टिक नहीं पायेगी। अर्थात सांस्कृतिक और भाषाजन्य वैविध्य समाप्त हो जाएगा, अर्थात सांस्कृतिक एकार्णव। विश्व समुदाय बायो डाइवर्सिटी की रक्षा के लिये चिन्तित है, किन्तु यह सांस्कृतिक एकार्णव उससे और अधिक विनाशकारी है। मानव सभ्यता के लिए ख़तरा है। बिल गेट्स की यह चुनौती केवल मैथिली और मिथिला की संस्कृति के लिये नहीं है, अपितु विश्व की उन समस्त भाषा और संस्कृति के लिये है जिसे वे नहीं चाहेंगे। ऐसी स्थिति में विद्यापति का उदघोष 'देसिल बयना सब जन मिट्ठा' आसन्न संकट से सुरक्षा के लिये हमें सावधान करता है। भाषा-साहित्य में प्रवाहित-संरक्षित अपनी सुदीर्घ सांस्कृतिक सम्पदाओं के प्रति अनुराग उत्पन्न कर प्रतिकूल शक्तियों से लड़ने के लिये विद्यापति का उद्घोष—देसिल बचना सब जन मिट्ठा' एक अमोघ सुरक्षा कवच है।

प्रश्न—राजनीतिक-सामाजिक जीवन में आज विद्यापति कितने प्रासंगिक हैं?

उत्तर— विद्यापति ने लिखा है, कि 'वालचंद विज्जाबइ भासा। दुहु नहि लग्गइ दुज्जन हासा' अर्थात् उनकी भाषा पर दुर्जनों का प्रभाव नहीं पड़ सकता है। वैसी ही स्थिति आज के राजनीतिक-सामाजिक जीवन में विद्यापति के साहित्य और उसमें व्यक्त विचारों का है। विद्यापति को जैसे इतिहास, भूगोल, प्रशासन-प्रबन्धन आदि का परिज्ञान और अनुभव था, वैसी ही समाज की गरीबी और सामाजिक कुरीतियों की भी उन्हें पूरी पहचान थी। समाज में गरीबों की पूछ नहीं थी, उनका जीवन कैसे कटता है, यह देखने वाला कोई नहीं था। गरीबी के कारण सामाजिक जीवन में उन्हें प्रतिष्ठा नहीं थी। उन्होंने लिखा है, 'निधऱ्न बापुर पूछय ने कोय' और 'भोला गरीबक दिन।' आज भी जब गरीबी उन्मूलन के लिये विभिन्न प्रकार की योजनाएँ

है फिर भी समाज में गरीबी है, गरीब उपेक्षित हैं, उनका शोषण होता है। गरीबों के प्रति विद्यापति की सहानुभति आज भी प्रांसगिक हैं। समाज में बहुविवाह, बेमेल विवाह प्रचलित था। एक समाज सुधारक के रूप में कवि कोकिल विद्यापति ने समाज में फैल रही बुराइयों की ओर लोगों का ध्यान खींचा। समाज में अनमेल विवाह की प्रथा थी। विद्यापति इसके विरुद्ध थे। वे लिखते हैं—'हम नहि आजु रहब एहि आँगन जौं बूढ। होएत जमाय।' लड़की की माँ एक बूढ़े को दुलहा बनाने का विरोध करती है। यहाँ विद्यापति एक समाजक सुधारक के रूप में हमारे समाने हैं। पुरुष वर्ग नशा कर उसमें मत्त रहा करते थे। इससे समाज में महिलाओं की स्थिति दयनीय थी। वे अनेक प्रकार की यातनाएँ भोगती थीं। इस स्थति पर प्रहार करते हुए विद्यापति ने लिखा है 'भंगिया एको दरद नहि जान'। ये शराबी पुरुषलोग महिलाओं की दर्द को नहीं जानते हैं। कवि कोकिल विद्यापति सामाजिक समरसता के प्रतीक हैं। उनके समय में अनेक धार्मिक सम्प्रदाय थी। कोई वैष्णव था, कोई शाक्त और कोइ शैव था। उनमें काफी विवाद और वैमनस्य भी था, किन्तु कवि कोकिल विद्यापति समन्वयवादी थी। वे अपने दैनिक जीवन में शक्ति, शिव और विष्णु—तीनों को समान आस्था और विश्वास के साथ पूजते थे। किसी मत और धार्मिक विश्वास से उन्हें परहेज नहीं था। आज वैश्विक स्तर पर असहिष्णुता की चर्चा है, धार्मिक कट्टरवाद की जड़ें मजबूत हो रही है, धार्मिक कट्टरवाद से आए आतंकवाद से हम सभी आतंकित है, विद्यापति सदृश समन्वयवादी व्यक्ति अथवा उनका साहित्य कभी भी राजनीतिक-सामाजिक दृष्टि से सन्दर्भहीन नहीं होता है।

प्रश्न—शृंगार-भक्ति के समन्वय पर विद्यापति के लिए आपका अपना दृष्टिकोण क्या है?

उत्तर—विद्यापति मानवीय संवेदना के कवि हैं। वे हर वर्ग, हर आयु और हर लिंग के महाकवि हैं। उनके गीत में शृंगार है तो भक्ति भी है। वे 'तितल बसन तन लागू और 'तिल-तिल नूतन होय' की बात करते हैं तो 'कखन हरब दुख मोर हे भोलानाथ' भी गाते हैं। सामान्य जन राधा-कृष्ण को सामान्य नर-नारी के रूप में देखते हैं, तो चैतन्य महाप्रभु, शंकरदेव आदि वैष्ण-भक्त उनके गीतों में भगवान श्रीकृष्ण और रासेश्वरी राधा की लीला, विलास अनुभव करते हैं। विद्यापति ने लिखा है—कज्जल रूप तुअ काली कहिओ उज्वल रूप तुअ वाणी...।'

प्रश्न—आज भी विद्यापति साहित्य के मूल्यांकन और पुनर्मूल्यांकन के सन्दर्भ में आपके क्या विचार हैं? क्यो?

उत्तर—साहित्यशास्त्र की मान्यताओं के आधार पर विद्यापति की पदावली का मूल्यांकन होता रहा है। कुछ मूल्यांकनकर्त्ता यह प्रचार करते रहे हैं, कि

विद्यापति शृंगारिक कवि थे, विद्यापति दरबारी कवि थे, विद्यापति ने सामन्तों के प्रिय विषय को अपने गीतों में वाणी दी है, विद्यापति उनके ही प्रियकवि थे। किन्तु ऐसे मूल्यांकनकर्ता यह नहीं देखपाते हैं, कि विद्यापति एक समाज सुधारक थे, समाज में व्याप्त कुरीतियों पर उनका प्रहार प्रभावशाली है। विद्यापति का साहित्य इतिहास का स्रोत भी है। कवि कोकिल विद्यापति संस्कृत भाषा-साहित्य के महान विद्वान थे। संस्कृत में उनके अनेक ग्रन्थ हैं। उनमें 'पुरुष-परीक्षा' अत्यन्त महत्त्वपूर्ण है। ब्रिटिश काल में इंगलैंड से आये आइ.सी.एस. अधिकारियों के लिऐ फोर्ट विलियम में 'पुरुष-परीक्षा' एक पाठ्यग्रन्थ था। 'पुरुष-परीक्षा' में अनेक ऐतिहासिक सन्दर्भ हैं जो उन्हें एक इतिहासकार प्रमाणित करता है। तुर्क-अफगान के आक्रमण से देश का सामाजिक-राजनीतिक जीवन कितना प्रभावित हो गया था, इसका विवरण हमें अवहट्ट में लिखित 'कीर्तिलता' और 'कीर्तिपताका' से मिलता है, जैसे—'छोटओ तुरका भभकी मार'। तुर्क का एक छोटा बच्चा भी आतंक के लिये पर्याप्त था। विद्यापति को भारत के भूगोल का पूरा परिचय था, यह संस्कृत में लिखित 'भूपरिक्रमा' से मिलता है। यह यात्रा वर्णन है। विद्यापति कर्मकाण्ड और पूजा-आराधना पद्धति के ज्ञाता-निर्माता थे। 'दुर्गाभक्तितरंगणी' के आधार पर आज भी मिथिला और बंगाल में दुर्गा की पूजा होती है। 'व्याडिभक्तितरंगिणी से हमारे सामाजिक जीवन में सर्पपूजा के महत्त्व पर प्रकाश पड़ता है। गया में पितरों के श्राद्ध की पद्धति के लिये उन्होंने 'गयापत्तलक' लिखा था। सरकारी काम-काज में मसौदा और दस्तावेज़ों का काफी महत्त्व है। सोच-समझकर प्रारूप तैयार किया जाता है। किसके साथ किस प्रकार की शैली में पत्राचार किया जाए, उसकी विषय-वस्तु कैसी होनी चाहिए, आदि का विवरण हमें 'लिखनावली' में मिलता है। मध्यकाल में दासप्रथा वर्तमान थी, दासों को बेचा और हस्तान्तरित किया जाता था, यह हमें 'लिखनावली के एक प्रारूप से मिलता है। विद्यापति एक पंडित अथवा कवि ही नहीं, एक योद्धा भी थे। वे अपने आश्रयदाता राजाशिव सिंह के साथ युद्ध के मैदान में भी सक्रिय थे। उनके अनेक ऐसे गीत हैं जिसमें शरीर की नश्वरता का उल्लेख करते हुए मातृभूमि की सुरक्षा का स्मरण कराया गया है। विद्यापति को मध्यकालीन मिथिला की पृष्ठभूमि में देखने से ही उनकी आधुनिकता और मानववादी दृष्टिकोण के महत्त्व को समझा जा सकता है। मनुष्य-मनुष्य के बीच जब जाति-वर्ण के नाम पर नया-नया कृत्रिम व्यवधान खड़ा किया जा रहा था, जब समाज में विधि-निषेद का जाल फैलाया जा रहा था, उस समय विद्यापति ने निर्भीकता के साथ कहा था 'पानि पिये पाछे जाति विचार'। जब समाज में बड़े-छोटे के निर्धारण का आधार जन्म और कुलीनता को बनाया जा रहा था, तब विद्यापति ने गुण-कर्म आधारित गतिशील समाज की बात कर सामाजिक रूढ़ि और जड़ता पर प्रत्यक्ष प्रहार किया था—'गूनहि बुझिअ उच नीच रे'। वे मानते हैं; जन्म से न कोई चोर होता है और न तपस्वी; वे अपनी क्रिया

से ही चोर अथवा साधु कहा सकत हैं।

प्रश्न— मिथिलांचल के लोकाचार में विद्यापति की प्रासंगिकता क्या है?

उत्तर— लोकचेतना के कवि कवि कोकिल विद्यापति को लोकाचार और लोक व्यवहार की पूर्ण जानकारी थी। विवाह आदि हर माँगलिक अवसर पर विद्यापति के गीत गाये जाते हैं। मिथिला के रागभास में उनके गीत है जिसका उदाहरण पराती, नचारी महेशवाणी आदि है। मिथिला के लोकाचार में 'चुमाउन' (आशीर्वाद) का अत्यन्त ही महत्त्वपूर्ण स्थान है। चुमाउन श्रेष्ठजन का आशीर्वाद है। विद्यापति ने राजा वसन्त का चुमाउन कराया है। इस लोकाचार को उनके निम्नलिखित गीत में देखा जा सकता है—

'अभिनव पल्लव बैसक देल। धवल कमल फुल पुरहर भेल ॥1 ॥
करु मकरन्द मन्दाकिनि-पानि। अरुन असोक दीप दिहु आनि ॥2 ॥
माइ हे आज दिवस पुनमन्त। करिअ चुमाओन राए वसन्त ॥3 ॥
सम्पुन सुधानिधि दधि भल भेल। भमि-भमि भमर हकारए गेल ॥4 ॥
केस कुसुम सीन्दुर सम भास। केतकि धूलि बिथरु पटबास ॥5 ॥
भनइ विद्यापति कवि कण्ठहार। रस बुझ सिवसिंह सिव अवतार ॥6 ॥

—सं. पं गोविन्द झा, विद्यापति-गीत-समग्र, गीत सं. 466, भारतीय भाषा संस्थान, मैसूर, 2012 ई.

अभिनव पल्लव आसन है, श्वेत कमल ढ़ौरल पुरहर (विशेष आकर के मिट्टी का पात्र जो पीठार अर्थात चावल को पीस कर पानी में तैयार घोल से उजला किया हुआ) है, मकरन्द रूपी गंगाजल हाथ में है, लाल अशोकपुष्प रूपी दीप है, पूर्णचन्द्र की ज्योत्स्ना दही है, भ्रमर महिलाओं को हकार (आमन्त्रित) दे रहा है, पलास का फूल सिन्दूर है और केतकी (केओला) का सुगन्धि-कण अबीर है। ऐसा सांस्कृतिक रूप-विधान अन्यत्र दुर्लभ है। इसी प्रकार विवाह में नैना-जोगिन विध के अवसरपर विद्यापति के गीत हैं—'हम जोगिन तिरहुत के जोग देबैन्हि लगाए।'

प्रश्न— मैथिली को भाषा की मान्यता मिलने के साथ ही हिन्दी से पृथक करने का प्रश्न खड़ा कर दिया गया है। ऐसे में भविष्य में हिन्दी और मैथिली का कितना नुक्रसान ह्रास और क्या लाभ देखकर यह बहस छेड़ी गई?

उत्तर— भारत एक बहुभाषी एवं बहुसांस्कृतिक देश है, यह साम्राज्यवादी मानसिकता के हिन्दी के उत्साही प्रचारक, राजनीतिक देल के नेता और कुछ साहित्यकार को पच नहीं रहा है। वे हर चीज को हिन्दी साम्राज्यवादी की नजर से देखना चाहते हैं। उनकी नजर में भारत की अन्य भाषाएँ गौण हैं। उनका कोई महत्त्व नहीं है। इसी मानसिकता से वे मैथिली को भी देखते हैं। वे भूल जाते हैं, कि विकास

की दृष्टि से मैथिली हिन्दी से प्राचीन है। और मैथिली की अपनी लिपि है। किन्तु मैथिली भाषा-भाषियों की उदारता, उनके त्याग को वे मैथिली भाषा-भाषियों की कमजोरी समझने लगे। उदस्थ करने पर आरूढ़ हो गये। दरभंगा के महाराजा द्वारा प्रकाशित मिथिला-मिहिर' प्रत्रिका में प्रकाशित मैथिली की रचनाओं पर 'बिहार-बन्धु' (1909)ने आपत्ति की थिक। बनारस से प्रकाशित मैथिली पत्रिका 'मिथिला-मोद' (1905) द्विभाषिक थी। किन्तु हिन्दीवालों के मैथिली विरोध के कारण हिन्दी को सदा के लिए निकाल दिया गया। जब बिहार सरकार द्वारा मातृभाषा के माध्यम से शिक्षा देने पर विचार करने के लिए डा. राजेन्द्र प्रसाद, डा. सच्चिदानन्द सिन्हा और डा. अमरनाथ झा की उपसमिति गठित की गई और मैथिली के माध्यम से बच्चों को शिक्षा देने का निर्णय हो गया तो षड्यन्त्रपूर्व पूर्व निर्णय को डॉ. झा की अनुपस्थिति में बदल दिया गया। स्वाधीनता काल में प्राथामिक और माध्यमिक कक्षाओं में मैथिली एक वैकल्पिक विषय के रूप में स्वीकृत थी, किन्तु उसे हटा दिया गया। संविधान की आठवीं अनुसूची में मैथिली को सम्मिलित कर दिये जाने के बाद भी मैथिली को बिहार सरकार द्वारा उन सुविधाओं से वंचित रखा गया है जिसका मैथिली स्वत: हक़दार है। इन परिस्थितियों में मैथिली भाषा-भाषियों के मन में आक्रोश का होना स्वाभाविक है। यह हिन्दी के लिये अच्छी बात नहीं है। पड़ोसी देश नेपाल में मैथिली दूसरे स्थान पर है। नेपाल के विभिन्न विश्वविद्यालयों में मैथिली भाषा-साहित्य पढ़ाई जाती है। किन्तु जब 1950 में राणाशाही से नेपाल स्वतन्त्र हुआ तो वहाँ हिन्दी थोप दी गई। बिहार में हिन्दी में तैयार पाठ्य पुस्तक लागू कर दी गई। उस समय जो नयी पीढ़ी थी, उनमें कालान्तर में भारत विरोधी मानसिकता पनपने लगी। हिन्दी के साहित्यकार और प्रचारकों द्वारा मैथिली के विरोध का परिहार नेपाल और भारत के सांस्कृतिक सम्बन्ध के लिये भी लाभकर है।

प्रश्न—इस साहित्य धरोहर को आगे बढ़ाने व लोकसंस्कृति के विकास हेतु कौन-कौन से प्रयास साहित्यकार, समाज और सरकार द्वारा किये जा रहे हैं? साथ ही किस प्रकार के प्रयास कारगर हो सकते हैं?

उत्तर— भाषा, साहित्य और संस्कृति के संरक्षण से ही व्यक्ति और समाज मूलहीन और मूल्यहीन होने से बच सकता है। अभी साहित्यकार, समाज और सरकार द्वारा जो प्रयास किये गये हैं, प्रौढ़ लोगों के लिये हैं। नयी पीढ़ी उनसे अप्रभावित है। भारत सरकार द्वारा घोषित नयी राष्ट्रीय शिक्षा-नीति को निष्ठापूर्वक लागू करने से नयी पीढ़ी में अपनी सुदीर्घ सांस्कृतिक परम्पराओं का ज्ञान बढ़ेगा, जिज्ञासा होगी और उनके संरक्षण के प्रति उनमें चिन्ता जगेगी। भाषा, साहित्य और संस्कृति के संरक्षण की समस्या क्रमशः दूर होती जाएगी।

उषा चौधरी

पिता—श्री विमलकांत चौधरी

पति—श्री रविन्द्रनाथ झा, रिटायर्ड मुख्य प्रबंधक (SBI)

कृति—त्रयोदशी (कथा संग्रह), आधुनिक मैथिली साहित्य में महिला लेखिकाक योगदान-2007, आधुनिक मैथिली साहित्य : एक विवेचन-2014, एक अतिरिक्त विभिन्न पत्र-पत्रिका में कथा, निबंधादि प्रकाशित। आकाशवाणी, दरभंगा केन्द्र।

विद्यापति की प्रतिभा बाह्य और अंतर जगत के नैसर्गिक निर्वाह करती है

प्रश्न—आप विद्यापति से कितने प्रभावित हैं?

उत्तर—मैं विद्यापति से अत्यधिक प्रभावित हूँ। विद्यापति के काव्य-प्रतिभा, भाषा का लालित्य एवं रचना कौशल तीनों बहुत ही चमत्कारिक है।

प्रश्न—आपके लेखन/शोध में कैसे-कैसे और कहाँ-कहाँ विद्यापति का वास है?

उत्तर—विद्यापति जनसाहित्य के निमार्ता थे, उनसे प्रभावित होकर मैंने विद्यापति पर कई आलेख लिखे हैं, जो विभिन्न पत्रिकाओं में समय-समय पर प्रकाशित हुआ है।

प्रश्न—विद्यापति के बाद के लेखकों में कितना प्रभाव आपको देखने को मिलता है?

उत्तर—विद्यापति के बाद सर्वप्रथम गोविन्ददास झा का सर्वोच्च स्थान है। वो विद्यापति को अपना काव्य गुरू मानते थे। उनके बाद से जितने भी कवि हुए चन्दा झा तक सबों ने उनका अनुसरण किये। आधुनिक भारतीय भाषा के महानतम् लेखक श्री रवीन्दनाथ टैगोर भी उनके काव्य के चमत्कार से प्रभावित होकर अनुसरण किये हैं। मैथिली, हिन्दी और बांग्ला साहित्य तीनों भाषाओं के कवि साहित्यकार उनसे अत्यधिक प्रभावित होकर अपने रचना में समादेश किये हैं। बीसवीं सदी के मध्य तक विद्यापति का बोलवाला था।

प्रश्न—आज के समय में 'देसिल बयना सब जन मिट्ठा' को किस परिप्रेक्ष्य एवं वस्तुस्थिति में देखने को मिलता है?

उत्तर—विद्यापति के उद्घोषणा 'देसिल बयना सब जन मीठा' आज भी उतनी ही प्रासांगिक है, जितना पाँच सौ साल पहले था। मनुष्य चाहे जितना भी भाषा को सीखले परंतु वो सोचता है, अपने ही भाषा में, माँ द्वारा सिखायी हुई भाषा

में ही बच्चों का समुचित विकास हो पाता है।

प्रश्न—राजनीतिक सामाजिक जीवन में आज विद्यापति कितने प्रासंगिक हैं?

उत्तर— विद्यापति का अपना युग था। तत्कालिन राजनैतिक और सामाजिक जीवन भिन्न था। विद्यापति अपने युग में जीते थे और अपने युग की धारा को अच्छी तरह से पहचानकर समसामयिकता को महत्व दिये। इक्कीसवीं शताब्दी, चौदहवीं शताब्दी से सर्वथा भिन्न है, इतिहास का अपना महत्व है और समसामयिकता का अपना। हमें आज की दुनिया के हिसाब से अपने आय को ढ़ालकर आगे बढ़ना है।

प्रश्न—श्रृंगार भक्ति के समन्वय पर विद्यापति के लिए आपका अपना दृष्टिकोण क्या है?

उत्तर— श्रृंगार और भक्ति दोनों में अन्योनाश्रय संबंध है। विद्यापति के प्रतिभा का निर्वाह जितना बाह्य जगत के सौन्दर्य चित्रण में हुआ है, उतना ही अन्तर्जगत के चित्रण में भी। वे जन साहित्य के निर्माता थे। मानव ह्दय के मूलभूत वासना का, नैसर्गिक भाव का अत्यन्त स्वाभाविक रूप से निरूपित किये हैं। विद्यापति के काव्य में भोग और योग, राग और विराग, जीवन के विभिन्न अवस्था का स्वाभाविक ढंग से काव्यात्मक विधान के साथ निरूपित किये हैं जो अनुपम है। श्रृंगारिक पदावली की तरह विद्यापति के भक्ति रचना भी विविधता मण्डित है। मिथिला के धार्मिक उदारता के अनुरूप ये शिव, शक्ति, गंगा, जानकी, विष्णु, शांति रसात्मक इत्यादि पदों का निर्माण इन्होंने किया। इनके राधा-कृष्ण के प्रणय लीला के वर्णन में चैतन्य महाप्रभु को आध्यात्मिक लीला का भास हुआ था।

प्रश्न—आज भी विद्यापति साहित्य के मूल्यांकन और पुनर्मूल्यांकन के संदर्भ में आपके क्या विचार हैं? क्यों?

उत्तर— हलाँकि विद्यापति पर अनेकों शोध हो चुके हैं, वो भी तीन-तीन भाषा साहित्य में, परन्तु मेरे ख्याल से अभी भी उन पर शोध होना बांकी है। क्योंकि अभी तक जो भी शोध कार्य हुए हैं वो या तो श्रृंगार रस या भक्ति रस के कवि मानकर किया गया है। जबकि वो बहुआयामी महान, प्रतिभाशाली व्यक्ति थे और उन्होंने अनेकों रचना सामाजिक समस्याओं पर भी किये हैं। जैसे—'छोटओ तुर्क का भभकी मार' ये तत्कालिन शासक वर्ग के आतंक का परिचायक है। दूसरा 'धार्मिक आदर सब तंह होय। निर्धन बापुर पूछय न कोय।' इस तरह से उन्होंने अपने कालखण्ड के सामाजिक, आर्थिक और राजनीतिक सभी का उल्लेख अपनी रचना में शामिल किये हैं जिन पर शोध होना अभी बांकी है।

प्रश्न—मिथिलांचल के लोकाचार में विद्यापति की प्रासंगिकता क्या है?

उत्तर— विद्यापति के साहित्य का प्रमुख उद्‌देश्य लोकहित और लोकानुरंचज था। इसलिए वो पंडित से मूर्ख तक, योगी से भोगी तक, मुग्धा से प्रोढ़ा तक और युवक से वृद्ध तक सबका कष्टहार बने रहे हैं। पुरुष हो या नारी सभी ने अनेकों अपने आचार-व्यवहार में अपनाया है। शृंगारिक और भक्ति पद के अलावा उन्होंने अनेकों माँगलिक और अवसर पर गाये जाने वाले गीतों की रचना किये। अनेकों भास गीत जैसे तिरहुत, बटगमनी, सोहर बरहमासा, चौमासा या लोकजीवन में प्रयोग होने वाले सभी घटनाओं का उन्होंने अपने रचनाएँ समावेश किये हैं। जिनके कारण वो आज भी प्रायोगिक बने हुए हैं।

प्रश्न—मैथिल को भाषा की मान्यता मिलने के साथ ही हिन्दी से पृथक करने का प्रश्न खड़ा कर दिया गया है। ऐसे में भविष्य में हिन्दी और मैथिली का कितना नुक़सान है (ह्रास) और क्या लाभ देखकर यह बहस छेड़ी गई?

उत्तर— मैथिली साहित्य आधुनिक भारतीय भाषा में से प्राचीनतम भाषा में से एक है। हिन्दी इसके सामने में बहुत बच्चा है। मैथिली का उल्लेख बौधगान और दोहा और वाल्मीकि रामायण में भी किया गया है। इस भाषा का गद्य साहित्य तेरहवीं शताब्दी के 'वर्णरत्नाकार' अभी उपलब्ध है। हलाँकि, हिन्दी हमारी राष्ट्रभाषा है और हमें अपनी राष्ट्रभाषा का समुचित सम्मान करना चाहिए। मैथिली एक क्षेत्रीय भाषा होकर सिमटकर रह गयी है और किसी क्षेत्रीय भाषा का विकास होने पर राष्ट्र भाषा का कुछ भी अहित नहीं होगा। हिन्दी का विकास पूरे विश्व में हो इसके लिए हमलोग प्रयत्नशील रहेंगे।

प्रश्न—इस साहित्य धरोहर को आगे बढ़ाने व लोक-संस्कृति के विकास हेतु कौन-कौन से प्रयास साहित्यकार समाज और सरकार द्वारा किये जा रहे हैं? साथ ही किस प्रकार के प्रयास कारगर सिद्ध हो सकते हैं?

उत्तर— साहित्य का मूल प्रयोजन है, मानव कल्याण की भावना। लोक-संस्कृति चेतना का विस्तार मानव का सृजनशीलता के लिपिय क्षेत्र—संगीत, नृत्य, चित्रकला और साहित्य सर्जना आदि विविधा विधा है। अपने संस्कृति के विकास के लिए साहित्यकारों ने समाज के यथार्थ को लोगों के सामने रखकर उनमें जागृति लाने का हर संभव प्रयास कर रहे हैं। साहित्य सृजन के बिना सांस्कृतिक चेतना संभव नहीं है। जबतक व्यक्ति रचनाशील और संवेदनशील नहीं होंगे तब तक कला का सृजन नहीं कर सकते हैं और साहित्यकार इसके लिए लगातार प्रयासरत है। वर्तमान समाज जीवन-दर्शन विहीन हो गया है। लोगों के सामने आदर्श नहीं है। सृजनशील क्षण का आभाव हो रहा है। जीवन-यापन के सामग्ती जुटाने में लोग

सुबह से शाम तक लगे रहते हैं। रचनाकार भी सामजिक प्राणी है वर्तमान समाज के स्थिति एवं प्रवाहित घाट अन्तर घाट के अस्वीकार से विरोध का स्वर निकलता है जो मनुष्य को बौद्धिक और सांस्कृतिक विकास के लिए अधिक महत्वपूर्ण और प्रभावशाली परिवेश प्रदान करता है। वर्तमान सरकार लोक-संस्कृति के विकास के लिए प्रयत्नशील हुए हैं, लेकिन समस्याएँ इतनी जटिल है, कि ये 'ऊँट के मुँह में जीरा' साबित हो रहा है। इसके लिए समाज, साहित्यकार और सरकार तीनों को एक साथ मिलकर प्रयास करना होगा तभी हम अपने उद्देश्य में सफल हो पाएँगे।

डॉ. कमलानंद झा

जन्म—28 जनवरी 1968, मधुबनी, बिहार।

पिता—शारदानंद झा

शिक्षा—पीएच.डी, हिन्दी।

व्यवसाय—अध्यापन

प्रकाशन-हिन्दी और मैथिली आलोचना में गहरी अभिरुचि। सौ से अधिक नुक्कड़ नाटकों की प्रस्तुति एवं निर्देशनद् हिन्दी की साहित्यिक पत्रिकाओं में लगातार आलोचना-लेखन। आलोचना, वागर्थ, बहुवचन, नटरंग, हंस, कथादेश, बया, तद्भव, परिप्रेक्ष्य (नीपू), परिषद पत्रिका, देस हरियाणा, परीकथा आदि में आलोचनात्मक लेखन। तुलसीदास का काव्य-विवेक और मर्यादाबोध, पाठ्यपुस्तक की राजनीति, मस्ती की पाठशाला, राजाराधिकरमण प्रसाद सिंह की श्रेष्ठ कहानियाँ, सं0 होती बस आँखें ही आँखें आदि प्रकाशित। एनसीईआरटी के राष्ट्रीय पाठ्यचर्या 2005 में हिंदी पाठ्यपुसकों का सम्पादन। इग्नू, यूजीसी, राष्ट्रीय संस्कृत संस्थान, म.गा. अंतरराष्ट्रीय विश्वविद्यालय तथा मिथिला विश्वविद्यालय, दरभंगा के लिए पाठ्यसामग्री का लेखन।

उत्तर भारत के पहले भक्त कवि हैं विद्यापति

प्रश्न—आप विद्यापति से कितने प्रभावित हैं?

उत्तर—मैं मिथिला का हूँ और मिथिला का शायद ही कोई होगा जो प्रत्यक्ष और अप्रत्यक्ष विद्यापति से प्रभावित ना हो। ख़ास करके पढ़ने-लिखने वाले लोग तो विद्यापति से प्रभावित हैं ही। क्योंकि मैं हिंदी साहित्य का विद्यार्थी रहा हूँ और स्नातक से ही विद्यापति को पढ़ता रहा हूँ। और शिक्षण में आने के बाद तो विद्यापति को पढ़ाता भी रहा हूँ, तो विद्यापति से प्रभावित होना लाजमी है। विद्यापति से प्रभावित होने का कारण यह है, कि मैंने बचपन से मिथिलांचल में शुभ अवसरों पर विद्यापति के गीतों को महिलाओं के द्वारा गाते हुए सुना है। बाद में चल कर जब मैं थोड़ा बहुत समझने वाला हुआ तो मुझे आश्चर्य लगता था कि विवाह के तुरंत बाद मिथिला में एक 'कोहबर' घर होता है, जिसमें नए युगल दंपत्ति रहते हैं। उसमें सुबह-शाम 4-5 दिनों तक महिलाएँ कोहबर घर के दरवाज़े पर गीत गाती हैं। सुबह में जब वे दोनों सोए होते है। यह लोकगीत मांएँ, दादियाँ और नानियाँ गाती हैं और वह घोर श्रृंगारिक गाने होते हैं। इसे बड़ी प्रमुखता से गाया जाता है। तो यह समाज का जो खुलापन है, उसको भी दर्शाता है। विद्यापति मिथिलांचल के सभी लोकाचारों में, सामाजिक व्यवहारों में गाये जाते हैं। विद्यापति की महेशवाणी और नचारी को गाँव के बूढ़े पुराने संध्याकाल में अत्यंत तन्मयता से गाते हैं। इन गीतों में भक्ति के सामाजिक रूप भी हैं और वार्धक्य का अवसाद भी। 'कखन हरब दुख मोर हे भोलानाथ' में जो करुणा और दु:ख है, वह आपको तुलसीदास की विनयपत्रिका के हाहाकार की याद दिला जाएगा। विद्यापति कि रचनाओं के इन सारे रूपों से मैं बहुत पहले से प्रभावित रहा हूँ।

प्रश्न—आपके लेखन/शोध में कैसे-कैसे और कहाँ-कहाँ विद्यापति का वास है?

उत्तर—जहाँ तक सवाल मेरे शोध और लेखन का है, तो मैंने शोध तो विद्यापति पर नहीं किया है, एमफिल मैंने तुलसीदास पर की है और पीएचडी स्कूल की किताबों पर, लेकिन मेरे लेखन में विद्यापति मौजूद रहे हैं और विद्यापति पर

मैंने लिखने की कोशिश भी की है। इस कोशिश का परिणाम यह है, कि मैं पूरी एक मुकम्मल किताब विद्यापति पर लिख रहा हूँ। इन पर किताब लिखने की वज़ह यह है, कि विद्यापति पर बहुत सारे काम हुए हैं, एक से एक अच्छे काम हुए हैं। लेकिन विद्यापति के कुछ आयाम अभी भी छूटे हुए हैं। विद्यापति 14वीं शताब्दी के कवि हैं और उस समय में वे 'भूपरिक्रमा' के रूप में यात्रा साहित्य लिखते हैं। लिखनावाली के रूप में वे हमारा साक्षात्कार फंक्शनल लैंग्वेज (कार्यालयी भाषा) से कराते हैं। इसमें औपचारिक पत्र-लेखन का तौर-तरीका बताया गया है। वह पाठ्यपुस्तक और भूगोल की बात करते हैं। कीर्तिलता के माध्यम से वे इतिहास की बात करते हैं। इस दृष्टि से विद्यापति पर कम बात हुई है। जब मैं हिंदी साहित्य का इतिहास पढ़ रहा था, तो मुझे आश्चर्य हो रहा था, कि जिन 12-13 ग्रंथों के आधार पर आचार्य रामचंद्र शुक्ल ने हिंदी साहित्य के आदिकाल को वीरगाथा काल की संज्ञा दी उसमें से अधिकांश रचनाएँ अप्रामाणिक हैं। कुछ ही रचनाएँ जो प्रामाणिक हैं, उनमें दो रचनाएँ (कीर्तिलता और कीर्तिपताका) विद्यापति की ही हैं, बावजूद इसके उन्हें 'फुटकल' खाते में रखा गया। साथ ही शुक्ल जी ने उनकी भक्ति पर भी संदेह किया। इन चीजों ने मुझे विद्यापति पर काम करने के लिए प्रेरित किया है।

प्रश्न—विद्यापति के बाद के लेखकों में कितना प्रभाव आपको देखने को मिलता है?

उत्तर—विद्यापति का प्रभाव उनके बाद संपूर्ण भक्तिकाल की सगुण भक्ति और सबसे अधिक रीतिकाल पर पड़ा है। जितना प्रभाव बाद के हिंदी साहित्य पर विद्यापति का पड़ा है, मुझे नहीं लगता, कि किसी एक रचनाकार का इतना व्यापक प्रभाव अपने बाद के साहित्य पर पड़ा है। अब आप देखें, कि जायसी हों या कि तुलसीदास या सूर हों अथवा कबीर—इन लोगों की कविताएँ स्थानीय भाषा जिनको विद्यापति 'देसिल बयाना' कहते हैं उसमें लिखी गई हैं। लोकभाषा में लिखने के कारण इनके महत्व और गरिमा को आलोचकों ने रेखांकित किया है, क्योंकि इन भक्त कवियों से पहले साहित्य की भाषा भारतवर्ष में संस्कृत थी और हम सभी जानते हैं, कि संस्कृत कुछ चंद पढ़े-लिखे लोगों की भाषा थी। जो लोकभाषा थी, जो मातृभाषा थी उसमें साहित्य रचना नहीं होती थी। अगर उसमें कोई साहित्य रचना करने का प्रयास करता था, तो उसकी बहुत आलोचना होती थी। लोकभाषा में साहित्य रचना करने का बीड़ा हिंदी क्षेत्र में सबसे पहले विद्यापति ने उठाया और इसके लिए विद्यापति को कितना कुछ झेलना पड़ा उसे हम उषा किरण खान के उपन्यास 'सिरजनहार' पढ़ने के बाद समझ सकते हैं। उन्हें अपने गुरु का कोप भाजन बनना पड़ा। विद्यापति के बाद पूरा उत्तर भारत का जो भक्ति साहित्य है, वह लोक भाषा में लिखा गया। जायसी और तुलसीदास अवधी में लिखते हैं, सूरदास

ब्रजभाषा में लिखते हैं, तो इसका सूत्रपात विद्यापति ने किया। दूसरी महत्वपूर्ण बात है, कि कबीर को उत्तर भारत का पहला भक्त कवि कहा जाता है लेकिन आप बहुत गंभीरता से अगर देखें, तो उत्तर भारत का पहला भक्त कवि विद्यापति ही हैं। विद्यापति को उनके शृंगारिक पदों के कारण भक्ति से उनको अलग करने की कोशिश हिंदी और मैथिली साहित्य में की जाती रही है, लेकिन अगर आप उनके शैव भक्ति के पद देखें, मेहशवाणी देखें, नचारी को देखें तो उसमें भक्ति की पराकाष्ठा है। इस भक्ति में भक्त और भगवान तक की दूरी तक ख़त्म हो गई है। भक्ति के साथ-साथ वह सामाजिक भी है। पार्वती और महादेव के आपसी संवाद के बहाने जो भक्ति का संसार विद्यापति रचते हैं, वह अद्‌भुत ही नहीं विलक्षण भी है। तीसरी बात जो विगत साहित्य पर प्रभाव के संदर्भ में है, कि वही रचनाकार महत्वपूर्ण होता है, जिसकी चीजें आगे की पीढ़ियों में प्रसारित होती चलतीं हैं। अब आप देखें कि विद्यापति की पदावली में शृंगार की प्रधानता है और विद्यापति के बाद जो भक्ति साहित्य है उसमें भी शृंगार पर्याप्त मात्रा में है। आप जायसी की रचना 'पद्मावत' देखें, सूरदास की रचनाएँ देखें, मीरा की पदावली देखें तो सबमें आपको भक्ति के साथ शृंगार के तत्व आपको मिल जाएँगे। परवर्ती साहित्य में यह जो भक्ति और शृंगार की अभिन्नता है, यह विद्यपति का ही प्रभाव है। भक्त कवि विद्यापति का जो शृंगार तत्व है, वह रीतिकालीन हिंदी कविता में अपने पूरे विन्यास के साथ आता है। रीतिकाल की जो कविता है उसपर संस्कृत की शृंगार-परंपरा और विद्यापति की शृंगार-भावना का सर्वाधिक प्रभाव रहा है। रीतिकाल के बाद आधुनिक काल के सबसे बड़े कवि रवींद्रनाथ ठाकुर (बंगला) ने अपनी कविताओं पर विद्यापति के प्रभाव को मुक्तचित्त से स्वीकार किया है। आधुनिक कविताओं विशेषकर प्रेम और शृंगार प्रधान कविताओं में विद्यापति के प्रभाव को लक्षित किया जा सकता है। इन बातों के माध्यम से मैं कहना यह चाहता हूँ कि बाद के साहित्य पर और बाद की हिंदी रचनाशीलता पर विद्यापति का प्रभाव असंदिग्ध है, और इससे कोई भी इनकार नहीं कर सकता है।

प्रश्न—आज के समय में 'देसिल बयना सब जन मिट्ठा' को किस परिप्रेक्ष्य एवं वस्तुस्थिति में देखने को मिलता है?

उत्तर— जहाँ तक सवाल 'देसिल बयना' का है, यह विद्यापति की विचारधारा और मातृभाषा के प्रति उनके लगाव को दर्शाता है। आश्चर्यजनक ढंग से विद्यापति ने 14वीं शताब्दी में कहा 'देसिल बयना सब जन मिट्ठा' इसमें ध्यान देने की बात यह है, कि उन्होंने यह नहीं कहा कि मैथिली या अपभ्रंश जो उस समय की आम बोलचाल की भाषा थी वह सबसे मीठी भाषा है। उन्होंने कहा कि कहीं की भी जो स्थानीय भाषा होती है वह बहुत मीठी होती है और मीठी होने का क्या तात्पर्य है?

भाषा तो कोई मिठाई होती नहीं है, कि वह मीठी होगी। मीठी कहने का मतलब है, कि मातृभाषा या स्थानीय भाषा बहुत सहज होती है, वह बहुत आत्मीय होती है, उन भाषाओं में अभिव्यक्ति की अकूत क्षमता होती है। जिस देसिल बयना के महत्व की बात विद्यापति चौदहवीं शताब्दी में कह रहे हैं, उसी को आधुनिक रूप में 19वीं शताब्दी में भारतेंदु हरिश्चंद्र कहते हैं—

'निज भाषा उन्नति अहै सब उन्नति को मूल'

भारतेंदु हरिश्चंद्र भी यह नहीं कहते हैं, कि हिंदी भाषा की उन्नति ही सबसे महत्वपूर्ण है। भारतेंदु जी कह रहे हैं, कि अपनी भाषा यानी की मातृभाषा जिसकी भी हो उसकी उन्नति ही उस समाज की उन्नति है। विद्यापति उस समय में रेखांकित कर रहे थे, कि मातृभाषा किसी भी समाज और समुदाय के लिए बहुत ज़रूरी होती है और आज आप देखें कि देश में और सबसे अधिक विदेशों में मातृ भाषाओं के संरक्षण पर बहुत शोध हो रहे हैं। नब्बे के बाद जो भूमंडलीकरण आया है, जो राजनीति का और सत्ता का विस्तार हुआ है, उसमें जो मातृभाषाएँ हैं वह खत्म हो रही हैं। शोध बताते हैं, कि कई मातृभाषाओं का अस्तित्व ख़तरे में है और कई स्थानीय भाषाएँ ख़त्म होने की कग़ार पर हैं। जब कोई भाषा खत्म होती है तो सिर्फ़ भाषा ही ख़त्म नहीं होती है, बल्कि किसी समाज का पूरा अस्तित्व ख़त्म होता है। क्योंकि भाषा किसी समाज के अस्तित्व का एक महत्वपूर्ण पक्ष होता है। विद्यापति चौदहवीं शताब्दी में मातृभाषा अथवा स्थानीय भाषा के महत्व का रेखांकन कर रहे थे। मैं जब विद्यापति को देखता हूँ मातृभाषा के संदर्भ में तो मुझे उनकी दूरदृष्टि और स्थानीय भाषा के प्रति उनके लगाव को देखकर चकित होता हूँ।

प्रश्न—राजनीतिक सामाजिक जीवन में आज विद्यापति कितने प्रासंगिक हैं?

उत्तर— राजनीतिक और सामाजिक जीवन पर विद्यापति के प्रभाव की जहाँ तक बात है, तो मुझे लगता है, कि राजनीतिक जीवन पर तो विद्यापति का सीधा सीधा प्रभाव नहीं है, लेकिन सामाजिक जीवन पर विद्यापति का प्रभाव आज भी है। राजनीतिक जीवन पर प्रभाव को हम इस रूप में देख सकते हैं, कि विद्यापति आदिकाल में दरबारी कवि के रूप में जाने जाते हैं लेकिन दरबार में रहते हुए भी उनकी जो कविताएँ हैं, उसमें राजदरबार की उपस्थिति ना के बराबर है, सिर्फ़ राजा या रानी का नाम भर लिया गया है। कहीं भी राजसत्ता का महिमामंडन पदावली में नहीं है। एक तरह से उनकी कविता सत्ता की उपस्थिति को नजरअंदाज़ करती है। दूसरी तरफ इनकी पदावली में आम जनजीवन है—आम जनजीवन की भक्ति है, आम जनजीवन का प्रेम है, मनुष्य की जो सबसे प्रमुख प्रवृत्ति है प्रेम और शृंगार की—वह है, पलायन की वेदना है (तोहे जनु जाह विदेस) जो उस समय बेमेल विवाह की परम्परा थी (पिया मोरा बालक हम तरुणी गे) यह सामाजिक सच्चाई

थी, उस पर विद्यापति लगातार लिखते हैं।

प्रश्न—शृंगार भक्ति के समन्वय पर विद्यापति के लिए आपका अपना दृष्टिकोण क्या है?

उत्तर— विद्यापति की पदावली में शृंगार और भक्ति का बहुत ही शानदार समन्वय देखने को मिलता है, और यह उनकी कविता की विशेषता भी है। मुझे लगता है, कि शृंगार और भक्ति दो चीज है ही नहीं। शृंगार और भक्ति दोनों दूर जाकर एक ही होते हैं। तात्पर्य है, कि शृंगार का मतलब हुआ प्रेम और भक्ति तभी होती है जब किसी से आपका बहुत ज़्यादा प्रेम होता है। और जब आपको किसी से बहुत ज़्यादा प्रेम होता है तो प्रेम भक्ति तक पहुंच जाता है। प्रेम की पराकाष्ठा भक्ति में रूपांतरित हो जाती है। यह सिर्फ़ भगवान और भक्त के बीच में ही नहीं बल्कि स्त्री-पुरुष के प्रेम में भी हम इसको देख सकते हैं। विद्यापति तो शिवभक्त थे जिसमें शृंगार और भक्ति नमक में पानी की तरह मिला हुआ है। योनि में रखे लिंग की पूजा जीवनोत्सव के साथ भक्ति और शृंगार की संपृक्ति की पराकाष्ठा है। जो आलोचक उनकी भक्ति पर संदेह करते हैं, उन्हें समझना चाहिए कि बंगाल के प्रसिद्ध भक्त चौतन्य महाप्रभु विद्यापति की भक्ति से अत्यंत प्रभावित थे। आसाम के शंकरदेव पर उनकी भक्ति का गहरा असर था। मिथिलांचल में उनकी भक्ति तो लोकप्रिय है ही, पूरे बंगाल और आसाम में भी उनकी भक्ति को बड़े-बड़े भक्तों ने प्रमाणित किया है। इसलिए मेरा मानना है कि भक्ति और शृंगार को हम पनमेड़ यानी कि वॉटरटाइट कंपार्टमेंट में नहीं बाँट सकते हैं और इन दोनों का सामंजस्य ही विद्यापति की पदावली की उनकी रचनाशीलता की विशेषता है।

प्रश्न—आज भी विद्यापति साहित्य के मूल्यांकन और पुनर्मूल्यांकन के संदर्भ में आपके क्या विचार हैं? क्यों?

उत्तर— विद्यापति के पुनर्मूल्यांकन की आवश्यकता आज भी बनी हुई है। इस पुनर्मूल्यांकन के कई आयाम हैं, लेकिन यहाँ में सिर्फ़ एक आयाम की चर्चा आपसे करूँगा, आयाम की चर्चा आपसे करूँगा। और वह आयाम है, भारत में शैव भक्ति की परंपरा। उत्तर भारत की भक्ति के बारे में कहा जाता है, कि यह दक्षिण भारत से आई। दक्षिण भारत में मुख्य रूप से भक्ति की दो धारा थी थी—आलवार और नयनार। आलवार भक्ति जहाँ वैष्णव परंपरा की थी वहीं नयनार भक्ति शैव परंपरा की। ऐसा क्या हुआ, कि आलवार भक्ति यानी वैष्णव भक्ति सम्पूर्ण उत्तर भारत में फैल गई, किंतु नयनार यानी शैवभक्ति की परंपरा सूख गई। दक्षिण भारत में शैव भक्ति की परंपरा काफी मजबूत थी। यह भक्ति वेद से इतर थी। वैदिक मान्यताओं को चुनौती देती शैव भक्ति को सायास उत्तर भारत में विकसित नहीं होने दिया गया।

हम सब जानते हैं, कि विद्यापति से पूर्व मिथिला से पूर्व मिथिला मिथिला में करनाट वंश का राज्य था। कर्नाटक यानी दक्षिण भारत के राजा का राज्य था। सम्भव है कर्नाटक के माध्यम से मिथिलांचल में शैव भक्ति आई हो। और विद्यापति इसी भक्ति परंपरा से जुड़ते हों। पुनर्मूल्यांकन इस आधार पर करने की आवश्यकता है, कि मिथिलांचल की शैव भक्ति की परंपरा का संबंध दक्षिण भारत के शैवभक्ति परंपरा से जुड़ती है अथवा नहीं। यह एक अत्यंत महत्वपूर्ण आयाम है, विद्यापति के पुनर्मूल्यांकन के संदर्भ में यह एक महत्वपूर्ण पक्ष है।

प्रश्न—मिथिलांचल के लोकाचार में विद्यापति की प्रासंगिकता क्या है?

उत्तर— मिथिलांचल में विद्यापति की प्रासंगिकता यहाँ के लोकाचार की दृष्टि से अत्यधिक है। मिथिला में सभी माँगलिक अवसरों पर विद्यापति के गीत गाए जाते हैं। दु:ख के क्षणों में भी जैसे बेटी की विदाई के समय अथवा किसी अवसाद के क्षण में में भी विद्यापति के पद यहाँ गाये जाते हैं। शोध करने की आवश्यकता है, कि मिथिलांचल के लोकाचार में विद्यापति की उपस्थिति सिर्फ़ सवर्ण समाज में है या निम्न वर्ण समाज में भी है। मैं इस संदर्भ में स्पष्ट नहीं हूँ कि ग़ैर सवर्ण समाज के माँगलिक और शुभ अवसरों पर सवर्ण समाज की तरह ही विद्यापति के गीत गाए जाते हैं अथवा नहीं। वैसे सवर्ण समाज से इतर निम्न जाति के लोग, दलित जातियाँ अपने अनुसार से विद्यापति को गाते रहे हैं। इस दृष्टि से श्विदापद नाचश् अत्यंत प्रसिद्ध है। श्विदापद नाचश् एक तरह की नृत्य नाटिका है, जिसमें कलाकार विद्यापति के पद अथवा विद्यापति के पद के आधार पर स्वयं पद रखकर नृत्य नृत्य रखकर नृत्य करते हैं। यह प्रथा एक समय अत्यंत प्रसिद्ध थी। आजकल भी भी कहीं-कहीं मिथिलांचल में श्विदापत नाचश् की परंपरा देखने को मिल जाती है।

प्रश्न—मैथिल को भाषा की मान्यता मिलने के साथ ही हिन्दी से पृथक करने का प्रश्न खड़ा कर दिया गया है। ऐसे में भविष्य में हिन्दी और मैथिली का कितना नुक़सान है (ह्रास) और क्या लाभ देखकर यह बहस छेड़ी गई?

उत्तर— मैथिली भाषा साहित्य अकादमी के अंतर्गत तो बहुत पहले आ गई है आ गई है। किंतु बाद में चलकर यह अष्टम अनुसूची में शामिल होकर भारतीय भाषा के रूप में प्रतिष्ठित हुई। इससे हुआ यह कि हिंदी से अलग करने की एक रणनीति सी चली। इसमें दो तरह की मान्यताएँ प्रचलित है। रामविलास शर्मा सदृश्य आलोचक मैथिली को हिंदी से पृथक भाषा नहीं मानते हैं। उनके अनुसार मैथिली हिंदी की उपभाषा या बोली है। किंतु मैथिली के विद्वान और आलोचक मैथिली को स्वतंत्र भाषा का दर्ज़ा देते हैं। हिंदी वाले लोग यह सोचते हैं, कि अगर मैथिली हिंदी से पूर्णता अलग हो जाएगी तो हिंदी का क्षेत्र-विस्तार कम हो जाएगा और

उसका महत्व भी कम हो जाएगा। मुझे लगता है, कि ऐसा नहीं है। भाषा वैज्ञानिक मानते हैं, कि बोली भी मूलतः स्वतंत्र भाषा ही होती है। उसकी अपनी पहचान और अस्मिता होती है। मैथिली के विकसित होने से या हिंदी से अलग होने से हिंदी पर संकट आने की कोई संभावना नहीं है, क्योंकि प्रत्येक भाषा अपने स्तर और प्रयास से ही आगे बढ़ती है और विकसित होती है। हिंदी या किसी भी अन्य भारतीय भाषाओं से मैथिली की कोई प्रतिस्पर्धा नहीं है। यह एक तरह से भाषायी राजनीति है। मैथिली भाषा की राजनीति करने वाले वाले वाले मैथिली को हिंदी से अलग तो मानते हैं। मैथिली को सत्ता में स्थान देने की कोशिश तो करते हैं, किंतु मैथिली पत्रिकाओं, पुस्तकों के समुचित और व्यवस्थित प्रकाशन की व्यवस्था आदि पर उतना ध्यान केंद्रित नहीं कर पाते। मिथिलांचल ही नहीं, बल्कि प्रवासी मैथिल के बच्चे भी मैथिली बोलें, इस पर ध्यान देने की आवश्यकता है। अगर आने वाली पीढ़ी मैथिली के प्रति लगाव रखे, मैथिली की किताबें, पत्र-पत्रिकाएँ खरीदें, पढ़ें और आपस में बातचीत करें तो निश्चित रूप से मैथिली का समुचित विकास हो सकता है। शिक्षा में माध्यम के रूप में अगर मैथिली लागू होती है तो निश्चित रूप से मैथिली का विकास संभव है। लेकिन यह निकट भविष्य में संभव नहीं लगता है।

प्रश्न—इस साहित्य धरोहर को आगे बढ़ाने व लोक-संस्कृति के विकास हेतु कौन-कौन से प्रयास साहित्यकार समाज और सरकार द्वारा किये जा रहे हैं? साथ ही किस प्रकार के प्रयास कारगर सिद्ध हो सकते हैं?

उत्तर— विद्यापति साहित्य को संरक्षित, संवर्धित और विकसित करने में समाज, साहित्यकार और सरकार की भूमिका महत्वपूर्ण है। मिथिलांचल में विभिन्न तरह की संस्थाएँ हैं, जो अलग-अलग समय में अलग-अलग तरह के कार्यक्रम करते हैं और इन कार्यक्रमों का उद्देश्य विद्यापति साहित्य और लोक-संस्कृति को संरक्षित और विकसित करने का होता है। साहित्यकार भी इस पुनीत कार्य में लगे होते हैं। विद्यापति पर लेखन, संपादन और संरक्षण का काम कुछ महत्वपूर्ण साहित्यकार करते रहे हैं, इसमें दो राय नहीं है, लेकिन जिस स्तर तक यह काम समाज की ओर से, साहित्यकारों की ओर से होना चाहिए, उतना नहीं हो पा रहा है। उसका कारण यह है, कि जीवन जैसे-जैसे जटिल होता चला गया वैसे-वैसे साहित्य और लोक संस्कृति हाशिये पर चलती चली गई। सरकार से तो कोई उम्मीद नहीं की जा सकती है, क्योंकि सरकार को साहित्य और संस्कृति के प्रति कोई लगाव नहीं रह गया है। इसके बावजूद खाना पूर्ति के रूप में ही सही सरकार की ओर से कुछ ना कुछ प्रयत्न होते रहते हैं। यह प्रयत्न जनता की इच्छाओं और उनके दबाव को देखते हुए सरकार करती है। एक समय था जब राजा अपने दरबार में साहित्यकार, कलाकार, संगीतकार आदि को प्रश्रय देते थे। उन्हें सम्मान देते थे, उनका भरण-

पोषण करते थे। फलस्वरूप साहित्य और संस्कृति का यथोचित विकास हो पाता था। आज की सरकार की वरीयता में सरकार की वरीयता में ना तो साहित्य है, न साहित्यकार हैं और न लोक-संस्कृति ही है।

डॉ. कैलाश कुमार मिश्र

जन्म—08 फरवरी 1967, मधुबनी, बिहार

पिता—रामनन्दन मिश्र

शिक्षा—पीएच.डी, मानवाधिकार।

अनुभव-मानवविज्ञान, मानवाधिकार, लोककला, कला इतिहास और साहित्य, स्वतंत्र अन्वेषक, नेशनल इंस्टीट्यूट ऑफ हेल्थ एंड फैमिली वेलफेयर (डिपार्टमेंट ऑफ पॉपुलेशन जेनेटिक्स एंड ह्यूमन डिवेलपमेंट) में रिसर्च इन्वेस्टिगेटर (असिस्टेंट प्रोफेसर), साउथ साउथ सोलिडेरिटी में रिसर्च एसोसिएट, सोसाइटी फॉर हेल्थ एडुकेशन एँड लर्निंग पैकेज में रिसर्च एसोसिएट, इंदिरा गांधी नेशनल सेंटर फॉर दी आर्ट्र्स, संस्कृति मंत्रालय, भारत सरकार में रिसर्च ऑफिसर रह चुके हैं। अभी रीड इंडिया और रीड ग्लोबल नामक दो अंतरराष्ट्रीय संस्थाओं के वरिष्ठ सलाहकार, यूनिवर्सिटी ऑफ नेब्रास्का के फॉक्लोर पत्रिका के रेफरी, यूनेस्को की परियोजनाओं के कोऑर्डिनेटर रहे। ललितकला अकादमी के एडवाइजर रहे।

वर्तमान सेवा—देशकाल सोसाइटी नामक अखिल भारतीय सामाजिक (शोधमूलक) संस्था के सदस्य और फोकब्रेन नामक संस्था के चेयरमैन हैं एवं दिल्ली सरकार के मैथिली भोजपुरी अकादमी दिल्ली के सदस्य हैं।

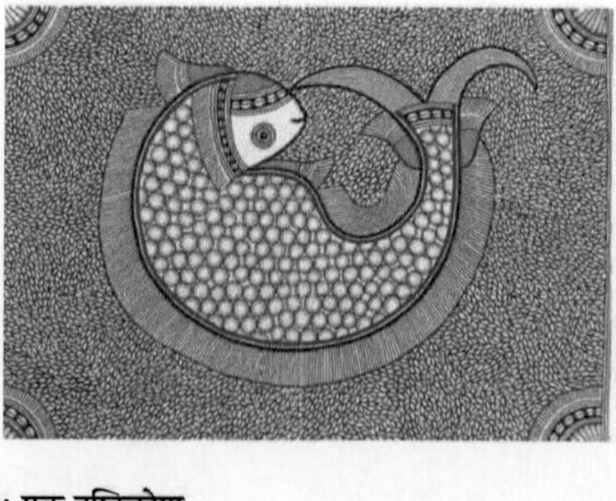

देसिल बयना का सूत्र वैदिक ऋचा के समान सार्वदेशिक, सर्वकालिक है

प्रश्न—आप विद्यापति से कितने प्रभावित हैं?

उत्तर— अत्यधिक। मैं उन्हें केवल कवि, सलाहकार नहीं मानता। वे बहुमुखी प्रतिभा के व्यक्तित्व थे।

प्रश्न—आपके लेखन/शोध में कहाँ-कहाँ विद्यापति का वास है?

उत्तर— वैसे मैं न तो साहित्य का छात्र रहा हूँ न मैथिली संस्कृति और संदर्भ का। फिर भी जब कभी एक मानवविज्ञान के छात्र और शोधकर्मी के रूप में मिथिला की संस्कृति के किसी पक्ष पर फोकलोर अथवा संरचनात्मक व्यवस्थाओं का ऐतिहासिक दृष्टि से अध्ययन करने लगता हूँ, तो विद्यापति अपनी रचनाओं के अनेक संदर्भ और प्रमाण के साथ आ जाते हैं। उनकी उपस्थिति से समस्याएँ दूर होने लगती हैं। कथ्य प्रामाणिक होने लगते हैं।

प्रश्न—विद्यापति के बाद के लेखकों में कितना प्रभाव आपको देखने को मिलता है?

उत्तर— विद्यापति के अनेक पक्ष हैं। अगर लोक, भक्ति और शृंगार मात्र ले लें तो भी आजतक के कवि और साहित्यकार के लिए प्रेरणास्त्रोत रहे हैं महाकवि। गुरुदेव रवीन्द्रनाथ ठाकुर तो सार्वजनिक रूप से मानते हैं और स्वीकार करते हैं, कि उन्होंने कविता कला विद्यापति से ही सीखा है। प्रेम, भक्ति और शृंगार के कवि भी महाकवि का अनुसरण करते रहे हैं। विद्यापति एक भाषा से ऊपर उठकर अनेक भाषा और संस्कृतियों में सूर्य के समान आभा बिखेरने वाले अनुपम सहित्यकार हैं। मैथिली के अतिरिक्त बंगाली, उड़िया, असमिया, मणिपुरी, हिंदी, मगही, भोजपुरी, अवधी और ब्रज की भाषाओं और संस्कृतियों के साहित्यकार विद्यापति का अनुसरण करते आ रहे हैं। मैथिली के अनेक कवियों ने अपनी रचना विद्यापति का भनिता ष्भनहि विद्यापतिष लगाकर अपने को गौण और महाकवि को बार बार जागृत करने का प्रयास किया है।

प्रश्न—आज के समय में 'देसिल बयना सभजन मिट्ठा' को किस परिप्रेक्ष्य एवं वस्तुस्थिति में देखने को मिलता है?

उत्तर—यह एक अद्‌भुत और अनुपम वैश्विक नारा है, जिसका निर्माण महाकवि ने किया था। देसिल बयना का अर्थ मातृभाषा से है। मातृभाषा के साथ अनुराग और अपनत्व से है। यह वैश्विक और सार्वभौमिक मंत्र है। यह वैदिक ऋचा के समान है। सार्वदेशिक और सर्वकालिक है। दुर्भाग्य से यह बात कुछ लोग जो अपने को हिंदी कबीले का सरदार मानते हैं, नहीं समझ पा रहे हैं। जब तक सभी जमीन की भाषा को फलने फूलने नहीं देंगे तब तक हिंदी लिंक भाषा का विकास अधर में लटका रहेगा। जड़ की भाषाएँ जन से सरोकार, मिट्टी से सरोकार, पानी हवा से सुंगध लेकर चलती हैं, इनको बाधित नही, पुष्पित और सिंचित करने की ज़रूरत है। इनकी गति को तोड़ने की नहीं, इनके साथ ताल में ताल मिलाकर चलने की ज़रूरत है। ये भाषाएँ हिंदी रूपी भाषा को सुंदर, सहज, और समुन्नत बनाती हैं। नए बिम्ब, भाव, शब्द, भूमि का निर्माण करती हैं। इन्ही देसिल बयना के कारण भारत विभिन्नता में एकता का सर्वश्रेष्ठ उदाहरण बना हुआ है।

प्रश्न—राजनीति सामाजिक जीवन में आज विद्यापति कितने प्रासंगिक हैं?

उत्तर—विद्यापति अनुभव के उत्तम प्रमाण हैं। राजनैतिक, कूटनैतिक, धार्मिक और सामाजिक सभी परिवेश को उन्होंने देखा है, समझ लिया है। अलग अलग 6 राजाओं और तीन रानियों के साथ काम करने का उनका विपुल अनुभव है। वे सामाजिक कुरीति जैसे सतीप्रथा को मिथिला की भूमि पर नहीं जमने देते हैं। रानी विश्वास देवी को अपने पति के चिता पर से खींच लाते हैं, उनको लोकधर्म और पारिवारिक सामाजिक मर्यादा का भान दिलाते हैं। प्रमाण से गलत परंपरा को पनपने ही नहीं देते। विद्यापति शाश्वत साहित्यकार हैं। वो महिला जो युवा है, तथाकथित रूप से अस्पृश्य है, अछूत है, लेकिन सुन्दर है और जिसका पति विदेस गया है, पर किस तरह से उच्च वर्ग के लोग अपना गिद्ध दृष्टि जमाए हैं और कैसे उसके देह का शोषण करना चाहते हैं, आदि का वर्णन विद्यापति करते हैं। विद्यापति गोप और ग्रामीण बालक और बालाओं के साथ बचपन से खेलते हैं, उनके लिए गीत और पदावली लिखते हैं, महिलाओं की दुर्दशा का बखान करते हैं। विद्यपति काली और गंगा, भैरवि और पार्वती में समानता ढूंढते हैं। विद्यापति हारमनी के राजदूत हैं। विद्यपति लोक और शास्त्र में सेतु हैं। उनको आज भी समझने और अपनाने की ज़रूरत है।

प्रश्न—शृंगार भक्ति के समन्वय पर विद्यापति के लिए आपका अपना दृष्टिकोण क्या है?

उत्तर—यह प्रश्न जटिल है। विद्यापति लोकधर्मी कवि हैं। भगवान में भी इंसान देखते हैं। उनकी राधा देह और नेह की राधा भी है। जब महाकवि राधा अथवा किसी नायिका के शरीर का वर्णन करते हैं तो देह ही प्रबल होता है। देह से देह का वनावट, कसाव से आकर्षण होता है। लेकिन लोकधर्म तो है। महाकवि साकांक्ष हैं। जब नायिका फंसने लगती है या नायक अटकने लगता है, तो महाकवि का भक्ति भाव प्रकट हो उठता है। फिर कभी कभी तो अति क्लिष्ट और गहन हो जाते हैं। महासागर बन जाते हैं। जिसको जितना लेना है, जो लेना है, वह ले ले। जिसको जैसा देखना है, वह वैसा देख ले।

प्रश्न—आज भी विद्यापति के साहित्य का मूल्यांकन और पुनर्मूल्यांकन पर आपके क्या विचार हैं?

उत्तर—इसका उत्तर विद्यापति ही देते हैं—

सेहो पिरिती अनुराग बखानित।
तिल तिल नूतन होय।
सखि की पूछेसि अनुभव मोय॥

सत्य भी यही है। एक तो महाकवि के समस्त कार्यो का अनेक भाषाओं मूलरूप से हिंदी और अंग्रेजी में अभी भी सम्यक अनुवाद नहीं हुआ है। उस पर और उसके लेखन के पीछे के इतिहास पर काम करने की गहन आवश्यकता है। विद्यापति पर साहित्य के अतिरिक्त फोकलोर (लोकविद्या) एथनोग्राफी, मानवविज्ञान, इतिहास, पुरातत्त्व शास्त्र, दर्शन और संस्कृत के विद्वानों और शोधकर्मी को मिलकर गहन अन्वेषण करने की ज़रूरत है। विद्यापति के रचनाओ को अनेक आदिवासी समाज और लोक कलाकारों ने जिलाकर रखा है। उनपर भी कार्य करने की ज़रूरत है। विद्यापति पर ब्राह्मण और कायस्थ के अतिरिक्त हरिजन एवं अन्य लोगों पर भी काम करने की ज़रूरत है। किस तरह से विद्यापति का विस्तार मैथिली से अन्य भाषाओं में लोक के द्वारा ख़ासकर लोक कलाकारों के द्वारा त्वरित अनुवाद कर उसको अनुष्ठान से लेकर स्टेज तक रखा जाता है, यह अपने आप में एक शोध का विषय है।

प्रश्न—मिथिलांचल की लोकाचार में विद्यापति की प्रासंगिकता क्या है?

उत्तर—विद्यापति और मिथिलांचल की लोकाचार एक दूसरे के पूरक हैं। सांस और शरीर हैं। देह और आत्मा हैं। जैसे खुसरो के गीत के बिना उत्तर प्रदेश और हरियाणा के अनेक क्षेत्रों में शादी विवाह नहीं हो सकते, लोग महफिल नहीं जुटा सकते ठीक उसी तरह से बल्कि उससे बढ़कर विद्यापति मिथिला—भारत और नेपाल दोनों का मिथिला के लिए हैं। यहाँ विवाह, उपनयन, मुण्डन, गर्भाधन,

सभी में विद्यापति हैं। नायक अथवा नायिका, वह पति जो मिथिला से दूर काम के तलाश में गया है और उसकी पत्नी जो गाँव में उसके इंतजार में, विरह वेदना में अपना समय काट रही है, प्रेम में मत्त नायक और नायिका, भगवत भजन में लीन बुजुर्ग सभी के लिए विद्यापति एक कम्पलीट प्लैटर हैं। उनके पास सभी के लिए कहने की प्रचुर सामग्री उपलब्ध है और तो और मगध, भोजपुर में भी महाकवि व्याप्त हैं। बंगाल और उड़ीसा में उनकी उपस्थिति है।

प्रश्न—मैथिली को भाषा की मान्यता मिलने के साथ ही हिंदी से पृथक करने का प्रश्न खड़ा कर दिया गया है। ऐसे में भविष्य में हिंदी और मैथिली का कितना नुक़सान है और क्या लाभ देखकर यह बहस छेड़ी गई?

उत्तर-यह समझ में नहीं आ रहा है। हिंदी बहुत बाद में विकसित लिंक भाषा है। हिंदी को चाहिए कि मैथिली के विकास में और अधिक सहयोग करे। मैथिली और हिंदी दो स्वतंत्र नदियाँ हैं, जो साथ साथ बहती हैं। कभी कभी दोनों का संगम भी हो जाता है। मैथिली से हिंदी लाभान्वित होती है। लेकिन दोनों का अलग अलग और स्वतंत्र अस्तित्व है। हिंदी महत्वपूर्ण है क्योंकि इसमें मैथिली, मगही, भोजपुरी, ब्रजबोली, बुंदेलखंडी, अवधी भाषाएँ मिली हुई हैं। हिंदी महान है, क्योंकि इसमें मैथिली के विद्यापति, भोजपुरी के कबीरदास, अवधी के तुलसीदास, राजस्थानी की मीरा, ब्रजबोली के सूरदास आसन जमाये बैठे हैं। अगर इन सबों को हटा दीजिये तो हिंदी कहाँ है?

प्रश्न—इस साहित्य धरोहर को आगे बढ़ाने व लोक-संस्कृति के विकास हेतु कौन कौन से प्रयास साहित्यकार समाज और सरकार द्वारा किये जा रहे हैं? साथ ही किस प्रकार के प्रयास कारगर सिद्ध हो सकते हैं?

उत्तर—इस दिशा में सरकार तो उदास है। इतना ज़रूर है, कि मैथिली को अष्टम अनुसूची में डाल दिया गया है। दुर्भाग्य से मैथिली की पढ़ाई स्कूलों में नहीं है। विद्यापति पदावली पर कार्य नहीं किये जा रहे हैं। अलबत्ता लोग उनके नाम पर जगह जगह विद्यापति पर्व समारोह करके नाच गाने का भोंडा आयोजन करते हैं जहाँ विद्यापति के अतिरिक्त सभी कुछ होता है। बंगाल रवीन्द्रनाथ ठाकुर पर इतना समर्पित है लेकिन बिहार मौन है।

डॉ. शेफालिका वर्मा

जन्म—9 अगस्त, 1983, बंगाली टोला, भागलपुर, बिहार

पिता—श्री ब्रजेश्वर मल्लिक

माता—श्रीमती अन्नपूर्णा मल्लिक

शिक्षा—पीएच.डी, हिन्दी

लेखन विधा, कविता, कहानी, संस्मरण, निबन्ध, हिन्दी, मैथिली, अंग्रेजी में

सम्मान—साहित्य अकादमी सम्मान, फर्स्ट वर्ल्ड वीमेन अवार्ड, लाइफटाइम वीमेन एक्सीलेंस अवाड, यात्री चेतना सम्मान, मिथिला विभूति, स्वजन सम्मान, मैथिली की महादेवी, काव्य विनोदिनी, मुरलीधर शेखर सम्मान, अटल मिथिला सम्मान, मैथिली की मीरा, हिन्दी साहित्य शताब्दी सम्मान, कविवर चन्दा झा सम्मान, युग पुरुष भोला लाल दास सम्मान, पूर्वांचल प्राइड—सम्मान, मिथिलाक्षर साक्षरता सम्मान, भाषा एवं साहित्य सम्मान आदि अनेको सम्मान से सम्मानित।

सम्प्रति—मैथिली भोजपुरी अकादमी की परामर्शदात्री समिति की सदस्य, दिल्ली सरकार।

विद्यापति ने श्रृंगार का दुस्साहसपूर्ण वर्णन किया है

प्रश्न—आप विद्यापति से कितने प्रभावित हैं?

उत्तर—आज से क़रीब छह सौ साल पहले अभिनव विद्यापति ने काव्य की जो सुरसरिता बहाई, उसकी शीतल तीव्र धारा में डुबकी लगा कर कोई भी अपने को धन्य कर सकता है। गीतों की उस मन्दाकिनी में प्राणों का अप्रतिहत वेग है, यौवन का चंचल प्रवाह है और हृदय को स्पन्दित करने वाला कलकल निनाद है।

प्रश्न—आपके लेखन/शोध में कैसे-कैसे और कहाँ-कहाँ विद्यापति का वास है?

उत्तर—मैं हिन्दी की अवकाश प्राप्त प्रोफेसर हूँ, स्वभावतः मैंने हिन्दी साहित्य का इतिहास के आदिकाल में ही विद्यापति को पढ़ा। सच तो यह है, कि हम घर में मैथिली ही बोलते थे, क्योंकि माता, मातृभाषा और मातृभूमि का आदर हमें जन्मघूंटी की तरह पिलाया गया था। किन्तु जब मैं विद्यापति पढ़ने लगी तो जरा भी भान नहीं हुआ, कि इनकी भाषा हमारी मातृभाषा मैथिली है, क्योंकि उसके साथ ही, अवहट्ठ, ब्रजभाषा, अवधी, सधुकड्डी आदि भाषाओं से भरा हिन्दी साहित्य का इतिहास है, उसी तरह एक भाषा मैथिली भी है, हिन्दी साहित्य के आदिकाल से ही विद्यापति आते हैं, जिनकी भाषा मैथिली है, जिस तरह रामचरित मानस की भाषा अवधी, सूर साहित्य की भाषा ब्रजभाषा आदि-आदि भाषाओं से हिन्दी साहित्य समृद्ध है। मैथिली भाषा का उल्लेख होते ही इसका इतिहास लगभग विद्यापति से ही आरम्भ होता है। यदि मैथिली रचनाकारों की लोकप्रियता की बात की जाय तो इस कतार के शीर्ष में भी महाकवि विद्यापति ही मिलते हैं। लगभग छः शताब्दी उपरांत भी इस मैथिल कवि कोकिल के समतुल्य स्थान आज तक कोई नहीं ले सका।

प्रश्न—विद्यापति के बाद के लेखकों में कितना प्रभाव आपको देखने को मिलता है?

उत्तर-युग और समाज का प्रभाव साहित्य पर पड़ता है। किन्तु, युग बोध के साथ युगान्तर बोध को भी आत्मसात करना समीचीन होता है। सामान्यतः साहित्यकार किसी शून्य में नहीं उतपन्न हो एक विशेष युग, विशेष समाज, विशेष परिवेश

में उत्पन्न होता है। अस्तु अपने युग से प्रभावित होना स्वाभाविक है। इसी कारण साहित्यकार में युगबोध के अतिरिक्त युगान्तरबोध भी होता है। उसकी मानसिकता एक ऐसी त्रिवेणी है, जिसमें बीते युग की चिरंतन जीवनमूल्य की गंगा, वर्तमान युग की समस्याओं से आक्रान्त उच्छल यमुना और अनागत भविष्य की अंत:सलिला सरस्वती भी रहती है। भारतवर्ष विश्व का सबसे प्राचीनतम देश है और अपनी अविच्छिन्न परम्परा, जीवन मूल्य-निष्ठा को निरंतर अक्षुण्ण रखा है। समस्त विश्व में इतनी प्राचीन सांस्कृतिक उत्तराधिकारी के रूप में आज कोई भी राष्ट्र जीवित नहीं। तभी तो इक़बाल ने लिखा है—

यूनानो, मिस्त्रो, रोमा सब मिट गए जहाँ से
कुछ बात है, कि हस्ती मिटती नहीं हमारी

यह साहित्य ही है, कि हमारे समक्ष अतीत को उजागर करते, भविष्य के लिये नवल दृष्टि देता है। कोई युग आये या जाए साहित्यिक मूल्य सब दिन ही शाश्वत रहते हैं और वही विचार परिप्लावित हो धर्म, कला और विज्ञान में प्रकट होता है। केवल सत्य की प्रतिष्ठा ही नहीं वरन् सत्य के साथ ही सुन्दरम् शिवम् की भी प्रतिष्ठा होती है। विज्ञान में न्यूटन से लेकर आज तक के वैज्ञानिक गुलाब को गुलाब ही कहते आ रहे किन्तु, साहित्यकारों ने उसे अपने अपने मन के अनुसार व्याख्यायित किया है। यही एक कारण है, कि आज केवल गुलाब की खेती ही नहीं, वरन् कितने प्रकार की खोज भी हुए जिसका आधार ही साहित्य रहा, साहित्य केवल प्रेम-झगड़े आदि का दर्पण ही नहीं, जीवन की उपयोगिता में भी सहायक, मन की शांति में भी चाहे वो किसी भी भाषा का साहित्य हो मैथिली, बंगला, डोगरी तमिल तेलगु पंजाबी आदि।

प्रश्न—आज के समय में 'देसिल बयना सब जन मिट्ठा' को किस परिप्रेक्ष्य एवं वस्तुस्थिति में देखने को मिलता है?

उत्तर—आज कितने ही आंदोलन के बाद मैथिली साहित्य को संविधान में स्थान मिला यह अज्ञेय नहीं है। किन्तु, इसके बाद भी मैथिली को वह स्थान नहीं मिला, जो बंगला भाषा को मिली है। हिन्दी के बाद बंगला साहित्य ही विश्व साहित्य में अपना स्थान पा चुका है। इसका मुख्य कारण है, बंगला से हिन्दी में अनुवाद होना। शरद, बंकिम, टैगोर, महाश्वेता आदि बंगला में ही लिखते थे, पर, अनुवाद के कारण वे विश्व विख्यात हो गए, इसी तरह मैथिली साहित्य में भी कितने शरत, बंकिम, टैगोर आदि भरे हैं, जो विश्व के रंगमंच पर स्थान पाने ललक रहे होंगे। समय बीत जाता, साहित्यकार नहीं बीतता, वह अपने समय का सामाजिक परिवेश का मूल्य लिए अक्षुण्ण रहता है। देसिल बयना का सूत्र सर्वत्र, सर्वज्ञ है और अपना स्वरूप बदलते हुए प्रासंगिक है।

प्रश्न—राजनीतिक सामाजिक जीवन में आज विद्यापति कितने प्रासंगिक हैं?

उत्तर—हमारा मैथिली साहित्य का इतिहास एवम संस्कृति विश्व की प्राचीनतम् धरोहर है। यदि आज अनुवाद परंपरा का जन्म सुदूर अतीत से हुआ रहता तो मैथिली साहित्य की तूती बोलती रहती, एक विद्यापति नहीं कितने ही उनसे ऊपर नहीं तो उनके समकक्ष मिल जाते विभिन्न विधाओं में। अनुवाद होता है, किन्तु धीमी गति के समाचारों की तरह जब तक अगला शब्द सुने, तब तक पीछे का भूल जाये, बस पुरस्कारों तक ही सीमित रही। यदि सरकार प्रत्येक क्षेत्रीय भाषाओं के साहित्य को राष्ट्रभाषा हिन्दी में कराने की व्यवस्था भी करती तो यन्त्र विज्ञान के साथ ही मानव तन्त्र की भी परिष्कृति होती। साहित्य कुछ भी न करे किन्तु मनुष्य को मनुष्य बनाने की चेष्टा तो करता ही है। एक सुन्दर सुसंस्कृत समाज का आविर्भाव होता। हम अपने युग को सुन्दर नहीं बना सके तो ये युग के साथ अन्याय होगा। हिन्दी साहित्य के आदिकाल से ही विद्यापति आते हैं, जिनकी भाषा मैथिली है, जिस तरह 'रामचरितमानस' की भाषा अवधी, सूर साहित्य की भाषा ब्रजभाषा आदि-आदि भाषाओं से हिन्दी साहित्य समृद्ध है।

प्रश्न—राजनीतिक सामाजिक जीवन में आज विद्यापति कितने प्रासंगिक हैं?

उत्तर—विद्यापति ने संस्कृत, अवहट्ठ, एवं मैथिली में कविता रची। इसके अलावा भूपरिक्रमा, पुरुषपरीक्षा, लिखनावली आदि अनेक रचनाएँ साहित्य को दी। कीर्तिलता और कीर्तिपताका नामक रचनाएँ अवहट्ठ में लिखी हैं। पदावली की भाषा मैथिली है, किन्तु, कुछ विद्वान इसे हिन्दी भी मानते हैं और वही उनकी प्रसिद्धि का कारण हैं। पदावली में कृष्ण-राधा विषयक श्रृंगार के पद हैं। इनके आधार पर इन्हें हिन्दी में राधा-कृष्ण-विषयक श्रृंगार-काव्य के जन्म दाता के रूप में जाना जाता है। विद्यापति के पदों को आलोचकों ने कभी तो भक्तिवाद तो कभी श्रृंगार रस की अति में देखा है। विद्यापति शैव थे, 'पदावली' में राधा-कृष्ण की लीलाओं का वर्णन है, जिनके आधार पर श्यामसुन्दर दास ने उन्हें परम वैष्णव कृष्ण भक्त कवि माना है, किन्तु पदावली में राधा-कृष्ण की भक्तिभाव की अपेक्षा उनके मांसल, मादक तथा मुक्त श्रृंगार के प्रसंग अधिक हैं।

प्रश्न—श्रृंगार भक्ति के समन्वय पर विद्यापति के लिए आपका अपना दृष्टिकोण क्या है?

उत्तर—विद्यापति के पदों को आलोचकों ने कभी तो भक्तिवाद तो कभी श्रृंगार रस की अति में देखा है। इनकी रचना को पढ़ते हुए पता ही नहीं चलता है की श्रृंगार सरिता में डूबते हुए कब भक्ति के सुरम्य तट पर आ खड़े हुए। भक्ति और श्रृंगार का ऐसा संगम शायद ही कहीं और होगा। विद्यापति को पढ़ने वाला

इनको भक्त या श्रृंगारिक कवि के रूप में मानते हैं और यह सत्य भी है। उस समय एवं अभी भी भारतीय काव्य एवं सांस्कृतिक परिवेश में गीति काव्य का बड़ा महत्व है, संभवतः इसी कारण विद्यापति की लोकप्रियता हर कालखण्ड में बनी रही है। विद्यापति के काव्य में भक्ति एवं श्रृंगार के साथ साथ गीति प्रधानता भी मिलती है। इनकी यही गीतात्मकता इन्हें अन्य कवियों से भिन्न करती है। विद्यापति शैव हैं या शाक्त इससे कुछ भी अंतर नहीं पड़ता। 'पदावली' में राधा-कृष्ण की लीलाओं का वर्णन है, जिनके आधार पर श्यामसुन्दर दास ने उन्हें परम वैष्णव कृष्ण भक्त कवि माना है, किन्तु पदावली में राधा-कृष्ण की भक्तिभाव की अपेक्षा उनके मांसल, मादक तथा मुक्त श्रृंगार के प्रसंगग अधिक हैं जिनकी मादकता को कवि निराला ने 'नागिन की लहर' कहा है, रामचन्द्र शुक्ल विद्यापति को कृष्ण भक्ति परम्परा में नहीं मानते, वे व्यंग्यपूर्वक कहते हैं। "आध्यात्मिक रंग के चश् में आजकल बहुत सस्ते हो गए हैं, उन्हें चढ़ाकर जैसे कुछ लोगों ने 'गीत गोगगविन्द' को आध्यात्मिक संकेत बताया है वैसे ही विद्यापति के इन पदों को भी', डॉ. बच्चन सिंह के शब्दों में-विद्यापति की कविता का स्थापत्य श्रृंगारिक हैं, उसे आध्यात्मिक कहना खजुराहो के मन्दिर को आध्यात्मिक कहना है, उनके श्रृंगार में यौवनोन्माद का शारीरिक आमंत्रण है, सम्भोग का सुख है, विलास की विहव्लता, वियोग में स्मृतियों का संबल और भावुकतापूर्ण तन्मयता है।'

देशभाषा मैथिली में रचित 'पदावली' अपनी भाषागत् मिठास के कारण मिथिला प्रदेश के साथ ही बंगाल में भी लोकप्रिय रही है, इतना ही नहीं राधा-कृष्ण की प्रेम लीलाओं का वर्णन करने वाले कृष्ण भक्त कवियों पर 'पदावली' का प्रभाव पड़ा है। विद्यापति के पदों में कभी घोर भक्तिवाद तो कभी घोर श्रृंगार रस देखने को मिलता है। इनकी रचना को पढ़ते हुए पता ही नहीं चलता है की श्रृंगार सरिता में डूबते हुए कब भक्ति के सुरम्य तट पर आ खड़े हुए। भक्ति और श्रृंगार का ऐसा संगम शायद ही कहीं और होगा। विद्यापति को पढ़ने वाला इनको भक्त या श्रृंगारिक कवि के रूप में मानते हैं और यह सत्य भी है। उस समय एवं अभी भी भारतीय काव्य एवं सांस्कृतिक परिवेश में गीति काव्य का बड़ा महत्व है, संभवतः इसी कारण विद्यापति की लोकप्रियता हर कालखण्ड में बनी रही है। विद्यापति के काव्य में भक्ति एवं श्रृंगार के साथ साथ गीति प्रधानता भी मिलती है। इनकी यही गीतात्मकता इन्हें अन्य कवियों से भिन्न करती है। देशभाषा मैथिली में रचित 'पदावली' अपनी भाषागत मिठास के कारण मिथिला प्रदेश के साथ ही बंगाल में भी लोकप्रिय रही है, इतना ही नहीं राधा-कृष्ण की प्रेम लीलाओं का वर्णन करने वाले कृष्ण भक्त कवियों पर 'पदावली' का प्रभाव प है विद्यापति के श्रृंगारी कवि होने का कारण बिल्कुल स्पष्ट है। वे दरबारी कवि थे और उनके प्रत्येक पद पर दरबारी वातावरण की छाप दिखाई देती है। पदावली में कृष्ण की कामुकता का वर्णन किया

गया है। यहाँ कृष्ण जिस रूप में चित्रित हैं, वैसा चित्रण करने का दुस्साहस कोई भक्त कवि नहीं कर सकता। इसके इलावा राधा जी का भी चित्रण मुग्धा नायिका के रूप में किया गया है। इनकी रचना को पढ़ते हुए पता ही नहीं चलता है, कि श्रृंगार सरिता में डूबते हुए कब भक्ति के सुरम्य तट पर आ खड़े हुए। भक्ति और श्रृंगार का ऐसा संगम शायद ही कही और होगा। विद्यापति को पढ़ने वाला इनको भक्त या श्रृंगारिक कवि के रूप में मानते हैं और यह सत्य भी है। उस समय एवं अभी भी भारतीय काव्य एवं सांस्कृतिक परिवेश में गीति काव्य का बड़ा महत्व है, संभवत: इसी कारण विद्यापति की लोकप्रियता हर कालखण्ड में बनी रही है। विद्यापति के काव्य में भक्ति एवं श्रृंगार के साथ साथ गीति प्रधानता भी मिलती है। इनकी यही गीतात्मकता इन्हें अन्य कवियों से भिन्न करती है। किन्तु, विद्यापति के गीत श्रृंगार रस के होते हुए भी, वे अंत में भक्ति गीत कहने में नहीं चूकते। श्रृंगार में रस लेते दरबारियों को स्मरण करवा देते हैं, जैसे—

छाड़ू कन्हैया मोर आंचर रे फाटत नब सारी,
अपजस होयत जगत भरि हे, जानि करिए उघारी,

अंतिम पंक्ति में विद्यापति कहते हैं—हरि के संग किछ डर नहीं रे, तोहे परम गंवारी, यानी तुम ईश्वर के साथ हो, तुम्हें किससे डर? , विद्यापति हरेक श्रृंगारिक पदों के अंत में यह इंगित कर देते हैं, कि तुम श्रृंगार रस में झूमो मत—परमपिता परमेशर (हरि) उनके साथ हैं। नायिका के बाह्य सौन्दर्य के वय:संधि का वर्णन बहुत ही सूक्ष्मता से किया है। जहाँ तक नख-शिख वर्णन की बात है, वह अन्य कवियों की रचनाओं में भी देखने को मिलता है। लेकिन विद्यापति उस परम्परा से कुछ अलग ही दिखाई देते हैं। कवि ने नायिका का नख-शिख वर्णन खूब जमकर किया है। विद्यापति रूप-सौन्दर्य के सूक्ष्म चितेरे हैं। इनके रूप सौन्दर्य की झलक हमें 'वय: संधि' सम्बन्ध पदों में देखने को मिलता है। नायिका बचपन को छोड़ती हुई युवा अवस्था में प्रवेश कर रही है। उसमें शारीरिक परिवर्तन के साथ-साथ मानसिक परिवर्तन भी हो रहा है। ऐसे सूक्ष्म परिवर्तनों की जितनी सूक्ष्मता से विद्यापति ने देखा और जाना है, उतना किसी अन्य कवि की दृष्टि वहाँ तक नहीं पहुँची है। विद्यापति ने इस सौन्दर्य को बड़े ही काव्यात्मक ढंग से निहारा है। बचपन में कभी गीता प्रेस से प्रकाशित पत्रिका 'कल्याण' में पढ़ा एक समय में जितने साधु कृष्ण की प्राप्ति के लिये कठोर तपस्या में लीन थे, कृष्ण ने प्रसन्न होकर उन्हें अपनी गोपियाँ बना दिया, और उन्हीं में जो सबसे कृष्ण के पागल प्रेम में डूबा था। पागलों की तरह कृष्ण का मतवाला था, कृष्ण ने अपने साथ राधा के रूप में रख लिया, अपनी प्रेमिका बना लिया 'मेरे साथ लोग तुम्हारा भी नाम लेंगे' और प्रेम की एकात्मकता की विशालता का अनुपम उदाहरण रख दिया। अपने भक्तों के समक्ष। राधा का अर्थ कृष्ण और कृष्ण का अर्थ ही राधा हुआ। मेरा भी विश्वास यही रहा, राधा-

कृष्ण की जोड़ी प्रेम की पराकाष्ठा है, इससे इतर प्रेम हो ही नहीं सकता। बंगाल के चैतन्य महाप्रभु यूँ ही नहीं विद्यापति के पदों को गाते-गाते भाव मूर्च्छना में आ जाते थे। विद्यापति की यही राधा तो सूर, रसखान, बिहारी के दोहों में अपने रसमय, रंगमय और अलौकिक रूप में छायी रही। मैं ने विद्यापति पदावली की राधा को कभी शृंगारिक नायिका के रूप में नहीं देखा। कवि लिखता है, पाठक अपने मन से, अपने हृदय से ही उन कविताओं का विश्लेषण करता है, जाकी रही भावना जैसी प्रभु मूरत देखि तीन तैसी।

प्रश्न—आज भी विद्यापति साहित्य के मूल्यांकन और पुनर्मूल्यांकन के संदर्भ में आपके क्या विचार हैं? क्यों?

उत्तर— विद्यापति का साहित्य व्यापक और विराट है उसमें सतत मूल्यांकन व पुनर्मूल्यांकन का स्थान रहा है और रहेगा।

प्रश्न—मिथिलांचल के लोकाचार में विद्यापति की प्रासंगिकता क्या है?

उत्तर— आज भी विद्यापति के गीत घर-घर में गाये जाते हैं, किसी भी त्यौहार से शादी विवाह तक में इनके गीत प्रचलित है। जय जय भैरवी असुर भयाउनि से लेकर—कखन हरब दुःख मोर हे भोलानाथ, के पतिया लय जायत रे मोरा प्रियतम पास—मानव हृदय को विह्वल कर देता है शायद यही वो कारण है जो प्रत्येक मानव को इस प्रांगण में आकर नतमस्तक हो जाना पड़ता है और इस रूप में विद्यापति की रचना सदैव ताजी रहेगी। ध्यान देने वाली बात ये है, कि जो साहित्य जातीय ओर युगीन परिस्थिति से उपजता है वह अधिक दिनों तक नहीं टिक पाता है। परन्तु विद्यापति के काव्य में एक ओर उनका युग और समाज बोल रहा है तो दूसरी ओर सार्वभौम भावनाओ के स्वर फुट रहे हैं। किन्तु, विद्यापति का जन्म स्थान 'विस्फी' अभी भी उपेक्षित है। आचार्य रमानाथ झा ने १९५३ के अपने आलेख विस्फी माहात्म्य में विशद चर्चा की है—मैं उस संस्कार के मध्य पला बढ़ा हूँ जहाँ—'कलौ स्थानानि पूज्यन्ते' का सिद्धांत सर्वमान्य है। मैथिली साहित्योद्यान के रस्सञ्चरी के लिये विस्फी से विशेष महिमाशाली और कौन सी जगह मिथिला में हो सकती है?...। मुझे पूर्ण विश्वास है, कि इस गाँव के गर्भ में अतीत की अक्षुण्ण गौरव गाथाओं की बहुमूल्य सामग्रियाँ होंगी।—विद्यापति की स्मृति की रक्षा हो, हमारे अतीत की गौरव गाथाओ का उद्‌घाटन हो, और इससे ज़्यादा अभी वर्तमान में कोई भी काम दूसरा काम ज़रूरी नहीं। (मार्च १९५३ वैदेही)। कितना दुःखद है हमारे देश में साहित्यकारों का अवमूल्यन होना। आज विदेश में विद्यापति हुए होते तो उनका जन्मस्थल एक विशाल टूरिस्ट स्पॉट बना दिया जाता। अंग्रेज कहते हैं, यदि हमें एक ओर शेक्सपीयर और एक ओर विश्व का साम्राज्य दें तो हम

शेक्सपीयर को चुनेंगे, उनके सामने विश्व का साम्राज्य ठुकरा देंगे। पर हमारे यहाँ न जाने कितने शेक्सपीयर भरे पड़े हैं जो अब पुस्तकों से भी विलुप्त होते जा रहे। केवल मैथिली ही नहीं देश की सारी भाषाओं का यही हश्र है।

प्रश्न—मैथिल को भाषा की मान्यता मिलने के साथ ही हिन्दी से पृथक करने का प्रश्न खड़ा कर दिया गया है। ऐसे में भविष्य में हिन्दी और मैथिली का कितना नुक़सान है (ह्रास) और क्या लाभ देखकर यह बहस छेड़ी गई?

उत्तर—मुझे तो दु:ख होता है, कि हिन्दी वैकल्पिक भाषा होते भी उसके परीक्षक नम्बर नहीं देते, दुर्भाग्य हिन्दी का। जिस समय मैट्रिक की परीक्षा में एक साथ ही मैथिली, बंगाली आदि भाषाओं को पचास अंक हिन्दी एवं पचास अंक अन्य क्षेत्रीय भाषाओं को स्थान दिया गया उस समय खलबली मच गयी थी, विद्यार्थी एक सौ अंक की हिन्दी छोड़ पचास अंक की हिन्दी और पचास अंक की क्षेत्रीय भाषा लेने लगे, तब भी हिन्दी वालों की नींद नहीं टूटी। हिन्दी शिक्षकों के हाथों की कठपुतली बनी रही। हमें राष्ट्रभाषा हिन्दी की छवि समस्त देश में सुधारनी होगी। एक नियम बनानी होगी हिमालय से कन्या कुमारी तक, हिन्दी को राष्ट्रभाषा के रूप में स्वीकार करनी होगी। मैथिली के विख्यात साहित्यकार डॉ रामदेव झा ने अपने आलेख, 'मैथिली के अवरोधक तत्व' में कितना सच लिखा है 'एक और बड़ी बाधा है, वह यह कि कौन हैं मैथिल? जब तक मिथिला के लोग अपने को मैथिल नहीं समझेंगे, तब तक मैथिली की उन्नति सम्भव नहीं। इसके लिये ब्रह्म समाज भी कम दोषी नहीं। ऐसे ही एक बार आधुनिक मौथिली साहित्य पर केंद्रित समकालीन भारतीय साहित्य का विशेष खंड (62), साहित्य अकादमी से प्रकाशित, देखा। बड़ी ही निराशा हुई खास कर यह सोच कर कि बाईस भाषाओं के विशाल पाठक-वर्ग मौथिली की एकांगिकता ही देख पाएँगे। मौथिली की समग्रता के नाम पर मैथिली की बहत बड़ी अक्षमता था वह अंक। आख़िर मैथिली किन हाथों में पड़ी सिसक रही है? क्या मैथिली की नियति यही रहेगी? यह स्थिति बहुत ही त्रासद है एवं विद्वानों में काफी आक्रोश है। सच तो यह है, कि मैथिली साहित्य का स्वयं भी संपूर्ण इतिहास अब तक नहीं लिखा गया। और फिर मैंने इस बाबत समकालीन भारतीय साहित्य के सम्पादक को लिखा था—'साहित्य अकादेमी देश की सबसे महत्त्वपूर्ण संस्था है, जिस पर देश-विदेश सबों को नाज है। आप का नज़रिया भी निर्विवाद है। अस्तु, अकादेमी को किसी भी साहित्य के प्रकाशन में निरपेक्ष, सजग और सतर्क रहना होगा।—आधुनिक मैथिली साहित्य पर आप का यह विशेषांक बहुत ही सुंदर है, इस में शक नहीं। पर इसमें आधुनिक साहित्य का पूर्ण प्रतिनिधित्व नहीं हुआ है।—कितने ही कवि-लेखक ऐसे छूट गए जो देहरी के अंदर साहित्य-साधना के दीपक जलाए बैठे हैं। यह गलती वास्तव में हमारी ही है,

कि हमसबों की प्रतिनिधि रचनाएँ निष्पक्ष रूप से आप के पास नहीं पहुंची, एक साहित्यकार सफल कवि, लेखक, उपन्यासकार हो सकता है पर अच्छा आलोचक नहीं। कितु, आलोचक केवल आलोचक ही हो सकता है तभी वह स्वस्थ एवं सफल होता है, क्योंकि पूर्व एवं पश्चिम के आलोचना-सिद्धांत से उसके लेखन-संस्कार बँधे रहते हैं। भले ही वह कहानी, कविता भी थोड़ी-बहुत लिख ले। हिन्दी की प्रोफेसर होने के नाते थ्योरी में प्लूटो, अरस्तू, रिचर्ड्स से ले कर भारतीय काव्य-शास्त्रियों को मैं भी पढ़ाती हूँ, पर व्यावहारिकता में सच्चे अर्थों में आलोचक बन जाऊँ तो आलोचना के साथ न्याय नहीं होगा। आलोचना किसी कृत्ति की अच्छाई और बुराइयों के साथ होती है न कि कृति कार के व्यक्तित्व और चरित्र की। मैं अकादेमी की मैथिली सलाहकार समिति की सदस्या तो हूँ ही, साथ ही एक सजग रचनाकार भी हूँ। लकीर की फकीर की तरह मैथिली साहित्य का लुढ़कते चलना भाषा के साथ अन्याय है।—यदि आप अगले अंक में इस पत्र को स्थान देने का साहस कर सकें, तो आहत पाठकों के मन को राहत मिलेगी।—शेफालिका वर्मा, (3 फरवरी 1996—समकालीन भारतीय साहित्य)—'बस मैंने पढ़ा, देखा और जैसा समझा, अकादमी सम्पादक को लिख भेजा और उन्होंने इस बात की खुशी ज़ाहिर की और मेरे दोनों पत्रों को अकादमी पत्रिका में ज्यों के त्यों छाप दिए। सच तो यह है, कि किसी भी भाषा में नया पुराना कुछ भी नहीं होता। साहित्यकार जो कुछ भोगता है, जिस परिवेश में रहता है, वही लिखता है। उस को अपनी रचनाएँ अपनी संतान की तरह प्यारी होती हैं, भले ही वह 'टेढ़ बकौल' ही हो। इस में दो राय नहीं कि कोई भी मानव चाह कर भी कवि-लेखक नहीं बन सकता। यह ईश्वरीय वरदान (गॉड गिफ्टेड) होता है। हृदय में भावनाओं का तूफान रहते भी सबों में अभिव्यक्ति का सामर्थ्य नहीं होता। कालिदास और भवभूति सदृश कवियों को भी अपने पूर्ववती कवियों से भय होता था। कुमारसंभव लिख कर कालिदास को जो अपमान का सामना करना पड़ा, तो उन्होंने मालविकाअग्निमम् में लिखा, 'जो पुराना है वही काव्य है, जो नया है वह काव्य नहीं ऐसा जड़ ही बोलते हैं। जो विद्वान हैं वह किसी भी रचना की अच्छाई और बुराई की विवेचना करते हैं। 'भवभूति का उत्तर रामचरित करुण रस प्रधान था जबकि नाट्य-शास्त्र के नियमों में वीर या श्रृंगार रस अनिवार्य है। नियम उल्लंघन से सारे विद्वान बिगड़ गए। किंतु, भवभूति ने इतना ही कहा, 'कालोऽह्यं निरवधिर्विपुला च पृथ्वी'—'जो मेरी तरह समानधर्मी कवि होंगे, वे ज़रूर मुझे आदर देंगे।'

प्रश्न—इस साहित्य धरोहर को आगे बढ़ाने व लोक-संस्कृति के विकास हेतु कौन-कौन से प्रयास साहित्यकार समाज और सरकार द्वारा किये जा रहे हैं? साथ ही किस प्रकार के प्रयास कारगर सिद्ध हो सकते हैं?

उत्तर—सुदूर अतीत से ही हिन्दी भाषा का दुर्भाग्य रहा है, कि हिन्दी के मठाधीशों ने कभी भी हिन्दी के साथ न्याय नहीं किया। हिन्दी भाषा के पत्र में अंक देने में इतनी कंजूसी की, जैसे उनकी जेबें खाली हो जायेगी। उत्तर पुस्तिकाओं के मूल्यांकन में शुरू से ही अंक कम दिये जाते थे। उन्होंने कभी हिन्दी को मुक्त हवा में फलने-फूलने नहीं दिया। आज उसी संकीर्ण मानसिकता का ये परिणाम है। बाइस वैकल्पिक भाषाओं में हिन्दी भी एक भाषा है। क्यों नहीं हिन्दी में उतने अंक देते जो हिन्दी के विद्यार्थी को अन्य भाषाओं में घुसपैठ करनी पड़ती है, ये गम्भीर विषय आज सबों के सामने है। संघ की वैकल्पिक भाषाओं में ज़ाहिर है, उन्हीं विषयों के ज्ञाता भी उत्तर पुस्तिकाओं के मूल्यांकन करेंगे, डोगरी का डोगरी के विद्वान, तो गुजराती के गुजराती विद्वान, मैथिली का मैथिली के विद्वान् संघ ने तो संथाली भाषा को यहाँ तक अधिकार दिया है, कि वे देवनागरी लिपि में भी लिख सकते हैं और या अपनी लिपि ओलचिकी वसबीपाप में भी लिख सकते हैं, ज़ाहिर है, कि उनकी कॉपी उन्ही क्षेत्रों के ज्ञाता जांचेंगे। आज लोग आरक्षण के अधिकारों की समीक्षा के नियमन में लगे हैं, किन्तु यहाँ तो भाषाओं के अंकन का प्रश्न खड़ा किया गया है। मैथिली भाषा से जो आईएएस बनते हैं, उनका भी मैथिली के विकास में योगदान रहता है। विद्यापति ही क्यों नागार्जुन भी हैं और भी कितने साहित्यकार हैं। टैगोर का जन गण मन आज राष्ट्रीय गान बन गया। बौद्ध साहित्य प्राचीन इतिहास का अंग है, किन्तु उसका अलग अस्तित्व है। इस विषय से भी कितने आईएएस बनते हैं। इससे केवल बौद्ध ही नहीं प्राचीन इतिहास को भी बढ़ावा मिलता है। मैथिली भाषा के साहित्यकारों के योगदान को मात्र कुछ सुविधाओं के साथ जोड़ना अपमानजनक है। भारत विभिन्न भाषाओं का देश है तो फिर आख़िर मैथिली भाषा से ही डर क्यों जो सर्वदा असत्य है, उन्हें चिंतन की आवश्यकता? हम सोचें, कि प्रचुर मात्रा में अंक क्यों नहीं दे जिससे हिन्दी भाषा भी और भाषाओं की तरह उन्मुक्त मुक्त सांस ले सके। शायद यह भी कारण रहा हो, कि हिन्दी आज तक राष्ट्र भाषा नहीं बन सकी। जहाँ एक राष्ट्र हो एक राष्ट्र की भाषा हो, वही तो राष्ट्र भाषा बनती है, हमने तो अभी अपने स्वतंत्र देश को भारतवर्ष नहीं बना सके, आधी से ज़्यादा आबादी अभी इंडिया में रहती है। कोई शक नहीं यदि मैथिली भाषाओं की पुस्तकों का हिन्दी अंग्रेजी में उसी तेजी से अनुवाद होने लगे तो मैथिली भाषा का साहित्य विश्व साहित्य की गणना में आ जाय। और इसके लिए मैथिली संस्थाओं के साथ हिन्दी संस्थाओं को भी ध्यान देना होगा। सरकार की योजनाएँ तो बहुत है—बहुत तरह के अनुदानों की योजनाएँ बनी है यथा राष्ट्रीय महत्व के सांस्कृतिक संगठन, कलाकार पेंशन स्कीम, गैर लाभार्थी संगठनों द्वारा सांस्कृतिक विषयों पर सेमिनार, उतसवों तथा प्रदर्शनियों के लिए वित्तीय सहायता योजना भी है, संस्कृति के क्षेत्र में उत्कृष्ट व्यक्तियों को फेलोशिप आदि आदि बहुत सारी योजनाएँ सर्कार की है,

जिससे कला और संस्कृति को बढ़ावा मिल सके। किसी एक नक्षत्र से आकाश नहीं भर जाता, किसी एक फूल से उद्यान नहीं बन जाता उसी तरह किसी एक भाषा से देश नहीं समृद्ध होता। आधुनिक काल में भी कवियों के हृदय विद्यापति के नाम से ही प्रकम्पित होने लगते हैं, दिनकर व्याकुल हैं—

तू पूछ अवध से राम कहाँ वृंदा बोलो घनश्याम कहाँ
ओ री उदास गण्डकी बता विद्यापति कवि के गान कहाँ

आज भी आधुनिक काल के कवि गुलाब खंडेलवाल की कविता में राधा कृष्ण के प्रेम का अप्रतिम रूप—

कहा, सुना, रूठा, मना निज मन में ही प्रतियाम
आधा मन राधा बना आधा मन घनश्याम॥

डॉ. अमर नाथ शर्मा 'अमर'

पिता—स्वर्गीय श्री बी. शर्मा

जन्म—07.04.1956 पटना, बिहार

पूर्व निर्माता निर्देशक

साहित्यिक कार्यक्रम 'पत्रिका' एवं 'मेरी बात' दूरदर्शन

शिक्षा—पीएचडी (मीडिया)

कार्य अनुभव—प्रिंट एवं इलेक्ट्रॉनिक मीडिया में 35 वर्षों का अनुभव

मीडियाकर्मी, लेखक, कवि, आलोचक, पूर्व उद्घोषक (आकाशवाणी, पटना, नज़ीबाबाद), पूर्व पत्रकार, सह सम्पादक, साहित्यिक पत्रिका 'कोशा', रंगमंच लेखन, अभिनय, निर्देशन, सैकड़ों रचनाएँ देश की विभिन्न पत्र-पत्रिकाओं में प्रकाशित (कविताएँ, कहानियाँ एवं निबंध), दूरदर्शन पर सैकड़ों कार्यक्रमों का निर्माण एवं निर्देशन, दूरदर्शन के संदर्भ में अनेक आलेख, पत्र-पत्रिकाओं में प्रकाशित, दूरदर्शन पर वैरायटी कार्यक्रम 'मेरी बात' के 500 से भी ज़्यादा एपिसोड का निर्माण निर्देशन और प्रस्तुति, हिन्दी साहित्यकारों के जीवन पर सैकड़ों डॉक्यूमेंट्री और विशेष कार्यक्रमों निर्माण व निर्देशन।

सम्मान—राष्ट्रीय शिखन साहित्य सम्मान, संस्कृति समन्यवय सम्मान, वसुन्धरा विभूति सम्मान, मातृश्री सम्मान, राजधानी गौरव सम्मान, साहित्यकार सांसद द्वारा महर्षि बाल्मीकि सम्मान, साहित्यश्री सम्मान, नई धारा रचना सम्मान, युगीन सम्मान और कई अन्य सम्मान और पुरस्कार से सम्मानित।

सदस्य—सलाहकार समिति राष्ट्रीय मुक्त विद्यालय शिक्षा संस्थान (भारत सरकार), पूर्व संचालन एवं कार्यकारिणी सदस्य हिन्दी अकादमी (दिल्ली सरकार), पूर्व साहित्य अकादमी, दिल्ली के आर्काइव फिल्म समिति के सदस्य, पूर्व मानद सदस्य, राजभाषा विभाग बिहार सरकार, कार्यक्रम सलाहकार दूरदर्शन।

'देसिल बयना' शांतिपूर्ण आधुनिक विश्व के हित के लिए प्रासंगिक

प्रश्न—आप विद्यापति से कितने प्रभावित हैं?

उत्तर—किसी के भी जीवन में जब श्रृंगार, प्रेम, सोंदर्यबोध, भक्तिभाव, विरह-व्यथा, प्रकृति से सरोकार की भावना प्रस्फुटित होती है तब वह या तो प्रकृति के बीच जाता है या फिर उन रचनाकारों की कृतियों के बीच पहुंचता है, जहाँ ये तमाम भाव प्रकट हुए हों। बचपन से यही भावनाएँ मेरे अंदर भी कुलबुलाती रही हैं और तब मैं भी विद्यापति के क़रीब पहुंचा। उन्हें पढ़कर मन आहलाद से भर उठा। प्रेम, श्रृंगार, सौंदर्य, भक्तिभाव और विरह का ऐसा मिश्रण अन्यत्र कहीं भी दुलर्भ है। यही कारण है, कि मेरी कविताओं, कहानियों में यही प्रकृति, सौंदर्यबोध और प्रेम के भाव की अभिव्यक्ति भरपूर रूप से होती गई। तो मैं ही कहूँगा, कि मैं विद्यापति से बहुत प्रभावित हूँ।

प्रश्न—आपके लेखन/शोध में कैसे-कैसे और कहाँ-कहाँ विद्यापति का वास है?

उत्तर—विद्यापति लोकोक्तियों में, किसी आयोजन में, घर-परिवार में, शादी-ब्याह या किसी शुभ अवसर पर, किसी दु:ख या संघर्ष के झण में हमारे साथ विराजमान रहे लेकिन जहाँ तक लेखन में उनके प्रभाव की बात है, तो किशोरावस्था से ही जब प्रेम और सौन्दर्यबोध मेरी कविताओं में अपनी जगह बनाने लगे तब से ही उनका वास स्वाभाविक रूप से होने लगा। कालान्तर में यही भाव हमारी कविताओं और कहानियों में भी उभरने लगे। कुछ उदाहरण कविताओं की चंद पंक्तियों से देना चाहूँगा।

(अ) ये हवाएँ जब भी चलती है
मन की स्पंदित भावनाएँ तुम तक ज़रूर गई है
और भला
हवा कब शून्य हुई है
तुम्हारी यादें सदैव है हवा की तरह

सुखद ताजा और प्राणवंत!

(ब) रेत पर सैकड़ों पाँव के निशान मौजूद थे
मैंने देखा, उन्हें निहारा और आगे बढ़कर
दो पैरों के निशान पर अपने पाँव रख दिए
मुझे पता चला पाँव के दो निशान तुम्हारे थे

(स) खेतों की मेड़ो पर पाँव की छाप
उँगली के पोरों में ठिहुरी-सी ताप
सोंधी-सी माटी में कोमल-सी हो गई
काँटों-सी कीलें
प्रिय चलो संग-संग भीगें!!

तो मैं निश्चित हो कह सकता हूँ कि मेरी रचनाओं में कही न कही उनका वास ज़रूर है।

प्रश्न—विद्यापति के बाद के लखकों में कितना प्रभाव आपको देखने को मिलता है?

उत्तर—कवि कोकिल का प्रभाव अब तक बढ़ा ही है। उनके बाद के तक़रीबन सभी धाराओं भक्तिकालीन, रीतिकालीन, छायावाद आधुनिक काव्य के सभी काव्य सृजनकारों पर विद्यापति का प्रभाव सहज देखा जा सकता है। चाहे बंगाल हो, उड़ीसा, आसाम या हिन्दी साहित्य कोई भी विद्यापति से अछूता नहीं हैं। यहाँ तक कि बंगाल उन्हें कुछ दशक पूर्व तक अपना ही कवि मानता रहा है। यही कारण है, कि रवीन्द्रनाथ टैगोर ने रवीन्द्र संगीत में ब्रजबुली पद जो कि मैथिली है..। को अपने बोल रूप में पिरोया है। यह कहना गलत नहीं होगा कि विद्यापति चाहे वैष्णव, शैव, शाक्त, पंचदेवोपासक, श्रृंगारिक सभी धाराओं में निपुण थे। जिसे बाद के विद्वानों ने एक-एक कोना पकड़कर उसी कोने में स्वयं को सम्पूर्ण समेट लिया। इसका परिणाम यह रहा कि अपनी लेखनी अनुसार उन्होंने विद्यापति को या उनके सृजन की भावधारा को एक दृष्टि विशेष में पिरोने लगे और उनके साहित्य को उस दृष्टि अनुसार उल्लेखित किया।

प्रश्न—आज के समय में 'देसिल बयना सबजन मिठ्ठा' का सूत्र किस परिप्रेक्ष्य एवं वस्तु-स्थिति में देखने को मिलता है?

उत्तर—देसिल बयना का सूत्र हमेशा से प्रासंगिक था, है, रहेगा। हर व्यक्ति विशेष सपने अपनी भाषा में देखता है, उन्नति भी उसे अपनी ही भाषा में अधिक सहज लगता है। वह सभी भाषा को बोलने वालों के लिए प्रासंगिक है। समय या काल खंड कोई भी हो वह व्यक्ति विशेष की अभिव्यक्ति का सबसे आत्मिक स्वरूप है। इसलिए राजकवि विद्यापति को जनकवि बनने का सहज सूत्र देसिल बयना ही

है। आज के समय में बच्चे युवा व अन्य सभी उम्र के लोग अपनी संस्कृति और सभ्यता को विश्व मंच पर लेकर जा रहे हैं तथा वहाँ से उनकी संस्कृति और सभ्यता से कुछ नया लेकर घर को लौटते हैं। ऐसे में देसिल बयना और अधिक प्रासंगिक विस्तार और नवीनता के साथ पुष्पित व पल्लवित हो रहा है। हमें इस सूत्र को एक सभ्य शांतिपूर्ण व आधुनिक विश्व के हित के लिए अपनाना आवश्यक है।

प्रश्न—राजनीतिक, सामाजिक जीवन में आज विद्यापति कितने प्रासंगिक हैं?

उत्तर—मिथिलांचल का जन-जीवन विद्यापति से परिपूर्ण होता है। वहाँ की कला अथवा साहित्य समाज को अभिनव जयदेव के बिना कल्पना करना नामुमकिन है। वहाँ के लोग जब अलग-अलग क्षेत्र में भिन्न-भिन्न उद्योग करते हुए अन्य से संपर्क साधते हैं तो यह सांस्कृतिक आदान-प्रदान हर स्तर पर होता है। चाहे वह राजनीतिक हो, सामाजिक हो या व्यावहारिक हो प्रासंगिकता बनी रही है और रहेगी।

प्रश्न—शृंगार, भक्ति के समन्वय पर विद्यापति के लिए आपका अपना दृष्टिकोण क्या है?

उत्तर—विद्यापति के काव्य में शृंगार और भक्ति दोनों भाव का अलौकिक संबंध है। उनके पदों की लालित्यता, मधुरता और गेयता ने उन्हें कवि कंठहार स्थापित किया। मैंने अपनी प्रेम की कविताओं में विद्यापति के शृंगार को सहर्ष व स्वभाविक रूप में पिरोते देखा है। शृंगार जब तक मांसल है शृंगार है जब वह मन से आत्मा की तरफ प्राण बनकर विचरण करने लगती है और अहम् ब्रह्मास्मि की ओर अनुभव करती है या करने लगती है, तब वह भक्ति स्वरूप हो जाती है। कवि कोकिल का शृंगार अनुभूति से अनुभूति तक भक्तिमय हो जाती है। यह कहना उचित है, कि विद्यापति भारतीय साहित्य की शृंगार परम्परा के साथ-साथ भक्ति परम्परा के प्रमुख स्तम्भों में से एक हैं। अपनी इच्छा अनुसार शृंगार से भक्ति भ्रमण के लिए इस सेतु रूप को स्वीकार कर जनचेतना के जीवन्त रूप में विहार का आनन्द लिया जाना चाहिए। राधा-कृष्ण विषयक शृंगारिक काव्य के सृजनहार शिव पार्वती के नोंक-झोंक से होते हुए शास्त्र और लोक दोनों ही संसार में असाधारण अधिकार रखे हुए हैं।

प्रश्न—आज भी विद्यापति साहित्य के मूल्यांकन एवं पुनर्मूल्यांकन में आपके विचार क्या है और क्यों?

उत्तर—एक भारतीय कवि रहते हुए भी विद्यापति के काव्य का मूल्यांकन मैथिली साहित्य में होता रहा है, किन्तु हिन्दी साहित्य शृंगार एवं भक्ति के द्वंद्व से अब तक बाहर निकल कर विद्यापति साहित्य के सम्पूर्ण पक्ष पर मेरे अनुसार मौन

ही रहा है। इसका कारण क्षेत्रिय या भाषा की बंदिशें कमोबेश हो सकती है लेकिन इस वृहत्त साहित्य को मूल्यांकन और पुनर्मूल्यांकन की अत्यधिक प्रासंगिकता व आवश्यकता है।

प्रश्न—मिथिलांचल के लोकाचार में विद्यापति की क्या प्रासंगिकता है?

उत्तर—मिथिलांचल की मिट्टी विद्यापति के नाम से सुगंधित व पुष्पित है। मिथिला की संस्कृति का बहुत बड़ा इतिहास रहा है, लेकिन कवि कोकिल को इस मिट्टी में पूजा जाता है। चाहे धर्म अलग हो या जाति सभी विद्यापति में रचे बसे यूँ ही गाते गुनगुनाते अपने जीवन में विद्यापति साहित्य से आनन्दित होते रहते हैं। महाकवि ऐसे विद्वान हैं जिनको लेकर सभी वर्गों के लोग एक साथ मिल बैठकर चर्चा परिचर्चा करते हैं व गाते हैं। उनके दिव्यता को इसी से मापा जा सकता है, कि उगना प्रसंग जिसमें महादेव स्वयं बालक रूप में उनकी चाकरी करते हैं ऐसी कथा है।

प्रश्न—मैथिली को भाषा की मान्यता मिलने के बाद से ही इसे हिन्दी से पृथक करने को प्रश्न खड़ा कर दिया गया। ऐसे में विद्यापति का हिन्दी साहित्य से पृथक होना, हिन्दी और मैथिली के भविष्य के लिए कितना ह्रास है? और क्या लाभ देखकर यह बहस छेड़ी गयी है?

उत्तर—यह बहस बेबुनियाद है। हिन्दी साहित्य की व्यापकता उसके बोलियों एवं प्राचीन बोलियों से बनने वाली भाषाओं के साहित्य से है। इस परिचर्चा से मैथिली साहित्य की व्यापकता में अंतर कदापि नहीं आयेगा, हाँ..। हिन्दी साहित्य का एक विशाल आधार अवश्य अल्प से गौण हो जाएगा। दोनों भाषाओं की व्यापकताओं को देखते हुए इस प्रकार की परिचर्चा को समाप्त कर विद्यापति साहित्य को पुनः स्थापित व विस्तारित करने की आवश्यकता है।

प्रश्न—इस साहित्य धरोहर को आगे बढ़ाने व लोग-संस्कृति के विकास हेतु कौन-कौन से प्रयास साहित्यकार समाज व सरकार द्वारा किये जा रहे हैं? साथ ही किस प्रकारके प्रयास कारगर सिद्ध हो सकते हैं?

उत्तर—सरकार कई योजनाएँ बनाती हैं, लेकिन धरातल पर सब कुछ रसातल में दिखता है। यहाँ तक कि साहित्य और समाज भी स्वयं के संरक्षण में लगी हुई है, लाभ तक सब कुछ उमंग और उत्सव के साथ होता है, लेकिन धरोहर समेटने के लिए किसी विशेष प्रकार या साधारण स्तर पर भी कोई कार्य नहीं दिखता। अब तो विश्वविद्यालय भी कम ही दृष्टि डालती है। विद्यापति के व्यापक साहित्य संसार को देखते हुए कई प्रकार के कारगर प्रयास की आवश्यकता है।

डॉ. विश्वेश चौधरी

जन्म—04 फरवरी 1950, पकरिया, दरभंगा बिहार

पिता—स्वर्गीय जगदीश चौधरी

माता—स्वर्गीय शकुंतला देवी

शिक्षा—पीएच.डी संस्कृत, स्नात्तकोत्तर (द्वय)

प्रकाशन-संपादन : बिहार संस्कृत अकादमी की 'भारती' पत्रिका का उप-संपादन, संस्कृत में—आर्यभट्ट, वैद्य अश्विनी कुमार, नागार्जुन की संस्कृत्त रचनाएँ व अन्य आलेख व आलोचनात्मक निबंध प्रकाशित। हिन्दी में—विद्यापति, नागार्जुन, मुक्तिबोध, त्रिलोचन, प्रयोगवाद, छायावाद आदि पर आलेख व आलोचनात्मक निबंध प्रकाशित।

व्याख्यान—भारत भवन मध्यप्रदेश में विद्यापति कृत् संस्कृत रचना 'पुरुष-परीक्षा' पर 25 जून 2009 को व्याख्यान।

प्रशासनिक अनुभव—बिहार संस्कृत अकादमी में सहायक निदेशक एवं स्थापनाकाल से प्रशासनिक प्रभारी एवं निदेशक सह-सचिव के पद पर कार्य।

सेवा निवृत्त—फरवरी 2010।

विद्यापति की जीवन शैली, कार्य क्षेत्र, व्यक्तित्व का स्वरूप आदर्शात्मक है

प्रश्न—आप विद्यापति से कितने प्रभावित हैं?

उत्तर—महाकवि विद्यापति हमारे आदर्श हैं। मैं उनसे अत्यंत प्रभावित हूँ। मुझे गर्व है, कि मैं मिथिलावासी हूँ जिसकी धरती पर महाकवि का अवतरण हुआ था। वे युगद्रष्टा और युग स्रष्टा साहित्यकार थे।

प्रश्न—आपके लेखन/शोध में कैसे-कैसे और कहाँ-कहाँ विद्यापति का वास है?

उत्तर—मेरे शोध का विषय 'संस्कृत कथा-साहित्य में विद्यापति की 'पुरुष-परीक्षा' का अवदान' है। शोध में मैंने विद्यापति के जीवन उनकी जीवन-शैली, रचनाएँ, उनकी रचनाओं में वर्णित पात्रों पर अध्यन किया है। हितोपदेश और पंचतंत्र की परम्परा में 'पुरुष-परीक्षा' उच्च कोटि की नीतिपरक रचना है। जहाँ विष्णु शर्मा रचित 'पंचतंत्र' में पशु-पक्षियों के माध्यम से शिक्षा दी गयी है, 'हितोपदेश' में भी वही बात है, वहीं 'पुरुष-परीक्षा' के पात्र मनुष्य है। तात्कालिक समाज में आ रही गिरावटों, बच्चों, किशोरों, व्यस्कों तथा वार वनिताओं को दिशा निर्देश हेतु राजा शिवसिंह के निदेश पर महाकवि विद्यापति ने 'पुरुष-परीक्षा' की रचना की। यह ग्रंथ समाजशास्त्रियों, इतिहासकारों, मानव वैज्ञानिकों, राजनीतिशास्त्रियों के साथ-साथ दर्शन एवं साहित्य के लोगों के लिए भी एक अपूर्व कृति है। 'पुरुष-परीक्षा', 'वीर कथा', 'सुबुद्धि कथा', 'सुविद्य कथा' और 'पुरुषार्थक कथा' इन चार वर्गों में शिक्षाप्रद कथाएँ प्रस्तुत की गई है।

वीर सुधीः सुविद्यश्च पुरुषः पुरुषार्थवान्।
तदन्ये पुरुषाकाराः पशवः पुच्छवर्जिता॥

अर्थात् वीर, सुबुद्धिमान, विद्यावान और पुरुषार्थ करने वाला हो वही (सच्चा) पुरुष है। उनके अलावा अन्य, पुरुष के आकार में बिना पूँछ के पशु हैं।

महाकवि विद्यापति संस्कृत के रचनाकार थे। अधिक पुस्तकों की रचना उन्होंने संस्कृत में ही किया है। उन्होंने सहज और सरल संस्कृत में रचनाएँ की हैं।

उनकी संस्कृत रचनाओं में बोधगम्यता है। वे संस्कृत के श्रेष्ठ कवि और विद्वान थे। विद्यापति एक भी रचना न की होती मात्र 'पुरुष-परीक्षा' के लेखन से ही उन्हें विश्व प्रसिद्धि मिल गई थी। 'पुरुष-परीक्षा' की कथाएँ आज भी प्रासंगिक और अनुकरणीय है। मेरे विचार और लेखन में विद्यापति का पूर्ण प्रभाव है।

प्रश्न—विद्यापति के बाद के लेखकों में कितना प्रभाव आपको देखने को मिलता है?

उत्तर— महाकवि विद्यापति तुलसी, सूर, कबीर, मीरा सभी से पहले के कवि हैं। महाकवि का संस्कृत, प्राकृत, अपभ्रंश एवं मातृभाषा मैथिली पर समान अधिकार था। देसिल बयना अर्थात मैथिली में लिखे पदावली मिथिला के कवियों के आदर्श तो है ही नेपाल का शासक, सामंत, कवि एवं नाटककार के भी वे आदर्श रहे हैं। बंगाल, उड़ीसा तथा असम के वैष्णव भक्तों ने भी नवीन प्रेरणा एवं नव भावधारा मन में संचालित कर विद्यापति के अंदाज़ में ही पदावलियों की रचना करते रहे। विद्यापति के पदावलियों का मौखिक परम्परा से पूरे देश में एक से दूसरे लोगों में प्रवाहित है। आवश्यकता है नेपाल, असम उड़िया एवं बंगाल में लिखे विद्यापति की भावधारा में लिखी गई रचनाओं का अध्ययन करना। इसमें कोई संदेह नहीं जयदेव रचित गीत गोविन्द की कोमल कान्त पदावली का अनुसरण विद्यापति ने किया हो किन्तु विद्यापति रचित पदावली में राधा-कृष्ण पर रचित पद को गाते-गाते चैतन्य महाप्रभु नाचने लगते थे। महाकवि रविन्दनाथ टैगोर की गीतांजलि पर भी विद्यापति के कोमल एवं भक्ति में वर्णित भाव का असर है। डॉ. उषाकिरण खान रचित ग्रंथ 'सिरजनहार' एक कालजयी रचना सिद्ध हुआ है। यह आत्मकथात्मक है। इसमें विद्यापति का जीवनशैली, कार्यक्षेत्र, व्यक्तित्व का एक स्वरूप जो स्थापित हुआ है वह एक आदर्श है।

प्रश्न—आज के समय में देसिल बयना सबजन मिठ्ठा का सूत्र किस परिप्रेक्ष्य एवं वस्तु-स्थिति में देखने को मिलता है?

उत्तर— महाकवि विद्यापति जन आकांक्षओं के कवि थे। वे जन मानस से जुड़े थे। राज्याश्रित होते हुए भी वे सामान्य जन के क़रीब थे। राज्य की ओर से भी उन्हें प्रजा की कठिनाइयों और समाधान के लिए सलाहकार के रूप में अधिकृत थे। वे एक सहृदय कवि थे, भक्त थे। लोक संस्कृति और परम्परा के वे संवाहक थे। जनसंपर्क के लिए वे लोक भाषा में ही सम्पर्करत रहते थे। इन कठिनाइयों को देखते हुए ही उन्हें पहले अवहट्ठ पुनः लोकभाषा मैथिला में पदों की रचना आवश्यक प्रतीत हुआ।

सक्कअ वाणी बहुअ न भावई।
पाउस रस को मम्म न पावइ॥

देसिल बयना सबजन मिट्ठा।
तैं तैंसन जम्पओ अवहट्ठा॥

अर्थात संस्कृत भाषा बहुतों को रूचिकार नहीं लगती। प्राकृत का मर्म लोग समझ नहीं पाते। देशी भाषा सबको मीठी लगती है। अतएव मैं उसी में (देशी) रचना कर रहा हूँ।

उनकी सबसे बड़ी विशेषता है, कि उन्होंने संस्कृत, प्राकृत आदि समर्थ सभी भाषाओं को छोड़ देशी भाषा मैथिली में पद रचना करने का साहसिक कार्य किया। यहीं से देशी भाषाओं का उदय काल भी माना जा सकता है। विद्यापति जैसे कुशल कवि ने उसकी सामर्थ्य, माधुर्य, सौहार्द्र को निखार कर परवर्ती कवियों का मार्ग प्रशस्त कर दिया। इसी से आगे के कवियों (जैसे—सूरदास, तुलसीदास) को भाषा में रचना करने की प्रेरणा और साहस मिला।

दोष देखने वालों को उन्होंने खुला आह्वान किया। वे कहते हैं, कि बालचन्द्र और मेरी भाषा को कोई दोष नहीं दे सकता, क्योंकि वह (शिवचन्द्र) शिवजी के मस्तक पर चमकता है और मेरी भाषा नागर रसिक काव्य कला के पारखियों का मन मोहेगी।

बालचन्द्र विज्जावइ भासा।
दुहु नहि लागइ दुज्जन हासा॥
ओ परमेसर हर सिर सोहई।
ई णिच्चय नाअर मन मोहई॥

विद्यापति द्वारा उद्घोषित देसिल बयना सबजन मिट्ठा आज के लोकतंत्र युग में सबसे अधिक प्रासंगिक हो गया है। प्रत्येक साहित्याकार इसे अपना रहे हैं। यह लोक-भाषा, लोक-संस्कृति का युग है। विद्यापति एक दूरदर्शी कवि थे, वे जन:मानस की भावना भांप चुके थे, अत: लोक भाषा में रचना कर इसे स्थापित कर दिया। सूर, तुलसीदास, कबीर, मीरा सभी ने इसे अपनाया।

प्रश्न—राजनीतिक, सामाजिक जीवन में आज विद्यापति कितने प्रासंगिक हैं?

उत्तर—आज भी विद्यापति की रचनाएँ साहित्यकारों तथा पाठकों के पथ-प्रदर्शक हैं। लोक परम्परा में अपनी भक्ति गीतों एवं पारंपरिक गीतों से वाचिक रूप से प्रासंगिक हैं। कुछ संस्थाओं द्वारा वार्षिक रूप से विद्यापति पर्व का आयोजन किया जाता है जिसमें समाज के लोगों के साथ राजनीतिज्ञ भी भाग लेते हैं। तथा सहयोग भी देते हैं। अत: सभी स्तर पर विद्यापति की प्रासंगिकता बनी हुई है।

प्रश्न—शृंगार भक्ति के समन्वय पर विद्यापति के लिए आपका अपना दृष्टिकोण क्या है?

उत्तर— महाकवि विद्यापति मूलतः भक्ति के कवि थे। वे महादेव के परम भक्त थे। भगवती दुर्गा, गंगा, राधा-कृष्ण आदि का आराध्य के रूप में उनकी भक्ति रचनाओं में वर्णित हैं। अपने अराध्य के रूप वर्णन में वे श्रृंगारिक हैं। राधा-कृष्ण के भाव वर्णन में उनकी प्रेम-लीला का वर्णन किया गया है। कवि ने राधा और कृष्ण को नायक और नायिका के रूप में चुना है। शृंगार के दो पक्ष होते हैं, एक संयोग श्रृंगार दूसरा वियोग (विप्रलंभ) श्रृंगार। विद्यापति ने दोनों पक्षों का मर्मस्पर्शी वर्णन किया है। संयोग श्रृंगार के वर्णन में नायिका और नायक के रूप गुण-वैभव, चेष्टाओं आदि का स्थूल वर्णन होता है। किन्तु विरह वर्णन में मानसिक भावनाओं का अधिक सूक्ष्म और मर्मस्पर्शी वर्णन होता है। विद्यापति के पहले संस्कृत के कवि जयदेव ने अपने प्रसिद्ध गीतिकाव्य 'गीत गोविन्द' में राधा-कृष्ण की प्रेम-लीलाओं का वर्णन किया है। अन्य श्रृंगारिक रचनाएँ जैसे अमरूक शतक, श्रृंगार तिलक, गाथा-सतसई आदि में श्रृंगार का विस्तृत वर्णन हुआ है। विद्यापति ने जयदेव का अधिक अनुसरण किया है, इसलिए उन्हें अभिनव जयदेव भी कहा गया है, किन्तु उनके पदों की लालित्य काव्य की मधुरता और गेयता को देखते हुए उन्हें 'मैथिल कोकिल' की उपाधि भी दी गई है। विद्यापति सौन्दर्य के कवि हैं। मानवीय सौन्दर्य के साथ प्राकृतिक सौन्दर्य को जोड़कर देखने की कवि की अनुपम दृष्टि है। पदावली को मुख्य विषय श्रृंगार है, एकाध पद शांत रस के हैं कुछ वीर रस के सभी रसों का परिपक्व शास्त्रीय दृष्टि से हुआ है। भावों, अनुभावों, विभावों और संचारी भावों को सम्यक संयोजन हुआ है। अनुभूतियों को मर्मस्पर्शी बनाने के लिए उपमादि अलंकारों को प्रयोग हुआ है। यह कवि के मौलिक कल्पना के परिणाम हैं। प्राकृतिक उपमान बड़े सुन्दर बन पड़े हैं। सहज शब्द विन्यास तथा शिल्पविधान इनके काव्य की विशेषता है। भक्ति संबंधी पद शिव, गौरी, दुर्गा गंगा की स्तुति इनके भक्ति भाव को दर्शाती है।

प्रश्न—आज भी विद्यापति साहित्य के मूल्यांकन एवं पुनर्मूल्यांकन के संदर्भ में आपके विचार क्या हैं? क्यों?

उत्तर— विद्यापति के गीतों का मूल्यांकन मैथिली भाषा में अधिक हुआ है। विद्यापति के व्यक्तित्व और कृतित्व पर भी कार्य हुए हैं। आवश्यकता है उनके समग्र ग्रंथों सहित उनके कृतित्व का पूनर्मूल्यांकन हो। जिस तरह उनकी पदावली आज भी लोकप्रिय है संस्कृत के ग्रंथ भी उतनी ही प्रासंगित और उपयोगी हैं।

प्रश्न—मिथिलांचल के लोकाचार में विद्यापति की क्या प्रासंगिकता है?

उत्तर— विद्यापति के गीत के बिना कोई भी लोकाचार संभव नहीं है। वर्षकृत्य आज भी मिथिला के व्यवहार और संस्कार का आधार ग्रंथ है।

प्रश्न—मैथिली को भाषा की मान्यता मिलने के बाद से ही इसे हिन्दी से पृथक करने का प्रश्न खड़ा कर दिया गया है। ऐसे में विद्यापति का हिन्दी साहित्य से पृथक होना, हिन्दी और मैथिली के भविष्य के लिए कितना ह्रास है? और क्या लाभ देखकर यह बहस छेड़ी गई है?

उत्तर—विद्यापति हिन्दी के आदि कवि हैं। हिन्दी के अधिकतर कवि उनकी परम्परा के संवाहक हैं। विद्यापति ने लोकभाषा को अपनाकर मैथिली के अलावा हिन्दी को भी समृद्ध किया है। कुछ आत्मप्रशंसी लोग मैथिली को संविधान की अष्टम् अनुसूची में अंकित हो जाने को अपनी व्यक्तिगत सफलता मान लिया है, मैथिली के व्यापकता को वे नहीं समझ पा रहे हैं उसी तरह मैथिली की इस मान्यता को हिन्दी के कुछ पूर्वाग्रह ग्रसित हिन्दी सेवी विद्यापति से अलग अस्तित्व तथा हिन्दी साहित्य के अलग आधार तय करने में लगे हैं। इससे एक तरफ जहाँ मैथिली भाषा की व्यापकता पर असर पड़ेगा, वहीं हिन्दी साहित्य के अध्ययनकर्ताओं को विद्यापति के काव्यों, पदलालित्यों के अध्ययन से वंचित होना पड़ेगा। मेरी समझ से यह एक ख्याली पुलाव है। यह संभव नहीं है। दोनों भाषाओं की व्यापकताओं को देखते हुए सुधीजन इस तरह के खंडित निर्णय नहीं ले सकते।

प्रश्न—इस साहित्य धरोहर को आगे बढ़ाने व लोक-संस्कृति के विकास हेतु कौन-कौन से प्रयास साहित्यकार समाज व सरकार द्वारा किये जा रहे हैं? साथ ही किस प्रकार के प्रयास कारगर सिध्द हो सकते हैं?

उत्तर—विद्यापति के साहित्य पर पिछले 20वीं सदी के साहित्यकारों ने काफी शोध तथा संकलत किया है जिसमें रामवृझ बेनीपुरी, शिवपूजन सहाय, सुरेन्द्र झा 'सुमन' आदि प्रमुख हैं। विद्यापति के गीत लोक-व्यवहार में प्रचलित हैं उसका भरपूर उपयोग होता है। उनकी भक्ति रचनाएँ नचारी आदि लोकों में व्याप्त हैं। समाज और संस्था बनाकर विद्यापति पर्व प्रत्येक वर्ष मनाया जाता है। कई संस्थाएँ सरकार द्वारा अनुदानित भी हैं। राजनीतिक नेतागण भी इन संस्थाओं से जुड़कर विद्यापति को याद कर लिया करते हैं, पर यह न तो समाधान है और न विद्यापति पर किया गया ठोस कार्य है। इससे मात्र खानापूर्ति हो पाता है। वैसे बिहार सरकार द्वारा स्थापति मैथिली अकादमी में विद्यापति के व्यक्तित्व और कृतित्व पर कार्य हुए हैं। कामेश्वर सिंह दरभंगा संस्कृत विश्वविद्यालय में भी विद्यापति के जीवन और रचनाओं पर कार्य हुए हैं। दिल्ली स्थित मैथिली अकादमी में इस पर संभवत: कार्य कर रहे होंगे। आज आवश्यकता है, उनके गाँव जहाँ उनकी जन्मस्थली है, कर्मस्थली है उसे संरक्षित करना। आवश्यकता है विद्यापति शोध एवं अध्ययन संस्थान खोले जाएँ ताकि विद्यापति पर शोधकर्ता निरंतर अध्ययन, अध्यापन कर सकें।

डॉ. भीमनाथ झा

जन्म-17 फरवरी 1945, कोइलख, मधुबनी, बिहार

पिता—पं. तारानाथ झा

माता—भागीरथी देवी

व्यवसाय—उपसम्पादक, साप्ताहिक 'मिथिला मिहिर' ल.ना. मिथिला विश्वविद्यालय।

प्रकाशन—कविता संग्रह : त्रिधारा, वीणा, धूरी, की फुरैए की, नाम तं थिक वैह, भावांजली, भनहि भीम कर जोड़ि, कविताधन। निबन्ध-समीक्षाः परिचायिका, सीताराम झा, मैथिली संस्था, कविचूड़ामणिक काव्यसाधना, विविधा, साहित्यालाप, उपेन्द्र ठाकुर मोहन, लघूत्तरीय, विमर्श, काल पात्र। संस्मर : मन-आङन में ठाढ़

स्तम्भ-लेखन : टावर चौकसं। संग-अनुवाद : बिहारक ग्राम-जीवन। पुस्तक सम्पादन : कविता : आधुनिक संदर्भ में एकर सार्थकता, मधुपक पत्र : भीमनाथझाक नाम, आगिः ताम्बूल वन में, सोमदेवक कथासंग्रह, गोविन्द रचनावली, मैथिली में आधार पाठ्यक्रम, अक्षर गाथा, प्रो. कृष्णकान्त मिश्र : कृति ओ स्मृति, सुदर्शन-विजय

पुस्तक संग-सम्पादन : कविता-कलाप, प्रो. हरिमोहन झा अभिनन्दन ग्रन्थ, समकालीन मैथिली कविता, श्रीसुमन-साहित्य-सौरभ, मैथिली, मैथिली गद्यमालिका, मैथिली पद्यमालिका, प्रो. उमानाथ झा अभिनन्दन ग्रन्थ।

सम्मान : साहित्य अकादेमी पुरस्कार, प्रबोध साहित्य सम्मान।

विद्यापति के नाम पर राजनीति की जाती है

प्रश्न—आप विद्यापति से कितने प्रभावित हैं?

उत्तर—विद्यापति मिथिला में दूध-पानी की तरह घुलमिले हैं। साहित्य ही नहीं, लोक-संस्कार भी उनके गीत के बिना सम्पन्न नहीं होते। जाने-अनजाने सभी उनसे प्रभावित हैं। मैं भी हूँ।

प्रश्न—आपके लेखन/शोध में कैसे-कैसे और कहाँ-कहाँ विद्यापति का वास है?

उत्तर—मैंने उन पर एकाधिक कविताएँ लिखी हैं। कुछ निबन्ध-समीक्षा भी आयें हैं। वैसे, अनेक जगह वे प्रसंगत् आ ही जाते हैं।

प्रश्न—विद्यापति के बाद के लेखकों में कितना प्रभाव आपको देखने को मिलता है?

उत्तर—यही तो उनकी महत्ता है। उनके परवर्ती लेखकों में तत्कालीन समय से आज तक उनका सघन प्रभाव विद्यमान है।

प्रश्न—आज के समय में 'देसिल बयना सब जन मिट्ठा' को किस परिप्रेक्ष्य एवं वस्तुस्थिति में देखने को मिलता है?

उत्तर—व्यापक परिप्रेक्ष्य में मिलता है। अपनी मातृभाषा के प्रति लगाव-बोध कराने में उनकी यह उक्ति अचूक साबित हो रही है। न केवल लेखन में, मैथिली आन्दोलन में भी यह उक्ति उतनी हो, बल्कि उससे अधिक प्रभावी है।

प्रश्न—राजनीतिक सामाजिक जीवन में आज विद्यापति कितने प्रासंगिक हैं?

उत्तर—सामाजिक जीवन में तो विद्यापति का प्रभाव बढ़ता ही जा रहा है। देश-विदेश में जहाँ भी मिथिला के थोड़े से भी बुद्धिजीवी हैं, वे विद्यापति-पर्व मनाते हैं। भारत में तो, और नेपाल में भी, कई नगरों-महानगरों में बड़ी भव्यता के साथ यह पर्व मनाया जाता है। हाँ, विद्यापति के नाम पर राजनीति तो की जाती है, लेकिन

राजनीतिक लाभ मिलता उतना नहीं दिखाई देता है। विद्यापति के जन्मस्थान बिस्फी को आज तक पर्यटन योग्यस्थल नहीं बनाया जा सका है। राजकीय उपेक्षा स्पष्ट दिख रही है। इधर सुनने में आया है, कि दरभंगा हवाई अड्डा का नामकरण विद्यापति के नाम पर हो रहा है। हो, लेकिन विद्वानों की भूमि मिथिला में, यह राजनीति ही है, कि हवाई अड्डे की पहचान महान् कवि के नाम से होगा और विश्वविद्यालय राजनेता के नाम से जाना जाता है, जाना जायेगा।

प्रश्न—श्रृंगार भक्ति के समन्वय पर विद्यापति के लिए आपका अपना दृष्टिकोण क्या है?

उत्तर— विद्यापति गीत के ये दोनों पक्ष अलग-अलग हैं। दो परिप्रेक्ष्य में लिखे गये हैं। श्रृंगार गीत उन्होंने शिवसिंह-लखिमा के लिए लिखा था, भक्ति गीत की रचना स्वयं तुष्टि के लिए की थी। उनके कृष्ण मानव हैं, शिव ईश्वर हैं।

प्रश्न—आज भी विद्यापति साहित्य के मूल्यांकन और पुनर्मूल्यांकन के संदर्भ में आपके क्या विचार हैं? क्यों?

उत्तर-ऐसे महाकवियों का हर युग में पुनर्मून्यांकन होना लाज़मी है। यह निरन्तर गतिशील साहित्यिक प्रक्रिया है। चलना चाहिए, चलता रहता है। विद्यापति पर भी मैथिली के अतिरिक्त हिन्दी और बंगला में आज भी काम हो रहा है। आप स्वयं एक उदाहरण हैं।

प्रश्न—मिथिलांचल के लोकाचार में विद्यापति की प्रासंगिकता क्या है?

उत्तर— मिथिला में कोई भी लोकाचार विद्यापति के बिना पूर्ण हो ही नहीं सकता। हर संस्कार में, शुभ कार्य में, विद्यापति गीत अपरिहार्य हैं।

प्रश्न—मैथिल को भाषा की मान्यता मिलने के साथ ही हिन्दी से पृथक करने का प्रश्न खड़ा कर दिया गया है। ऐसे में भविष्य में हिन्दी और मैथिली का कितना नुक़सान है (ह्रास) और क्या लाभ देखकर यह बहस छेड़ी गई?

उत्तर— मैं इस पचरे में पड़ना नहीं चाहता। हिन्दी एक भाषा है, मैथिली भी एक भाषा है। दोनों फूले-फले। विद्यापति को दोनों ने अपना रखा है। अच्छी बात है। नुक़सान किसी भाषा के विकास से नहीं होता, पाँव खींचने से होता है। और, यह अच्छा नहीं माना जाता है।

प्रश्न—इस साहित्य धरोहर को आगे बढ़ाने व लोक-संस्कृति के विकास हेतु कौन-कौन से प्रयास साहित्यकार समाज और सरकार द्वारा किये जा रहे हैं? साथ ही किस प्रकार के प्रयास कारगर सिद्ध हो सकते हैं?

उत्तर— जो किये जा रहे हैं, साहित्यकार-कलाकार और यहाँ के बुद्धिजीवी वर्ग द्वारा किये जा रहे हैं। सरकार द्वारा किया गया कार्य तो नजर नहीं आ रहा है। बिहार सरकार विद्यापति के नाम पर बड़ा पारितोषिक घोषित करे, बिहार के विश्वविद्यालयों में विद्यापति चेयर की स्थापना करें, मैथिली को द्वितीय राजभाषा का दर्ज़ा दे, विद्यापति संगीत के उन्नयन और प्रसार हेतु व्यापक स्तर पर योजना बना कर आगे बढ़े, दूरदर्शन और आकाशवाणी केन्द्र द्वारा विद्यापति संगीत का नियमित प्रसारण हेतु केन्द्र सरकार को विवश करे। पहले इतना तो प्राथमिक स्तर पर हो।

दिलीप कुमार झा

पिता—स्व. नगेन्द्र झा

जन्म—04.01.1969, मधुबनी, बिहार

शिक्षा—एमए द्वय, हिन्दी व राजनीति शास्त्र

सेवा-सन् 1994 से बिहार सरकार में शिक्षक पद पर कार्यरत्

प्रकाशन : मैथिली काव्य संग्रह—अरुण अस्थम्भ, बंजारक देश में। उपन्यास—दू धाप आग, मैथिली। समीक्षा—यात्री—नागार्जुन मिथिला। संपादन—अरुणिमा, मैथिली पत्रिका। अनुवाद—जर्मन कविता गुंटेर ग्रास का अनुवाद 'पुर्वोत्तर मैथिली' पत्रिका, गुवाहाटी से प्रकाशित।

सम्मान : यात्री सम्मान 'बंजारक देश में' पुस्तक के लिए ग्लोबल लिट्रेचर क्लब ऑफ इंडिया द्वारा सम्मानित।

मिथिला के स्त्री वर्ग ने विद्यापति को सँजो रखा है

प्रश्न—आप विद्यापति से कितने प्रभावित हैं?

उत्तर—अद्यावधि मैं जितना विद्यापति को जान पाया वे जीवन के अनेक आयामों में क्रान्तिकारी सोच के व्यक्ति थे। मैं यथास्थितिवाद का विरोध करता रहा हूँ, लेकिन समाज के अनेक सांस्कृतिक परंपरा जो पूर्णरुप से वैज्ञानिक सोचपर आधारित है उसका अन्ध विरोध नहीं होना चाहिए। ऐसे अन्ध विराधियों का मैंने कभी समर्थन नहीं किया। विद्यापति तत्कालीन समाज के अनेक संक्रमणों का झेलते हुए। सनातन संस्कृति को अक्षुण्ण रखने में अपनी अहम भूमिका का निर्वहन किया। उन्होंने तत्कालीन शास्त्रीय भाषा संस्कृत को छोड़कर जनभाषा में गीत व कविताओं का रचना किया। जन-जन के बीच जाकर अपनी रचनाओं का पाठ किया। राजा का सलाहकार व मित्र होने के नाते उन्होंने जन से जुड़कर रहने का सलाह दिया। विद्यापति के इस सलाह को राजाओं ने पालन किया। जनभाषा से विद्यापति का प्रेम मुझे सर्वाधिक प्रभावित करता रहा है। ऐसा कहना अतिश्योक्ति नहीं होगा कि जनभाषा के रक्षार्थ व प्रचारार्थ मैं साहित्य से जुड़ा हुआ हूँ। उसके जड़ में विद्यापति का 'देसिल बयना सबजन मिट्ठा' का वो अमर सुक्ति है, जिसको पढ़कर मैंने साहित्य व भाषा का ककहरा सीखा।

प्रश्न—आपके लेखन/शोध में कैसे-कैसे और कहाँ-कहाँ विद्यापति का वास है?

उत्तर—मैं अपने लेखन में हर जगह विद्यापति को व्याप्त देखता हूँ। विद्यापति चौदहवीं शताब्दी में हुए हम इक्कीसवीं शताब्दी में रचनाकर्म कर रहे हैं। साहित्य लेखन में बहुत बड़ा बदलाव हो गया है, लेकिन इतना आश्वस्तपूर्वक कह सकता हूँ कि सभी कालखंड में रचनकार अपने-अपने ढंग से लोकप्रिय रहे हैं आज भी हैं। आज की पीढ़ी जिसमें मैं स्वयं को भी विद्यापति की रचना का विस्तार मानता हूँ। हमको खुशी है, कि मैं विद्यापति रचना को अंशमात्र ही सही विस्तार दे रहा हूँ।

प्रश्न—विद्यापति के बाद के लेखकों में कितना प्रभाव आपको देखने को

मिलता है?

उत्तर— विद्यापति के परवर्ती कवि और लेखक पर दीर्घ अवधि तक उनके रचना का प्रभाव रहा है। मिथिली में गोविन्द दास, बांग्ला में चण्डीदास असम में शंकरदेव की रचनाओं में स्पष्ट विद्यापति की छाप देखी जा सकती है। आधुनिक युग में विश्वकवि रवीन्द्रनाथ ठाकुर पर विद्यापति का व्यापक रहा है। परवर्ती मैथिली के अनेक कवियों पर विद्यापति का प्रभाव दिखाई देता है।

प्रश्न—आज के समय में 'देसिल बयना सब जन मिट्ठा' को किस परिप्रेक्ष्य एवं वस्तुस्थिति में देखने को मिलता है?

उत्तर— आज के परिवेश में देसिल बयना सब जन मिट्ठा बहुत कमजोर हो रहा है। बाज़ारवाद का प्रभाव इतना अधिक बढ़ गया है, कि दुनिया की अनेक भाषा और संस्कृति संकटापन्न स्थिति से गुजर रहा है। भारतीय भाषाओं पर भी खतरा उत्पन्न हो गया है। अंग्रेजी का प्रभाव इतना बढ़ गया है, कि वो सभी भाषाओं को निगलने को आतुर हैं। इस समय हमें स्मरण आते हैं, विद्यापति का वह सूत्र वाक्य। अपनी मातृभाषाओं को संरक्षित व सम्वर्द्धित करने का काम अभी अधिक तत्परता से करने का समय आ गया है।

प्रश्न—राजनीतिक सामाजिक जीवन में आज विद्यापति कितने प्रासंगिक हैं?

उत्तर— आज का जो राजनीतिक दौड़ है, उसमें विद्यापति बिल्कुल ही अप्रासांगिक हो चुके हैं। आज लोकतंत्र का युग है, जहाँ योग्यता और प्रतिभा का कोई महत्व नहीं रह गया। लोकतंत्र भीड़तंत्र में परिवर्तित हो चुका है। अपराधी और बाहुबली टाइप लोग समाज चला रहे हैं। वहाँ विद्यापति के उत्तराधिकारियों का क्या काम? विद्यापति के समय के राजा का समाज कल्याण के लिए योग्य व्यक्ति की सलाह की ज़रूरत थी। उस समय के राजा शिव सिंह और उनकी पत्नी लखिमा स्वयं भी विद्वान, विदुषी थी। आज के लोकतंत्रीय व्यवस्था में शासक को पढ़ा लिखा होना कोई ज़रूरी नहीं। शिक्षा के अभाव के कारण अधिकतर शासक ज्ञान और विवेक से दूर होते जाते हैं। परिणामत: अधिकतर निर्णय अलोकप्रिय होते हैं। स्वेच्छाचारिता और दंभ आज के राजनीतिक लोगों का आभूषण हो गया है। ऐसे में कहाँ विद्यापति दिखाई देंगे? सामाजिक जीवन में अंशत: आज भी मिथिला की स्त्रियाँ विद्यापति के गीत का संयोजी हुई हैं। भारतीय परंपरा की रीति-रिवाज आज जो भी बचा है, वे स्त्रियों ने ही बचाया हुआ है। चिंता की बात है, आज भारतीय नारी भी पश्चमि सभ्यता की अंधानुकरण में व्यस्त है।

प्रश्न—शृंगार भक्ति के समन्वय पर विद्यापति के लिए आपका अपना

दृष्टिकोण क्या है?

उत्तर— विद्यापति बड़े ही सुन्दर ढंग से भक्ति और श्रृंगार काव्य में समन्वय स्थापित किया है। विद्यापति के काव्य का सौन्दर्य बोध संसार कवियों में विरले ही दिखाई देता है। उसी तरह उनके भक्ति गीतों में जो समर्पण है वो अद्‌भुत है। विद्यापति की समन्वय शक्ति का सबसे बड़ा प्रमाण है, कि उनके भक्ति और श्रृंगारिक गीत समान रूप से जनप्रिय हैं। मैं उनके दोनों प्रकार के गीतों का प्रशंसक हूँ।

प्रश्न—आज भी विद्यापति साहित्य के मूल्यांकन और पुनर्मूल्यांकन के संदर्भ में आपके क्या विचार हैं? क्यों?

उत्तर— साढ़े छः सौ वर्षों के बाद भी किसी कवि का इतना प्रासंगिक होना दुनियाँ के साहित्य के इतिहास में विरले ही दिखाई देता है। लोगों में सौन्दर्य बोध का लोप हो रहा है, ऐसे में विद्यापति के श्रृंगारिक गीतों का प्रभाव समाज पर कम हो गया है। लेकिन भक्ति गीत अभी मिथिला के खेल खलिहानों में, आम की अमराइयों में, शिवमंदिरों में, अभी भी सुनाई देती हैं। निर्जन गाँवों अभी भी कहीं से आवाज सुनाई देगी। 'कहन हरब दु:ख मोर हे भोलानाथ!' अत: मैं ये कह सकता हूँ, कि विद्यापति के साहित्य का निरंतर शोध की आवश्यकता है। प्रासांगिकता है। विद्यापति गीत जब तक ज़िंदा है तब तक इसपर शोध होते रहना चाहिए।

प्रश्न—मिथिलांचल के लोकाचार में विद्यापति की प्रासंगिकता क्या है?

उत्तर— मिथिला के लोकव्यवहार में आज भी विद्यापति रचे बसे हैं। बच्चे के छठी से मुंडन, जनेऊ और विवाह तक विद्यापति गाये जाते हैं। शहरों में जिनको गीत नहीं आती वे ऑडियो-विडियो बजाते हैं, लेकिन विद्यापति वहाँ अभी भी उपस्थित हैं।

प्रश्न—मैथिल को भाषा की मान्यता मिलने के साथ ही हिन्दी से पृथक करने का प्रश्न खड़ा कर दिया गया है। ऐसे में भविष्य में हिन्दी और मैथिली का कितना नुक़सान है (ह्रास) और क्या लाभ देखकर यह बहस छेड़ी गई?

उत्तर— हिन्दी और मैथिली का विवाद एकदम निरर्थक है। मैथिली के साथ बहुत अन्याय हुआ है। हिन्दी से बहुत प्राचीन भाषा है मैथिली। दुर्भाग्यपूर्ण और आश्चर्यजनक स्थिति ये है, कि बिना किसी राजकीय संरक्षण के आज भी मैथिली ज़िंदा है। दुनियाँ में कोई ऐसी भाषा नहीं है, जो मूल भूमि पर विश्वविद्यालयों में तो पढ़ाया जाता हो, परन्तु प्राथमिक और माध्यमिक विद्यालयों में नहीं पढ़ाया जाता हो, फिर भी बचा हुआ है। कुछ तो बात है, कि हस्ती मिटती नहीं हमारी! ऐसा अनर्थ मैथिली के साथ हो रहा है। हिन्दी के नाम पर बिहार के शासक वर्ग मैथिली के साथ अन्याय कर रहे हैं। जब तक क्षेत्रीय भाषा ज़िंदा है तब तक ही हिंदी का महत्व

है। अवधी, ब्रज, बुंदेली, मैथिली, भोजपुरी हरियाणवी नहीं तो फिर हिंदी कहाँ? मैथिलीभाषी हिन्दी के विरोधी नहीं हैं। हिंदी के समवर्धन और विकास में आदिकाल से मैथिलों का योगदान है। अभी भी सैकड़ों मैथिली भाषी हिंदी में साहित्य सृजन कर रहे हैं, जिसको जनसामान्य स्वीकार करता है। अभिनन्दन करता है। ऐसी स्थिति में हिन्दी के कुछ समर्थक मैथिली को समाप्त करना चाहते हैं, वे आत्मघाती कदम हैं। मैथिली की जड़ें बहुत गहरी हैं। बारहवीं शताब्दी में ज्योतिरीश्वर ने ग्रन्थ लिखे, चौदहवीं शताब्दी में विद्यापति ने तब से अद्यावधि मैथिली में लेखन हो रहा है। अपना खेत बेचकर, अपने मजदूरी के पैसे से लोग अपना लिखा साहित्य छपा रहे हैं, बाँट रहे हैं। शासकों को दृष्टिकोण में परिवर्तन करना चाहिए। क्षेत्रीय भाषाओं का अस्तित्व बचाने की तरफ गंभीर होना चाहिए। आख़िर जनभाषा को बचाने में इन लोगों को दिक्कत क्यों है? हिन्दी मैथिली में कोई संघर्ष नहीं है। भाषा वैज्ञानिक दृष्टि से मैथिली हिन्दी से बिल्कुल पृथक समूह की भाषा है।

प्रश्न—इस साहित्य धरोहर को आगे बढ़ाने व लोक-संस्कृति के विकास हेतु कौन-कौन से प्रयास साहित्यकार समाज और सरकार द्वारा किये जा रहे हैं? साथ ही किस प्रकार के प्रयास कारगर सिद्ध हो सकते हैं?

उत्तर— बिहार की स्थानीय सरकार मैथिली के विकास के लिए कोई कार्य नहीं कर रही है। मैथिली विकास के लिए एकमात्र संस्था बिहार मैथिली अकादमी मृतप्राय है। भारत की सरकार साहित्य अकादमी के माध्यम से साहित्य समवर्धन के लिए ज़रूर अच्छा प्रयास कर रहा है, जो सराहनीय है। जहाँ तक मिथिला के साहित्यिक समाज की बात है, उनका योगदान अत्यन्त सराहनीय है। कई साहित्यिक व सामाजिक संस्था भी मैथिली साहित्य को बढ़ाने में प्रमुख योगदान दे रहे हैं। साहित्यकारों एक वर्ग भाषा आन्दोलन का भार भी अपने कन्धों पर उठाया हुआ है, यही कारण है, कि मैथिली आज भी अपनी गति में है। लोग जो कहें नयी पीढ़ी की जोश और ऊर्जा जिस तरह से मैथिली भाषा और साहित्य के पक्ष में उभरकर सामने आया है बहुत आशावादी और आस्वस्तिकारक है।

विभा रानी

हिन्दी और मैथिली की लेखक, अनुवादक, नाट्य-लेखक, नाट्य व फिल्म कलाकार, फोक प्रेजेंटर, कॉर्पोरेट ट्रेनर आ मोटिवेशनल स्पीकर, "अवितोको रूम थिएटर" की प्रणेता व कैंसर अचीवर विभा रानी कथा-लेखन के अतिरिक्त एकल नाटक, मिथिलाक लोकगीत व लोक साहित्यक क्षेत्र में निरंतर सक्रिय। विभा लिखित पांच कथा संग्रह "बंद कमरे का कोरस", चल खुसरो घर आपने", "इसी देश के इसी शहर में", "कर्फ्यू में दंगा" (हिन्दी), व "खोह से निकसइत" (मैथिली), नौ प्रकाशित नाटक "आओ तनिक प्रेम करें", दूसरा आदमी दूसरी औरत", अगले जनम मोहे बिटिया न कीजो", "पीर पराई", मियाँ मुसलमान", "प्रेग्नेंट फादर", "मैं कृष्णा कृष्ण की (एकल)" (हिन्दी), "भाग रौ" आ "बालचन्दा" (मैथिली), लोक साहित्य पर दो किताबें "मिथिला की लोक कथाएँ", "गोनू झा के किस्से", स्त्री विमर्श पर व्यंग्य संग्रह "छम्मकछल्लो कहिस" इत्यादि। जेल बंदी, वृद्धाश्रम, 'विशेष वर्ग' के लिए साहित्य, कला व रंगमंच से जुड़े कार्यक्रमों के आयोजन इत्यादि।

अबतक बाईस किताबें प्रकाशित व साहित्य और रंगमंच में निरंतर योगदान के लिए 20 से अधिक सम्मान से सम्मानित, जिनमें प्रमुख हैं—कथा अवार्ड, घनश्यामदास सर्राफ साहित्य सम्मान, डॉ. माहेश्वरी सिंह महेश सम्मान, मोहन राकेश सम्मान, विमेन अचिवर्स सम्मान, 1999-2000, सर्वोत्तम सुझाव सम्मान, प्रथम राजीव सरस्वत सम्मान, प्रथम लाड़ली मीडिया अवार्ड, प्रथम व्यंग्य रचनाकार सम्मान, साहित्य सेवी सम्मान, सर्वोत्तम महिला कलाकार व सर्वोत्तन नाटक सम्मान, आचार्य विष्णुदास भावे सम्मान, महाराष्ट्र राज्य सरकार, ई-शोध नाट्य-लेखन सम्मान, डॉ. अनिल मुखर्जी नाट्य सम्मान, रासकला नाट्य लेखन सम्मान, नेमिचन्द्र जैन नाट्य लेखन सम्मान आदि।

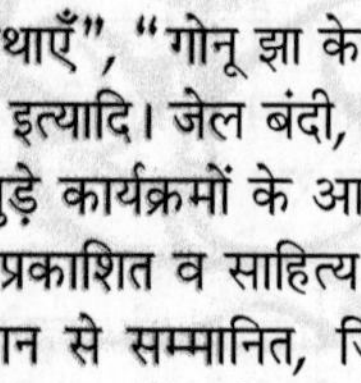

विद्यापति जीवन की धड़कन और अनुभूति के रचनाकार!

प्रश्न—आप विद्यापति से कितने प्रभावित हैं?

उत्तर— बहुत अधिक। बचपन से ही। माने, तब से, जब यह भी पता नहीं था कि स्त्रियों द्वारा गाया जानेवाला यह गीतश्हम नहीं आजु रहब एही आँगन, जौं बुढ़ होएत जमाई, गे माई या स्कूलों या विभिन्न सांस्कृतिक कार्यक्रमों में प्रार्थना के रूप में गाया जानेवाला 'जय-जय भैरवि असुर भयाउनि' विद्यापति का लिखा हुआ है। धीरे धीरे साहित्य के क्षेत्र में आई। कोर्स में विद्यापति को पढ़ा और जीवन में विद्यापति को अनुभूत किया।

प्रश्न—आपके लेखन/शोध में कैसे कैसे और कहाँ-कहाँ विद्यापति का वास है?

उत्तर— मैंने कोई शोध नहीं किया है। कहानियाँ, कविताएँ, नाटक लिखती रही हूँ हिंदी और मैथिली में। विद्यापति के पद मेरी रचनाओं में मेटाफर और नाना प्रतीक के रूप में आते रहे हैं। उनके पद को लेकर मैंने अपनी कहानियों के शीर्षक बनाए, जैसें' माधव हम परिणाम निराशा', 'पथ हेरथि मुरारी' आदि, क्योंकि कई बार कहानी लिखते समय मैं दसियों शीर्षक सोचती थी, लेकिन हर बार उन कहानियों में विद्यापति की पदावली का कोई एक अंश मेरे मस्तिष्क में अंकित हो जाता था। फिर तो उसके अलावा और कोई भी शीर्षक उस कहानी पर मैच नहीं करता था। मेरे ख्याल से ऐसा इसलिए होता था, क्योंकि विद्यापति ने जीवन लिखा है। समाज का जीवन, स्त्री का जीवन, प्रेम का जीवन, दर्द का जीवन। जीवन के हर पल को, चाहे वह प्रेम का संयोग हो वियोग, समाज की चेतनता हो या भक्ति का उत्कर्ष, सभी स्थितियों में उन्होने मनुष्य के दर्द और अनुभूति को उन्होंने वाणी दी है। इसलिए मेरी रचनाओं में विद्यापति प्रत्यक्ष और अप्रत्यक्ष रूप से धड़कते रहते हैं, कभी शीर्षक के रूप में तो कभी किसी प्रसंग के रूप में तो कभी अपनी पदावली की पंक्तियों के रूप में। उनसे प्रेरित होती रही हूँ।

प्रश्न—विद्यापति के बाद के लेखकों में कितना प्रभाव आपको देखने को मिलता है?

उत्तर—जिसने भी विद्यापति का गहरे से अवगाहन किया है, उन सबने विद्यापति को अपनी रचनाओं में लिया है। ये रचनाएँ हिंदी की भी हैं, मैथिली की भी, बांग्ला की भी, क्योंकि अभी भी बंगाली जनमानस में विद्यापति बहुत गहरे तक बैठे हुए हैं। विद्यापति को केवल मैथिली तक ही सीमित करके नहीं रखा जा सकता।

प्रश्न—आज के समय में 'देसिल बयना सब जन मिट्ठा' को किस परिप्रेक्ष्य एवं वस्तु स्थिति में देखने को मिलता है?

उत्तर—यह प्रश्न तो बहुत ही विचारणीय है और एक नासूर की तरह है। हम आज अपनी जिस भाषा की बात कर रहे हैं, उसके संरक्षण और संवर्धन की बात कर रहे हैं, विद्यापति उस 'निज' भाषा के बारे में 14वीं शताब्दी में ही कह गए। इसी निज भाषा की बात आधुनिक काल के पुरोधा भारतेंदु हरिश्चंद्र भी कह गए—

'निज भाषा उन्नति छहै, सब उन्नति को मूल
बिनु निज भाषा ज्ञान के मिटे न हिय को सूल।'

निज भाषा की बात डॉक्टर रामधारी सिंह 'दिनकर' से लेकर मैथिलीशरण गुप्त और आज सभी करते हैं। आज सभी कह रहे हैं, कि हमारी भाषा का विकास नहीं हो रहा। परंतु स्थिति यह है, कि एक ओर भाषा बचाओ आंदोलन चल रहा है, तो दूसरी ओर भाषा के प्रति विमुखता भी उतनी ही तरलता से बढ़ रही है—पानी के लकीर की तरह, जो आगे बढ़ती है और पीछे से सूखती जाती है। मैं यह कतई नहीं कहूँगी कि अंग्रेजी हमारी भाषाओं को खा रही है या हमारी भाषाओं की दुश्मन बनी हुई है। मैं यह कहूँगी, कि हमारी अपनी मानसिकता हमारी भाषाओं को, हमारी संस्कृतियों को, हमारी परंपराओं को, हमारे रीति-रिवाजों को खा रही है, भस्म कर रही है। जैसे बचपन में हम कहते थे कि हमारे कपड़े छोटे हो गए और दोष कपड़े पर मार देते थे। हम यह कभी नहीं कहते कि हम लंबे हो गए इसलिए कपड़े छोटे हो गए। यानी कि दोष दूसरों पर मढ़ना हमें बहुत आसानी से आ गया है। और हम अपना एक दुश्मन तय कर लेते हैं और उस पर सारे इल्जाम डालकर खुद को बरी कर लेते हैं। मेरा सवाल है, कि यदि अंग्रेजी आगे बढ़ रही है तो किसके बलबूते? किसने यह मान लिया कि अंग्रेजी के बिना हमारा विकास संभव नहीं है? किसने यह कह दिया कि भारतीय भाषाओं में उच्च शिक्षा नहीं दी जा सकती? किसने आजतक आजादी के बाद भी कानून से लेकर उच्च शिक्षा के पाठ्यपुस्तक भारतीय भाषाओं में तैयार नहीं किए? कौन है वह, जो अपनी भाषा को छोड़कर अंग्रेजी बोलना, लिखना, पढ़ना, और अंग्रेजियत में जीना पसंद करते हैं? कौन हैं वे लोग, जो अंग्रेजी सीखते ही अपने घर से सबसे पहले हिंदी की पत्र-पत्रिकाएँ और किताब बाहर कर देते हैं? कौन हैं वे लोग, जो लाइब्रेरी या किताबों की दुकानों में भी जाते हैं तो अंग्रेजी किताबों की ओर ही हाथ बढ़ाते हैं? कौन हैं वे लोग, जो लाइब्रेरी में

जाकर हिंदी की किताबें तब माँगते हैं, जब उनके घर में उनके माता-पिता या कोई बुजुर्ग रिश्तेदार आए होते हैं। दुकानों में तो वे माँगते ही नहीं। कौन जाए हिन्दी पर पैसा खर्च करने! बहुत मंहगी है। कौन हैं वे लोग, जो आज भी अंग्रेजी को अपनी समृद्धि और शान का प्रतीक मानते हैं? कौन हैं वे लोग, जिन्होंने हर तब के लोगों के मन में यह बात बिठा दी है, कि अंग्रेजी पढ़ने से ही बच्चों में काबिलियत आती है? यहाँ मैं केवल हिन्दी का उदाहरण दे रही हूँ। मैथिली में तो स्थिति और भी विकट है, क्योंकि ऊपर लिखे में से सबसे विकट है मैथिली की किताबों या प्रकाशन तंत्र का न होना। जो प्रकाशन के नाम पर हैं, वे प्रकाशन नहीं, मुद्रण यानी कि किताब की छपाई का काम भर करते हैं। अपनी भाषा, संस्कृति, रीति-रिवाज, परंपरा आदि पर अपनी आस्था, विश्वास, प्रेम और आदर हम, खासतौर से हिंदी पट्टी के लोग भूलते जा रहे हैं। उसमें भी अगर हम बिहार की बात करें तो बिहार से हमारे रीति रिवाज, भाषा, संस्कृति सब गायब होते जा रहे हैं। हम शादी ब्याह में भी गीत नहीं गाते हैं, अपने पारंपरिक कपड़े नहीं पहनते हैं, रस्मों को निभाते हुए उन रस्मों से संबंधित गीत नहीं गाते हैं। उनकी जगह हम टेलीविजन चैनलों पर शादी-ब्याह में दिखाए जा रहे धूम-धड़ाके, कपड़े और रस्मों आदि को अपनाते जा रहे हैं। क्या हमें याद है हमारी गोटा लगी पीली साड़ी, नक्खी लहठी, और बनारसी चादर? मैं आज के चलन के खिलाफ नहीं हूँ। लेकिन इन सबको गर्व से स्वीकारते हुए और अपनी चीजों को हेय दृष्टि से देखते हुए उन सबको नकारना मुझे खलता है। भाषा के साथ भी यही स्थिति है। मुझे विश्व की किसी भी भाषा से कोई दिक्कत नहीं है लेकिन अपनी भाषा को बनाए रखना, उसे सम्मान देना और उस पर गर्व करना—यह हमारे जीवन का अनिवार्य हिस्सा होना चाहिए। यह स्पष्ट कर दूँ कि 'देसिल बयना', का मतलब केवल भाषा और बोली ही नहीं है। यह हमारी सभ्यता, संस्कृति, रीति-रिवाज, परंपराओं से एकमेक होकर गुँथी है। भाषा जहाँ टूटती और छूटती है, वहाँ इन सबका भी टूटना, छूटना, बिखरना और इन सबका क्षरण होना बहुत स्वाभाविक है।

प्रश्न— राजनीतिक, सामाजिक जीवन में आज विद्यापति कितने प्रासंगिक हैं?

उत्तर— विद्यापति का साहित्य पूरी तरह से प्रासंगिक है। यह एक ओर हमें जीवन के सबसे उदात्त भाव प्रेम और प्रेम की विभिन्न कलाओं की ओर ले जाता है तो वहीं दूसरी ओर यह जीवन के एक और उदात्त स्वरूप भक्ति की ओर लेकर जाता है। एक ओर यह स्त्री जीवन के विरह और सुख की बात करता है, दूसरी ओर यह किसानी जैसी भी बात करता है। विद्यापति ने पंडितों की भाषा में भी लिखा और जन की भाषा में भी। विद्यापति शिव के बहुत बड़े भक्त हैं और शिव-पार्वती के माध्यम से वे कृषि-कर्म पर बल देते हैं और भीख माँगने को निकृष्टतम

वृत्ति कहते हैं। यह तो मानी हुई बात है, कि प्रेम का उदात्त स्वरूप भक्ति में बदल जाता है। लल्ल-द्यद और मीराबाई के प्रेम और भक्ति को देखिये। इस प्रेम और भक्ति का कोई उम्र से लेना देना नहीं है, जैसा कि आमतौर पर लोग विद्यापति के साहित्य के साथ कहते हैं, कि युवा उम्र में उनकी रचनाएँ शृंगारिक हैं और वे ही रचनाएँ बुढ़ापे में भक्ति। मैं इसे नहीं मानती। प्रेम आस्था और विश्वास का नाम है और जिसपर आपकी आस्था गहरी है, वह भक्ति है। लेकिन भक्ति भी भक्ति होती है अंधभक्ति नहीं। जहाँ भी, जिस भी क्षेत्र में 'अंध' शब्द आता है, वह हमारे कद और स्वरूप को कम कर जाता है।

प्रश्न— शृंगार और भक्ति के समन्वय पर विद्यापति के लिए आपका अपना दृष्टिकोण क्या है?

उत्तर-यह मैं ऊपर कहीं चुकी हूँ कि विद्यापति की रचनाओं या उनकी पदावलियों को आप शृंगार के रूप में देखें या भक्ति के रूप में-वे एक ही हैं—

चानन भेल विषम एसआर रे, भूषण भेल भारी
सपनहुं हरि नहिं आएल रे, गोकुल, गिरधारी
छांडू कन्हैया मोर आंचर रे, फाटत नव सारी

हाँ कुछ रचनाएँ, जैसे उगना, शक्ति-स्वरूपा भैरवी, गंगा आदि को लेकर लिखी हुई रचनाएँ विशुद्ध भक्ति-रचनाएँ कही जा सकती हैं। लेकिन बाकी रचनाएँ उनके प्रेम और भक्ति के अद्भुत संयोग का स्वरूप हैं। मेरा यह मानना है, कि भक्ति बिना प्रेम के और प्रेम बिना भक्ति के हो ही नहीं सकती। इसलिए दोनों को बहुत अलग-अलग करके देखने का कोई मतलब नहीं बनता है। मतलब यह है, कि हम प्रेम को किस स्वरूप में देख रहे हैं? प्रेम को केवल उसके मांसल स्वरूप में देखेंगे तो वह एक अलग आकार-प्रकार ग्रहण करता है, जबकि आत्मिक रूप में अलग-

मोरा रे अंगनमा चानन केर गछिया
ताही चढ़ कुररए काग रे,
सोने के चोंच मढ़ाए देब रौ कागा
जौं पिय आओत आज रे

प्रेम में दैहिक, आत्मिक, मानसिक और वायवीय—सभी स्वरूप एकाकार होते हैं। विद्यापति जन के कवि हैं, इसलिए मनुष्य की मांसलता पर भी उनका जोर है, जो कतई स्वाभाविक है।

प्रश्न— विद्यापति साहित्य के मूल्यांकन और पुनर्मूल्यांकन के संदर्भ में आपके क्या विचार हैं? क्यों?

उत्तर— यह बहुत ज्वलंत प्रश्न है। विद्यापति साहित्य का अभी तक मूल्यांकन

ही नहीं हो पाया है, पुनर्मूल्यांकन की तो बात ही छोड़ दीजिए खासकर मैथिली में, जिसके आदिकवि विद्यापति माने जाते रहे हैं। हिंदी साहित्य के इतिहास में आदिकवि के रूप में विद्यापति स्थापित हैं। मैथिली साहित्य में भी विद्यापति से हम इसकी शुरुआत मानते हैं, परंतु विद्यापति साहित्य और विद्यापति के व्यक्तित्व पर जिस तरह से काम होना चाहिए, वह अभीतक प्रतीक्षित है। हमने अभी तक विद्यापति को गुरु विद्यापति के रूप में नहीं माना है, जैसे बंगाल में हम टैगोर को गुरुदेव के रूप में मानते हैं। बंगाल की आस्था आप देखिए। रवीन्द्रनाथ टैगोर के प्रति क्या वैसी आस्था हमारी विद्यापति के प्रति है? यहाँ तक कि भोजपुरी के भिखारी ठाकुर के प्रति भोजपुरी भाषी लोगों की संवेदनशीलता देखिये! क्या विद्यापति को हमने देश-विदेश में और कुछ नहीं तो उनकी किताबों और उनकी प्रतिमाओं के रूप में पहुँचाने की कोशिश की है? क्या हम उनके साहित्य का पाठ-पुनर्पाठ कर रहे हैं? हमने लंदन में टैगोर की प्रतिमा देखी। जिसतरह से रविंद्र संगीत एक विधा बन गई है, उस तरह से विद्यापति गीत एक विधा बनकर चारों ओर फैल नहीं पाया है। रवीन्द्र साहित्य और साहित्य की आवृत्ति को एक विधा के रूप में प्रस्तुत किया जाता है। बाक्रायदा उसकी टीम और ग्रुप्स हैं। क्या विद्यापति के साथ वैसा है? हर साल विद्यापति पर्व मनाया जाता है। उसमें विद्यापति कहाँ है, मुझे नहीं पता। असल में हम अपने पड़ोसी से भी नहीं सीखते हैं। सीख लिया होता तो आज विद्यापति जन-जन के मन—मस्तिष्क और कंठ में विराजमान होते। व्यक्ति-व्यक्ति उनके नाम से परिचित होता। जन जन के कंठ में उनके गीत बसे होते। हम उनके संस्कृत साहित्य को छोड़ भी दें, तो उन्होंने जिस 'देसिल बयना' की बात की है, तो वह 'देसिल बयना' हर देसी व्यक्ति की जीभ पर होता। परंतु हमने विद्यापति को अब केवल कर्मकांड तक ही घेरकर रख दिया है, जिसमें विद्यापति की एक प्रतिमा है, ढेर सारे बैनर हैं, ढेर सारे कार्यक्रम हैं, लेकिन उनके ही साहित्य के संरक्षण और संवर्धन की कोई खास दिशा या दशा नहीं है।

प्रश्न—मिथिलांचल के लोकाचार में विद्यापति की प्रासंगिकता क्या है?

उत्तर— बहुत बड़ी प्रासंगिकता है। अगर हम मिथिला के लोकाचार की बात करें तो शायद ही कोई लोकाचार ऐसा हो, जहाँ विद्यापति के गीत या विद्यापति की बातें वहाँ प्रासंगिक ना हों।

प्रश्न—मैथिली को भाषा की मान्यता मिलने के साथ ही हिंदी से पृथक करने का प्रश्न खड़ा कर दिया गया है। ऐसे में भविष्य में हिंदी और मैथिली का कितना नुक्रसान (ह्रास) है और क्या लाभ देखकर यह बहस छेड़ी गई?

उत्तर—मैथिली को संविधान में दर्ज़ा मिला। पहले तो इस पर बात होनी

चाहिए। वर्ष 2004 में मैथिली को संविधान में शामिल किया गया। हमलोगों ने इसे संविधान में शामिल करने के लिए बहुत सारे आंदोलन किए। हमलोगों से कहा गया, कि संविधान में शामिल होने के बाद मैथिली की स्थिति बदलेगी। लेखकों की स्थिति बदलेगी। लेखन की स्थिति बदलेगी। साहित्यकारों की स्थिति बदलेगी। मैथिली में अलग-अलग क्षेत्र में काम करनेवालों की स्थिति बदलेगी। मैथिली पूरी मिथिला की भाषा है। सभी मिथिला के लोग इस हिसाब से मैथिल हैं और इनकी भाषा मैथिली है। लेकिन जो हो रहा है, यह आप से छुपा हुआ नहीं है। मैं जब बहुत छोटी थी तो हमें यह कहा गया था, कि मैथिली ब्राह्मणों की भाषा है और हमलोग उस समय यह मानकर बैठ गए थे। हमारे घर में कोई भी मैथिली नहीं बोलता था। मैंने बीए में आकर मैथिली सीखी और उसके बाद मैथिली में लिखना शुरू किया। मैंने इसे अपनी मिथिला माटी के प्रति अपना एक ऋण माना और उसी ऋण के तहत में मैथिली और मिथिला की संस्कृति, खानपान, साहित्य, रंगकर्म आदि के प्रचार-प्रसार में यथा शक्ति जुटी हुई हूँ, लेकिन अगर आप मिथिला और मैथिली के नाम पर तमाम सरकारी और गैर सरकारी संस्थाओं और संस्थानों की ओर देखें, तो आपको समझ में आ जाएगा कि 2004 के बाद भी स्थितियाँ क्या थीं और क्या हो गई हैं—

हम कौन थे क्या हो गए हैं और क्या होंगे अभी
आओ विचारें आज मिलकर ये समस्याएँ सभी।

हिंदी और मैथिली दो अलग-अलग भाषाएँ हैं। इसलिए दोनों को अलग-अलग तो होना ही चाहिए। लेकिन हमारे यहाँ प्रवृत्ति हो गई है, कि अपने को ऊंचा दिखाने के लिए दूसरे को नीचा दिखाएँ, उसे अपना कट्टर विरोधी बताएँ, उसे अपनी प्रगति में बाधक बताएँ, यही बात हिंदी और मैथिली के बीच हो रही है। हिंदी अपने मौलिक रूप में कभी, किसी भी भाषा की दुश्मन नहीं रही है, लेकिन मैथिली के पैरोकार मैथिली के विकास की बात पर हिंदी को दोष देकर किनारे हो जाते हैं। मुझे यह बताइए कि हिंदी ने किसी मैथिली भाषी को यह कहा है, कि आप मैथिली छोड़कर हिंदी बोलने लगिए! हिंदी ने यह कहा है, क्या किसी मैथिली भाषी से कि आप मैथिली में ना लिखकर हिंदी में लिखिए! तो हिंदी को लेकर वैमनस्य बढ़ाना और अपने सामने एक दुश्मन को खड़ा कर देना, ताकि ध्यान उस दुश्मन पर रहे और हम कुछ भी ना करें। मूल से भटककर बस तथाकथित दुश्मन पर प्रहार करते रहें, जैसा कि आज की राजनीति में हो रहा है। सभी समस्याएँ समाप्त हैं। देश में केवल हिन्दू-मुसलमान, लव जिहाद, राम मंदिर निर्माण ही प्रमुख हैं। हमारे सामने बेरोजगारी, कोरोना जैसी महामारी से निपटने, जीडीपी के कम से कमतर होते जाने का कोई मसला ही नहीं है। इससे नुक़सान किसी और का नहीं हो रहा है। हमारा अपना हो रहा है। हमारी अपनी कमजोरी का पता चल रहा है।

आज भी मैथिली में फिल्में नहीं हैं। मैथिली गीतों का बाज़ार नहीं है। मैथिली नाटकों का बाज़ार नहीं है। मैथिली साहित्य का बाज़ार नहीं है। मैथिली संस्कृति, मैथिली खानपान का बाज़ार नहीं है। हम अपनी संस्कृति अपने तक सीमित रख लेते हैं और कहते हैं, कि हमारे में ऐसा होता है, आप नहीं समझिएगा। अरे भाई! समझाइएगा तब तो समझेंगे ना! हमारे गाए गाली, गीत, लंदन में अंग्रेज और फिनलैंड में फिनिश समझ लेते हैं। आनंद उठाते हैं, जोरदार तालियाँ बजाते हैं, और यहाँ हमारे ही देश के लोग नहीं समझेंगे कि मैथिली और मिथिला क्या है, जबकि हमारे पास तथाकथित रूप से प्रचारित जगत जननी मां जानकी हैं। तारीफ तो यह है, कि हम तो समझने को बैठे हैं। दूसरों की अच्छी बातें हम ग्रहण भी कर लेते हैं। होना भी चाहिए। महाराष्ट्र में रहने वाला लगभग हर दूसरा तीसरा मराठीतर भाषी गणपति की स्थापना करता है। हमने कितने लोगों तक हरतालिका, चौथचंद, जूड़शीतल, सतुआनी आदि बताई हैं? किसी को नहीं पता है। बल्कि अब तो हमें भी नहीं पता है। अगर आप सर्वे करेंगे, तो आपको शायद पता चले कि अधिकांश लोगों को जूड़शीतल, सतुआनी आदि के बारे में पता ही नहीं है। खाना-पान में भी बिहार के बाहर लोग एक लिट्टी-चोखा भर को ही जानते हैं। मिथिला का भोजन अभी भी असूर्यम्पश्या ही है। ऐसी स्थिति में हिंदी और मैथिली का कहीं सवाल ही नहीं होता है। सवाल यह है, कि शुरुआत अपने से होती है या नहीं। हम अपने लिए कितने जागरूक हैं? अपने अधिकारों के लिए कितने सजग हैं और अधिकार के साथ-साथ हम अपने कर्तव्य के प्रति कितने सचेत हैं! केवल अधिकार की बात हमने की तो मैथिली हमारी अनुसूची में शामिल हो गई। अब उसके बाद कर्तव्य की बारी है तो देख लीजिए कि आज मैथिली कहाँ है! किताबें आज खूब लिखी जा रही हैं। छप रही हैं। लेकिन उनका स्तर देख लीजिये। ऐसे में, हिंदी का नहीं, नुक़सान मैथिली का हो रहा है, क्योंकि हम मैथिली को समेटकर रखे हुए हैं। सहेज कर रखना और समेट कर रखना—दो अलग-अलग बातें हैं। अब बात उठ रही है, कि मैथिली को मिथिलाक्षर में लिखे जाने की फिर से शुरुआत हो। मेरी नजर में मैथिली का यह बहुत बड़ा त्याग था कि वह अपनी लिपि को छोड़कर देवनागरी लिपि में आई। इससे मैथिली का दायरा बढ़ा। मैथिली ना जाननेवालों के लिए भी उसको पढ़ने-लिखने के रास्ते खुले। आज नए और युवा लेखक, जो तकनीकी पढ़ाई पढ़ते हैं, डॉक्टरी, इंजीनियरिंग पढ़ते हैं, जिनकी पढ़ाई का माध्यम अंग्रेजी है, लेकिन अपनी क्लास में ही हिंदी के माध्यम से या मैथिली के माध्यम से वे देवनागरी लिपि से परिचित हुए और अब वे मैथिली में लिख रहे हैं। अब उन्हें मैथिली में लिखने के लिए क्या मिथिलक्षर सीखना पड़ेगा? मैं ही मैथिली में लिख रही हूँ। और मैं बहुत साफ-साफ बताना चाहूँगी कि अगर यह मैथिली देवनागरी के बदले मिथिलक्षर में होती तो मैं शायद मैथिली में नहीं लिख पाती, क्योंकि उसके लिए मुझे फिर से एक

और लिपि सीखनी पड़ती। मिथिलक्षर सीखना बहुत अच्छी बात है। उसे आगे बढ़ाना भी बहुत बढ़िया है। लेकिन यह कहना कि अब मैथिली मिथिलक्षर में लिखी जाए, यह अपने आपको पीछे धकेलने जैसी बात है। तो हर तरह से नुक़सान मैथिली का हो रहा है, जैसे हिंदी का नुक़सान इस रूप में हो रहा है, कि वहाँ यह स्थिति रोमन ने ले ली है। नए लोग या रचनात्मक क्षेत्र में संवाद आदि रोमन में लिखे जाने लगे हैं। फिर भी हिंदी अपने कई स्वरूपों में मौजूद हैं और देश के बहुत बड़े भाग में मौजूद है। विदेशों में भी हिंदी मौजूद है। लेकिन मैथिली को हम उस रूप में देखें इसके लिए यह बहुत ज़रूरी है, कि हम मैथिली को कितने योजनाबद्ध तरीके से और निरपेक्ष होकर आगे बढ़ाएँ। इसके लिए मेरी समझ में आता है, कि मैथिली की दर्शनीयता यानी विजिबिलिटी को बढ़ाना बहुत आवश्यक है। उदाहरण के रूप में मैं आपको भोजपुरी के बारे में कह सकती हूँ जो अपनी विजिबिलिटी के कारण विश्व विख्यात भाषा हो गई है। मैथिली में इतनी प्राचीन साहित्य, संस्कृति व ज्ञान का भंडार होने के बावजूद मैथिली में विजिबिलिटी कम होने के कारण इसे जितना आगे बढ़ना चाहिए, उतना नहीं बढ़ पाई है। तो दोनों के बीच कोई प्रतियोगिता नहीं है। हिंदी अपनी जगह है, मैथिली अपनी जगह है।

प्रश्न—इस साहित्यिक धरोहर को आगे बढ़ाने व लोक-संस्कृति के विकास हेतु कौन-कौन से प्रयास साहित्यकार, समाज और सरकार द्वारा किए जा रहे हैं? साथ ही, किस प्रकार के प्रयास कारगर सिद्ध हो सकते हैं?

उत्तर—विद्यापति की साहित्यिक धरोहर को आगे बढ़ाने और लोक-संस्कृति के विकास के लिए मेरे विचार से जो बातें होनी चाहिए, वह कुछ इस प्रकार से होंगी-

1. विद्यापति के समस्त साहित्य की ग्रंथावली बने और उसे अंग्रेजी सहित पहले भारत की सभी प्रमुख भाषाओं और उसके बाद विश्व की अन्य सभी प्रमुख भाषाओं में प्रकाशित किया जाए।

2. विद्यापति की पदावलियों को अलग-अलग छोटी-छोटी पुस्तिकाओं के रूप में उनके हिंदी और अंग्रेजी अर्थ के साथ प्रकाशित हों, ताकि इसका एक ग्लोबल विस्तार हो सके।

3. विद्यापति की रचनाओं का जगह-जगह मंचन, पाठ, गायन हो।

4. विद्यापति की रचनाओं पर फिल्में, नृत्य थीम, पेंटिंग्स आदि बनें। मधुबनी पेंटिंग तो अपनी ही है। उसी माध्यम में विद्यापति पर काम हो।

5. विद्यापतिके व्यक्तित्व और कृतित्व का प्रचार-प्रसार वैसे ही किया जाए, जैसे हम मां जननी जानकी के नाम पर करते हैं।

6. देश और विदेश में जितनी भी मैथिली संस्थाएँ हैं, वे सभी संकल्प लें कि अपनी संस्था से वे हर साल कम से कम दो किताबें प्रकाशित करेंगे मैथिली में।

ये सभी संस्थाएँ यह भी संकल्प लें कि वे मैथिली के सुप्रसिद्ध दिवंगत रचनाकारों की अप्रकाशित कृतियों को प्रकाशित करें।

7. जैसे बिहार के भोजन में लिट्टी चोखा पर्व में छठ प्रचलित हो गया है, उसी तरीके से मिथिला आर्ट के रूप में केवल मधुबनी पेंटिंग प्रचलित हो गई है। मिथिला के खानपान, रीति-रिवाज, लोक-कथाएँ, लोक-गीत, लोक-त्योहार आदि अभी भी वर्जिन स्टेज में हैं। जितनी ही सांस्कृतिक संपदा से यह धरती भरी हुई है उतना ही कम इस पर काम हुआ है। जो लोग होटल व्यवसाय में हैं, वे मिथिला के खानपान को सामने लेकर आएँ। लिखने वाले मिथिला की बातें लिखें। कला की दुनिया वाले मधुबनी पेंटिंग के अलावा भी कला के दूसरे रूप को सामने लेकर आएँ। यह काम किसी एक के बस का नहीं है, लेकिन हर व्यक्ति और संस्थान व संस्थाएँ अपने अपने तई सोच ले तो काम हो सकता है, जैसे मैं मैथिली में लिखती हूँ, नाटक करती हूँ, लोक कथाओं और गाली गीत के साथ मिथिला के गीतों की स्टेज परफॉर्मेंस करती हूँ उसी तरह। इन सबमें विद्यापति पर बातें हों, चर्चा हों।

8. मिथिला क्षेत्र के सभी सांसदों और विधायकों पर मिथिला और मैथिली के विकास के लिए दबाव बनाया जाए। वोट की माँग मैथिली में है, ठीक है। अब मैथिली में शपथ भी ले रहे हैं, यह भी ठीक है। लेकिन, उसके बाद? मिथिला के विकास की बात? यह तो ये लोग ही कर या करवा सकते हैं।

9. मैथिली में अख़बार निकले। अजीब विडंबना है, कि हम एक ओर जिस हिंदी को मैथिली के विकास में बाधक मानते हैं, मैथिली के कार्यक्रम करने के बाद उन्हीं हिंदी अखबारों में उसकी रिपोर्टिंग देते हैं और उसमें छपने पर गर्व के साथ उसे हर जगह शेयर भी करते हैं।

10. मैथिली किताबों की प्रकाशन व्यवस्था शुरू हो, ताकि मैथिली में स्तरीय किताबें आ सकें और ये किताबें कम से कम भारतीय भाषाओं के समकक्ष खड़ी हो सकें।

11. मैथिली को केवल ब्राह्मणों की भाषा से बाहर निकालना होगा। आज भी ब्राह्मणेतर लोगों को सोल्कन और उनकी भाषा को सोल्कन बोली कहा जाता है। जितनी भी संस्थाएँ आप देखिए और उन पर काबिज लोगों के सरनेम। आपको समझ में आ जाएगा।

12. महिला लेखन और महिला उपस्थिति जगह जगह बढ़े—यहाँ तक कि दर्शक समुदाय के रूप में भी। आप मैथिली के किसी भी कार्यक्रम में जाएँ, 90 प्रतिशत वहाँ पुरुष हैं। महिलाओं का प्रतिनिधित्व जब तक नहीं बढ़ेगा, मैथिली और मिथिला का संरक्षण और विकास संभव नहीं है।

13. घरेलू कार्यक्रमों, शादी-ब्याह आदि में पहले की तरह विद्यापति के गीतों का गायन हो।

14. हम अपनी दुरभिसंधि तोड़ें और साहित्य, कला, संस्कृति, नृत्य, गायन, फिल्म, टीवी आदि सभी परफोर्मिंग आर्ट में मैथिल लड़कियों और स्त्रियों को आगे बढ़ने के लिए उनका मार्ग प्रशस्त करें। यह धारणा खंडित करनी होगी कि लक्ष्मीबाई तो चाहिए, दीपिका और प्रियंका तो चाहिए, लेकिन दूसरे घर से। आपको लग सकता है, कि यह सब मैथिली के लिए क्यों ज़रूरी है? लेकिन मैथिली, मिथिला और मैथिल जीवन अलग अलग नहीं है। जो अपनी संस्कृति और भाषा की माटी से पगकर बाहर निकलेगा, वह अपनी भाषा और संस्कृति की छाप अन्य जगह भी छोड़ेगा। ये काम व्यक्तिगत रूप के साथ-साथ सामूहिक रूप से भी करना होगा। मैथिली को अपनी जड़ता तोड़नी होगी और अपने अतीत के अतिशय व्यामोह से निकल कर वर्तमान की स्थिति पर ध्यान देना होगा और अपनी भाषा, कला, संस्कृति, रीति-रिवाज आदि के लिए आगे बढ़ना होगा। विद्यापति हमारे लिए प्रतीक और पुरुष दोनों हैं। दोनों ही रूपों से हमें इनके साथ आगे बढ़ना होगा।

डॉ. नारायण झा

जन्म : 01 जनवरी 1956 ई., घोघरडिहा, मधुबनी, बिहार

शिक्षा : पीएच.डी मैथिली भाषा और साहित्य

प्रकाशन : कविता संग्रह—हम घर घुरि रहल छी, अंगना एकटा आग्रह थिक, धरती पर देखू जल धरतीक अनुराग में बसैत अछि। कथा संग्रह-चित्र, निशान्त की चिड़िया। कविता-संग्रह-तकैत अछि चिड़े कवि केदार कानन के साथ हिंदी अनुवाद।

सम्मान तथा पुरस्कार : डा. महेश्वरी सिंह महेश ग्रंथ पुरस्कार, यात्री पुरस्कार, कीर्ति नारायण मिश्र साहित्य सम्मान व अन्य।

भाव, भाषा, विषय और शिल्प का अनेक आधुनिक भाषाओं पर महाकवि विद्यापति का स्पष्ट प्रभाव है।

प्रश्न—आप विद्यापति से कितने प्रभावित हैं?

उत्तर—महाकवि विद्यापति आधुनिक भारतीय भाषा और साहित्य के ऐसे विशिष्ट रचनाकार थे, जिनकी रचनाएँ (कोमलकान्त पदावली) देश और काल की सीमाओं को पार कर एक सर्वथा नयी काव्य-भाषा का जन्म दिया, जिसे 'ब्रजबुलि' कही जाती है। कविकुल गुरू महाकवि विद्यापति, जो एक युग-प्रवर्त्तक कवि थे, जिनकी कोमलकान्त पदावली की आकर्षण-शाक्ति का यह प्रभाव है, कि बंगभाषा और हिन्दी भाषा-भाषी में इनको अपनाने में अपना गौरव समझने लगे। महाकवि विद्यापति सम्पूर्ण रूप् से लेकिन मैथिली भाषा और साहित्य के कवि हैं। इन्होंने अपने रचना-कौशल से गीति-काव्य की जो धारा प्रवाहित की, वह धारा आज भी अविच्छिल रूप में ही सही, लेकिन देखी जा सकती है। मैं समकालीन मैथिली कविता में नवम दक्षक का एक कवि है। महाकवि विद्यापति से प्रभावित होना मेरे लिए स्वाभाविक है। मैंने महाकवि विद्यापति के गीतों से लोकरस और लोकभाषाओं को अपनी कविता के लिए ग्रहण किया है। आप जानकर चकित होंगी कि उनके एक गीत की पंक्ति है—'सेहो पिरित अनुराग बखानम' के एक शब्द 'अनुराग' से मैं इतना प्रभावित हुआ कि मेरे सबसे नवीनतम कवित-संग्रह का नाम ही है—'जल, धरतीक अनुराग में बसेत अछि'।

प्रश्न—आपके लेखन/शोध में कैसे-कैसे और कहाँ-कहाँ विद्यापति का वास है?

उत्तर—मेरे लेखन तथा शोधकार्य में महाकवि विद्यापति अपनी सुष्मित ऊर्जा और समस्त त्वरा के साथ है। मैं आपको बताऊँ कि मैथिली का मैं एक कवि हूँ तो साथ-साथ एक कथाकार भी हूँ। मेरा एक कथा-संग्रह 'चित्र' नाम से प्रकाशित है। महाकवि विद्यापति का संस्कृत में लिखा हुआ बच्चों को शिक्षा देने के लिए एक ग्रन्थ है—'पुरुष-परीक्षा'। कवीश्वर चन्द्रा झा ने इसका मैथिली भाषा में अनुवाद किया। विद्यापति के इसी ग्रन्थ के अनुवाद से मैथिली में कथा-युग का आरम्भ

हुआ, जिसे अनुवाद-युग भी कहते हैं। निस्संदेह मैथिली में इससे कथा-युग का भी आरम्भ हुआ। महाकवि ने जन-भाषा को साहित्यिक भाषा की गरिमा दी। तो अपनी कथाओं में मैं जन भाषाओं का अधिक-से-अधिक प्रयोग करता हूँ। मेरे शोध का विषय है—'मध्यकालीन मैथिली ओ हिंदी कृष्णकाव्यों क तुलनात्मक विवेचन'। वास्तव में मेरे शोधकार्य का मुख्य कहें अथवा केन्द्रीय विषय महाकवि विद्यापति के रचित गीत ही हैं। इस प्रकार से महाकवि विद्यापति का मुझ पर अमिट प्रभाव है।

प्रश्न—विद्यापति के बाद के लेखकों में कितना प्रभाव आपको देखने को मिलता है?

उत्तर— महाकवि विद्यापति की कोमलकान्त पदावली के प्रभाव में असम, उड़ीसा और असम में एक कृत्रिम अथय काव्य-भाषा—'ब्रजबुलि' का जन्म हुआ, जिन भाषाओं में विपुल काव्य-सृजन हुआ। महाकवि विद्यापति से प्रभावित होकर कवीन्द्र रवीन्द्रनाथ ठाकुर तो 'भानुसिंहेर पदावली' ही लिख डाली। हिन्दी के सूर्य कहे जाने वाले सूर और तुलसी विद्यापति से दो सौ वर्षों बाद पैदा हुए और वे भी विद्यापति से प्रभावित थे। महाकवि विद्यापति के राधा-सौन्दर्य-वर्णन का एक पद है:-

माधव, की कहब सुन्दरि रूपे।
माधव, की कहब सुन्दरि रूपे।

सारंग नयन बयन पुनि सारंग,
सारंग बसु समधाने,
सारंग उपर उगल दस सारंग,

केलि करथि मथुपाने।

इस प्रकार के रूपकातिशयोक्ति अलंकार के द्वारा राधा के असीम सौन्दर्य का वर्णन सूरदास ने किया है :

अद्भूत एक अनुपम बाग
जुगल कमल पर गजवर क्रीड्रत,
तापर सिंघ करत अनुराग।
तापर सिंघ करत अनुराग।

तथा 'सरंग' शब्द का अनेकार्थक द्वारा सूरदास ने राधा-सौन्दर्य का वर्णन इस प्रकार किया है:

सारंग नयन बयन वर सारंग,
सारंग बदन कहे छवि कोरी।
सारंग अधर, सुधर कर सारंग,

सारंग गति सारंग मति मोरी।
सारंग बरन पीठि बर सारंग,
सारंग मति सारंग कहि थोरी।

विद्यापति से महाकवि गोविन्ददास अत्यधिक प्रभावित थे और वे विद्यापति को अपना काव्य-गुरू मानते थे। विद्यापति को सम्बोधित उन्होंने पद-रचना भी की। मैथिली में गीति-काव्य की परम्परा आज भी देखी जा सकती है, जो मैथिलपुत्र प्रदीप के गीतों में सुस्पष्ट रूप से परिलक्षित होती है।

प्रश्न—आज के समय में 'देसिल बयना सब जन मिट्ठा' को किस परिप्रेक्ष्य एवं वस्तुस्थिति में देखने को मिलता है?

उत्तर—'देसिल बयना सब जन मिट्ठा' महाकवि विद्यापति रचित अवहट्ठ ग्रन्थ—'कीर्तिलता' की एक पंक्ति। यह संस्कृत से पृथक होकर विद्यापति की देशज भाषा में रचना के उद्देश्य को रेखांकित करती है। 'देसिल बयना' अर्थात् देसी भाषा अथवा कहें मातृभाषा को आज हम लोग एक आन्दोलन के रूप में स्वीकार किये हुए हैं। वैश्वीकरण और बाज़ारीकरण का दबाव जब आज बढ़ता जा रहा है, वैसे में देक्षज भाषा-संस्कृति ही हमको बचा पायेगी। मैं चाहता हूँ कि इस विकट समय में जब भूमण्डलीकरण एक छलावा के रूप में हमारे यहाँ आकर हमको अपने बाज़ार को क्रेता बनाकर रखना चाहता है और इसके लिए सर्वप्रथम मेरी भाषा को नष्ट करने पर तैयार हैं, अन्य भारतीय भाषाओं के चित्राकारों भी 'देसिल बयना' के संदेश को ग्रहण करना चाहिए।

प्रश्न—राजनीतिक सामाजिक जीवन में आज विद्यापति कितने प्रासंगिक हैं?

उत्तर—महाकवि विद्यापति संस्कृत, अवहट्ठ और मैथिली में रचना की। संस्कृत की रचनाएँ जो उनके द्वारा रचित हैं, कि वे रचनाएँ यद्यपि राजा तथा राज परिवार के लोगों के आदेश पर लिखी गई हैं, लेकिन वे राज-संचालन की आवश्यकताओं को ध्यान में रखकर लिखी गई हैं। इन ग्रन्थों में धर्म, इतिहास, पुराण, दण्ड तथा भूगोल सम्बन्धी विवरण हैं, जिसका राजनीतिक महत्व था और किसी राज्य की समुचित व्यवस्था तथा सर्वांगीण निकास के लिए महाकवि की रचना-दृष्टि समझना आज भी आवश्यक है। महाकवि की पदावली मिथिला के सामाजिक जीवन तथा संस्कृति के लिए आज भी प्रासंगिक, जिससे आज दुख की प्रार्थना करते हैं एवं विभिन्न सामाजिक-सांस्कृतिक आयोजन में उनके गीतों को गाते हैं।

प्रश्न—श्रृंगार भक्ति के समन्वय पर विद्यापति के लिए आपका अपना दृष्टिकोण क्या है?

उत्तर—महाकवि विद्यापति मुख्य रुप से भक्ति और श्रृंगार के कवि हैं। चूँकि मध्यकालीन साहित्य की प्रमुख प्रवृत्तियों में भक्ति और श्रृंगार का न केवल प्रमुख स्थान था, अपितु दोनों में अद्‌भुत समन्वय भी था। 'जयदेव' का मानना था :

यदि हरि स्मरणे सरसं मनो
यदि विलासकलासु कुतुहलम,
मधुर कोमल कान्त पदावली श्रृणु
तदा जयदेव सरस्वतीम्

महाकवि विद्यापति को अभिनव जयदेव के नाम से भी जाना गया है, महाकवि के गीतों में श्रृंगार आचरण है और भक्ति ईश्वर की आत्मा है। प्रमुख रूप से मैं महाकवि के गीतों में भक्ति और केवल भक्ति पाता हूं।

प्रश्न—आज भी विद्यापति साहित्य के मूल्यांकन और पुनर्मूल्यांकन के संदर्भ में आपके क्या विचार हैं? क्यों?

उत्तर—किसी काल में रचित साहित्य का मूल्यांकन और पुनर्मूल्यांकन परम आवश्यक है। इससे वर्तमान में साहित्य की प्रासंगिता परखी जाती है तथा वर्तमान जीवन में उसकी उपयोगिता को ग्रहण किया जा सकता है। महाकवि विद्यापति जिन्होंने विपुल साहित्य की रचना की और जिनकी रचनाओं के विषय, विधा, भाव-भाषा और शिल्प के आधार पर अनेक भाषाओं में गीत रचना हुई, मूल्यांकन तथा पुनर्मूल्यांकन से समझा जा सकता है, कि रचना में वे कौन-से तत्व हैं जिनके उपस्थापन से रचनाएँ न केवल कालजयी होती हैं, अपितु, देश-काल की सीमाओं को लांघती है, जो आज के साहित्य-सृजन में नहीं हैं, जो महाकवि की गीत-रचनाओं में विद्यमान हैं, जिन्हें आज की रचनाओं में साग्रह लाये जा सकते हैं तथा लाये जान की आवश्यकता है।

प्रश्न—मिथिलांचल के लोकाचार में विद्यापति की प्रासंगिकता क्या है?

उत्तर—मिथिला के लोकचार में आज भी विद्यापति प्रासंगिक हैं। सबसे पहले व्यक्ति विद्यापति की चर्चा करूँ तो आप देखेंगी कि महाकवि विद्यापति के यहाँ महादेव सेवक बनकर रहे। लेकिन यह किंवदन्ती भी हो सकती है, मगर विद्यापति की उदार दृष्टि को मानना तो पड़ेगा ही, कि अपने यहाँ के एक सेवक में भी महाकवि विद्यापति ने देवों के देव महादेव को देखा था। महाकवि विद्यापति के गीत आज भी मिथिला में मुण्डन, उपनयन, विवाह में गाये जाते हैं। शिव मंदिर में लोग पूजा करने जाते हैं और 'कखन हरब दुख मोर हे भोलानाथ' गाते रहते हैं। मिथिला के जीवन और लोकाचार में विद्यापति यहाँ तक प्रवेश किए हुए हैं, कि उनके नाम 'विदायत' नाम चल चुका, जो आज भी पूर्णिया अंचल में होते हैं।

प्रश्न—मैथिल को भाषा की मान्यता मिलने के साथ ही हिन्दी से पृथक करने का प्रश्न खड़ा कर दिया गया है। ऐसे में भविष्य में हिन्दी और मैथिली का कितना नुक़सान है (ह्रास) और क्या लाभ देखकर यह बहस छेड़ी गई?

उत्तर—'समकालीन भारतीय साहित्य' भारत सरकार की साहित्य अकादमी की हिंदी की प्रतिष्ठित पत्रिका भारत से बाहर अन्य देशों के भारतीय दूतावासों में जाती है। पिछले कुछ अंकों के सम्पादक श्री बृजेन्द्र त्रिपाठी जी थे, उन्होंने पत्रिका के सम्पादकीय में हिन्दी साहित्य के कथिक विकास को दर्शाते हुए मैथिली का नामोल्लेख तक नहीं किया। शिव प्रसाद सिंह, नामवर सिंह, देशराज सिंह भाटी आदि हिन्दी के विद्वान हिन्दी के विकास में मैथिली का अतुलनीय योगदान मानते हैं, लेकिन अब के हिन्दी के विद्वान ऐसा नहीं मानकर केवल हिन्दी का नुक़सान कर रहे हैं। सूरदास कितने प्रभावित हैं विद्यापति से इसकी तो मैंने चर्चा की है और हिन्दी के अष्ठछाप के कवि नन्ददास के सम्बन्ध में एक शोध द्वारा यह उजागर हुआ है, कि अगर मिथिला की अमराई में—चैत हे सखी फुलल बेली, भौंरा लेल निज वास भौ, गाया नहीं जाता, तो नन्ददास कहाचित 'भ्रमरजीत' नहीं लिख पाते। तब हिन्दी के विद्वान मैथिली नाम से बचते हैं तो इससे मैथिली का क्या नुक़सान होगा? कुछ नहीं। इससे हिन्दी का नुक़सान होगा। कवि विद्यापति केवल मैथिली के हैं, हिन्दी के नहीं, यह बहस हिन्दी वालों ने छेड़ी है। मैथिली को संविधान की आठवीं सूची में स्थान मिल जाने से यह भाषा अब हिन्दी के समकक्ष खड़ी हो गई है। इसीलिए हिन्दी वाले ईर्ष्यावश अब महाकवि विद्यापति को हिन्दी से निकाल-बाहर कर रह हैं और उन्हें मैथिली के कार्य बता रह हैं।

डॉ. चन्द्रदेव यादव

जन्म—1 अगस्त, 1962 विक्रमपुर, उत्तरप्रदेश

शिक्षा—पीएचडी, हिन्दी

अनुभव—अध्यापन, जामिया मिलिया इस्लामिया।

लेखन की शुरुआत गीत और कहानी-लेखन से। हिन्दी और भोजपुरी में रचनात्मक और आलोचनात्मक लेखन। पत्रकारिता पर दो पुस्तकें प्रकाशित। विभिन्न राष्ट्रीय और अन्तरर्राष्ट्रीय मंचों से हिन्दी और भोजपुरी भाषा तथा साहित्य से संबंधित बौद्धिक और रचनात्मक कार्यक्रमों में भागीदारी। रेडियो और टीवी से काव्य-पाठ तथा साक्षात्कार-परिचर्चापरक कार्यक्रमों में भागीदारी। मैथिली-भोजपुरी अकादमी, दिल्ली के सहयोग से भोजपुरी समाज और भिखारी ठाकुर एवं कबीर का लोक और लोक के कबीर पर दो सेमिनारों का आयोजन और कबीर संगीत की प्रस्तुति। 1993-1995 के दौरान 'अफ्रीका' जर्नल के हिन्दी संस्करण का साहित्य संपादक रहे।

प्रकाशन-कविता संग्रह : देस-राग (भोजपुरी), गॉवनामा और पिता का शोकगीत (हिन्दी)। जीवन का उत्सव, माटी के बरतन और राग-रंग प्रकाशन के क्रम में। आलोचना : आचार्य हजारीप्रसाद द्विवेदी की आलोचना-दृष्टि, छायावाद के आलोचक, हिन्दी के प्रारंभिक उपन्यासों की भाषा, लोक-समाज और संस्कृति, विद्यापति : समय से संवाद। पत्रकारिता : हिन्दी पत्रकारिता: स्वरुप और संरचना, शब्द-बोध। संपादन : अब्दुल बिस्मिल्लाह का कथा-साहित्य, भारतीय मुसलमान : सामाजिक और आर्थिक विकास की समस्याएँ, मध्यकालीन कविता।

सम्मान : 2001 में अखिल भारतीय भोजपुरी परिषद् लखनऊ, उ.प्र. द्वारा भोजपुरी भास्कर सम्मान।

विद्यापति की श्रृंगारिकता मर्यादा को तोड़ती हुई है।

प्रश्न—आप विद्यापति से कितने प्रभावित हैं?

उत्तर—ऐतिहासिक क्रम में हिन्दी समझने के लिए विद्यापति का अध्ययन हिन्दी के कवि के रूप में होता है और जितना ज़रूरी होता है उतना मैंने विद्यापति को पढ़ा था एक समझ बनाने के लिए, क्योंकि हम विद्यापति से पहले से आदिकाल की शुरूआत मानते हैं और विद्यापति आदिकाल के आख़िर में आते हैं एवं संक्रमण काल के कवि कहे जाते हैं। उनके समय में स्थितियाँ बदल रही थीं, साहित्य की धारा भी बदल रही थी, भाषा भी बदल रही थी और विद्यापति पहले से प्रचलित थे। भाषा में भी काव्य रचना की और उस समय जो बोलियाँ थी मैथिली में भी रचना की और एक बहुत पहले से ही भाषा चली आ रही थी संस्कृत...। में भी रचना की। तीनों के मास्टर थे, तो हिन्दी के विकास के क्रम में, भाषा और साहित्य के विकास के क्रम में विद्यापति का बहुत बड़ा योगदान है और वहाँ से जो श्रृंगार की जो प्रवृत्ति शुरू हुई थी। जयदेव थोड़ा सा पहले से हैं विद्यापति से जयदेव की परम्परा में विद्यापति हैं और विद्यापति के परम्परा में आगे आकर अष्टछाप के नन्ददास आते हैं और इसके बाद रीतिकाल के कवि आते हैं। इस रूप में विद्यापति जितना मैं प्रभावित हो सकता हूँ उतना प्रभावित रहा हूँ लेकिन इधर जबसे काम किया विद्यापति पर विस्तृत रूप से तो विद्यापति ने अलग से कुछ चीजों को लेकर के पुनर्विचार करने के लिए मजबूर किया। ओ मेरी किताब में है 'विद्यापति : समय से संवाद' में तो वो सबसे बड़ी प्राथमिकता है विद्यापति की, वो स्त्रियों को लेकर के उन्होंने सवाल खड़े किये हैं। जबाव भले ही नहीं संतोषजनक दिया है लेकिन सवाल तो खड़े किये हैं यह बड़ी बात है सामंतवादी युग में, उससे मैं प्रभावित हुआ हूँ, विद्यापति से हालांकि मैंने इस भ्रम को तोड़ने का प्रयास किया है, कि विद्यापति का भक्ति से लगभग ना के बराबर लेना-देना है।

प्रश्न—आपके लेखन/शोध में कैसे-कैसे और कहाँ-कहाँ विद्यापति का वास है?

उत्तर—आदिकाल में ही मेरी रूचि रही है और भक्तिकाल में भी रीतिकाल

में भी। भक्तिकाल पढ़ाता भी हूँ तो सामान्य विद्यार्थी के तौर पर पठन-पाठन में। ये तो दिल्ली विश्वविद्यालय के कॉलेज की संगोष्ठी में विद्यापति पर बोलने के लिए बुलाया गया तो उस सिलसिले में मैंने विद्यापति को फिर से पढ़ा और वहाँ से जो मेरी यात्रा शुरू हुई विद्यापति को पढ़ते हुए तो स्त्री वाला मुद्दा ही मुझे अपील ज़्यादा किया। इसलिए मैंने वहाँ से कुछ छिटपुट लेख लिखे कुछ 'समकालीन सोच' डॉ. पीएन सिंह की पत्रिका में एक लेख माँगा तो मैंने दिया बड़ी तारीफ हुई। उसमें भी विद्यापति और स्त्री समस्या को लेकर लेख लिखा। विद्यापति और जयदेव को लेकर तुलनात्मक अध्ययन लिखा इस तरह से हमने टुकड़ों टुकड़ों में काम किया हमारे कुछ बड़े प्रोफेसर और मेरे कुछ शोधार्थियों के कहने पर मैंने किताब का रूप दिया मेरे लेखने में और लेखों में समग्रता में मेरे किताब में विद्यापति आये हैं और ऐसी कोई रचना नहीं है, जिसमें अलग से विद्यापति का जिक्र हो या मैंने काम किया हो।

प्रश्न—विद्यापति के बाद के लेखकों में कितना प्रभाव आपको देखने को मिलता है?

उत्तर— मैंने एक बार डॉ. विश्वनाथ त्रिपाठी से पूछा, कि कुछ लोग कहते हैं, कि कवि पर राजस्थानी कवियों का खासकर ढोला मारूरा का बहुत प्रभाव है और वैसे भी देखने में आता है, कि पहले से चली आ रही बहुत सारी कविताओं का अनुवाद हिन्दी के कवियों ने किया है। संस्कृत के श्लोकों का भी अनुवाद किया है उन्होंने कहा, कि इस प्रकार से लीजिए संतो ने भक्तों ने अपने मत के प्रचार के लिए जहाँ से जो सामग्री मिली उसे ले लिया और थोड़ा-सा ट्विस्ट करके उन्होंने उसे अपना बनाकर के पेश कर दिया तो विद्यापति परम्परा में हैं कालिदास माघ और दूसरे अन्य कवि और जयदेव के गीतगोविन्द का बहुत प्रभाव है, शृंगार कविता की परंपरा में और विद्यापति के आगे की ओर हो परंपरा चली है उसमें अष्टछाप के कुछ कवि आते हैं राजकवि और फिर शृंगार। रीतिकालीन जो कविता है, उस पर उनका प्रभाव उसकी छाप देखी जा सकती है। जो बिहारी में भी है, दूसरे अन्य कवियों में भी, तो इस तरह से जयदेव और कालिदास को सीधे लगता है, कि विद्यापति ने अनुवाद किया है। समकालीन कविता में विद्यापति के जो चंदबरदायी वगैरह उनके यहाँ कुछ चीजें समान मिलती है और यह होता है स्वाभाविक है। एक दूसरे से प्रेरणा ग्रहण करके ही कविता लिखते हैं और अलग होकर के अपनी एक अलग पहचान बनाते हैं।

प्रश्न—आज के समय में 'देसिल बयना सब जन मिट्ठा' को किस परिप्रेक्ष्य एवं वस्तुस्थिति में देखने को मिलता है?

उत्तर— विद्यापति जब लिख रहे थे, उस समय अवहट्ट एक प्रभाव खोती हुई

भाषा बन रही थी। उसी समय बच्चन सिंह कहते हैं, कि यह वह दौर है जब हिन्दी की तमाम बोलियों का विकास हो रहा था और उत्तर भारत और मराठी, गुजराती, पंजाबी, आसामी, बांगला इन सारी भाषाओं का जन्म भी हो रहा था। आधुनिक आर्य भाषाओं के रूप में यह बोलियाँ अस्तित्व में आ रही थी। उन बोलियों की प्रकृति अलग थी बदलाव हुआ था अवहट्ट से। दूसरा, जो अवहट्ट अपभ्रंश वाली परंपरा चली आ रही थी, उसमें उन्होंने देसी भाषा को मिलाया, वो चंदबरदायी और नरपति नाल्ह की अवहट्ट से अलग है। इसीलिए देसिल बयना, जो आंचलिक भाषा होती है, वह बड़ी मीठी होती हे। इस मिठास को इस भाव से जोड़कर नया रूप दे रहे थे विद्यापति। आज भी हालाँकि यह नहीं कहा जा सकता, कि एकदम से संस्कृतनिष्ठ हिन्दी है, उसमें मिठास नहीं होगी..। नहीं। इसके लिए बहुत अच्छा प्रमाण है 'बाणभट्ट की आत्मकथा' उसको पढ़िए उसमें जो लालित्य है वो ग़ज़ब का है तो भाषा-बोध होना चाहिए, उसको महसूस करना चाहिए। भाषिक संवेदना जिसमें होगी, वही भाषा को उसी रूप में बरतेगा। दूसरी तरफ देखें तो फणीश्वर नाथ रेणु की भाषा है, जो आंचलिक और खड़ी बोली का मिक्सचर है, नेरेशन में भी इस तरह से आंचलिक शब्दों का मिश्रण उन्होंने किया है—'रसप्रिया' नहीं 'रसपिरिया'। 'पंचलाइट' लिखते है 'पंचलायट' नहीं लिखते, तो देसीकरण उन्होंने किया है। यह बात बिल्कुल सही है, कि जब आंचलिक पुट खड़ी बोली में आता है, तो उसका रूप-रंग बदलता है। ज़्यादा आस्वादपरक हो जाती है, तो विद्यापति ने अपने समय में किया और हर कवि अपने समय में करता है, हर लेखक अपने समय में करता है, और यह कहते भी हैं, कि कोई भाषा प्रूव होने लगती है, तो बोलियों से वो ऊर्जा व प्राण शक्ति ग्रहण करती है तो वह तर-ओ-ताज़ा हो जाती है। हिन्दी इतनी समृद्ध अपनी बोलियों के वजह से है जीवन रस ग्रहण कर आगे बढ़ती रहती है और यह प्रक्रिया चलती रहती है।

प्रश्न—राजनीतिक सामाजिक जीवन में आज विद्यापति कितने प्रासंगिक हैं?

उत्तर—आपने पढ़ा होगा शुक्ल जी को, कि "आध्यात्मिक चश्मे आजकल बहुत सस्ते हो गये हैं वो चश्मा लगाकर किसी भी श्रृंगारिक कवि को आप भक्त कवि घोषित कर सकते हैं।" कहते हैं, कि विद्यापति श्रृंगारिक कवि हैं भक्त कवि नहीं हैं और मैंने भी अपने एक पूरे चैप्टर में यही बताया है, कि विद्यापति आध्यात्मिक कवि नहीं हैं वह एक बहाना मात्र है। बिहारी दास ने लिखा कि राधा-कृष्ण तो सिर्फ़ स्मरण के बहाने हैं इन्होंने अपने समय के विलासी और लंपट सामंतों राजाओं की विलास लीला का इतना मादक श्रृंगारमयी चित्रण किया है, उनके लेखन में उनकी कविताओं में जो उनके मित्र शिवसिंह और लखिमा देवी यही दोनों खासतौर से हैं। वो सुपुरुष की बात करते हैं और उनके अच्छे पुरुषों जो बड़े-बड़े नाम गिनाते हैं,

उसमें शिवसिंह ही हैं बाकि तो पुरुषाभास ही हैं। पता नहीं कहाँ से यह चर्चा चली कि विद्यापति भक्त कवि है या शृंगारिक कवि हैं, यह आज भी है। मुझे तो लगता है, कि उनमें भक्ति लेस मात्र भी नहीं हैं। भक्ति पद है—लेकिन वह अलग ढंग से है जो नचारि के पद हैं उसमें शिव स्तुति और कुछ शक्ति से संबंधित पद हैं वह विल्कुल उसमें शृंगार है ही नहीं भक्तिपरक है, लेकिन जो राधा-कृष्ण से संबंधित वय:संधि का क्या लेनादेना हो सकता है, भक्ति से मान का अधिकार से रति से या तमाम चीजों से क्या लेनादेना हो सकता है भक्ति का। शिवप्रसाद सिंह कहते हैं भक्ति और शृंगार में जो मूल चीज है वो रति है और दोनों को पृथक करना आसान नहीं है। कम-से-कम इतनी मर्यादा तो रखनी चाहिए भक्ति को थोड़ा शृंगार से अलग रखें राधा और कृष्ण कोई विलासी सामंत नहीं हो सकता। विद्यापति में शृंगारिकता बहुत ज़्यादा है और कहीं-कहीं मर्यादा को तोड़ती हुई है।

प्रश्न—शृंगार भक्ति के समन्वय पर विद्यापति के लिए आपका अपना दृष्टिकोण क्या है?

उत्तर—सभी कवियों के पुर्नमूल्यांकन की आवश्यकता पड़ती है, एक समय में। विद्यापति तो समय 14वीं शताब्दी के हैं, हम 21वीं शताब्दी में उनकी बात कर रहे हैं, कबीर कितने प्रासंगिक है अभी तुलसी को खुब लोगों ने जाना है। हर समय में कुछ मुद्दे; सामाजिक मुद्दे सांस्कृतिक मुददे व अन्य मानवीय मूल्यों से जुड़े हुए मुद्दे आते रहते हैं और उनकी बातें होती रहती है। जिसे हम पीछे की कवियों व लेखकों की रचनाओं से जोड़कर देखते हैं। अगर वह किसी में पहले से मौजूद है तो वह हमारे लिए मूल्यवान हो जाती है। कबीर की प्रासंगिकता आज इसी सिलसिले में बहुत ज़्यादा है। विद्यापति ही नहीं हिन्दी का एक बहुत बड़ा पाठक वर्ग जो 1990 के बाद आज नितांत साहित्य और विमर्श तक ही साहित्य की स्थिति समझता है वह पूरा मध्यकाल और यहाँ तक कि छायावाद को आउटडेटेड समझता है, घोषित कर चुका है। गाहे-ब-गाहे कभी फैशन में कभी चर्चा कर दे यह अलग बात है तो विद्यापति के यहाँ से हम स्त्री के स्थिति को, सामाजिक स्थिति को, उसकी संज्ञा शून्यता को, उसके विद्रोह का जो ठंडापन उसको हम महसूस करते हैं। स्त्री सत्तात्मक और पुरुष वर्चस्ववादी व्यवस्था में स्त्री की क्या स्थिति थी, वो किस तरह से चेतना शून्य थी? विद्यापति के साथ-साथ कुछ और जगहों पर हमें इस तरह के प्रश्न मिलते हैं। इसलिए विद्यापति की रचनाओं के पुनर्मूल्यांकन की आवश्यकता है। अभी हाल तक जो विद्यापति पर किताबें आयी है मेरी नजर में यशोगान है। नये संदर्भ में जोड़कर देखें तो कई नई बातें देखने को मिलेंगे, उसमें बहुत सी ऐसी बातें हैं जो सामाजिक सांस्कृतिक संदर्भ में नई एवं प्रासंगिक हैं।

प्रश्न—आज भी विद्यापति साहित्य के मूल्यांकन और पुनर्मूल्यांकन के संदर्भ में आपके क्या विचार हैं? क्यों?

उत्तर— मिथिलावासी जानेंगे लेकिन मैं जहाँ तक समझता हूँ, कि स्त्री की पीड़ा है—'कखन हरब दुख मोर हे भोला नाथ', 'मोर रे अंगना चानन केर गछिया डाल पर कुदले कागरे', 'जय जय भैरवी असुर भयाउनि पशुपति भावनि माया'...। इस तरह के जो पद हैं विद्यापति के मिथिलावालों के रग-रग में बसे हुए हैं उनके हर बोली बानी में फूटते है। उससे मिथिला वाले कैसे अलग हो सकते हैं? वो जो मिठास है बोली की वह लोक से इनकी रचना में आयी थी या लोक ने इनसे ले लिया है तो संभव है, कि इनके पदों की इतनी ज़्यादा प्रासंगिकता रही होगी कि वह लोक में रच बस गये प्रचलित हो गये, लोकप्रतिनिधि बन गये दोनों बातें हैं।

प्रश्न—मिथिलांचल के लोकाचार में विद्यापति की प्रासंगिकता क्या है?

उत्तर-मुझे कोई प्रभाव नहीं दिखाई देता। मेरा तो सीधा-सीधा मानना है, जिस दिन से संवैधानिक मान्यता मिली है, मैथिली को उस दिन से हिन्दी से अलग हो गयी है। उसका लिट्रेचर अलग हो गया है, उस दिन तक का जो साहित्य मिथिला का है वह हिन्दी का साहित्य है। विद्यापति भी हिन्दी के कवि हैं, उस परंपरा में मैथिली के भी हैं, लेकिन मैथिली वाले दावा नहीं कर सकते, कि विद्यापति केवल मैथिली के कवि हैं चौदहवीं शताब्दी से लेकर के बीसवीं शताब्दी के अंत तक वो साझा इतिहास है, साझा साहित्य है उसको अलग नहीं किया जा सकता है। विद्यापति पहले हिन्दी के कवि हैं बाद में मैथिली के कवि हैं।

प्रश्न—मैथिल को भाषा की मान्यता मिलने के साथ ही हिन्दी से पृथक करने का प्रश्न खड़ा कर दिया गया है। ऐसे में भविष्य में हिन्दी और मैथिली का कितना नुक़सान है (ह्रास) और क्या लाभ देखकर यह बहस छेड़ी गई?

उत्तर— विद्यापति पर कोई काम नहीं कर रहा है, मुझे लोगों ने कहा कि आप ने उनको पुनर्जीवित कर दिया। उनको चर्चा के केन्द्र में ला दिया। अब लोग सोचें मुझे नहीं मालूम है, कि और नये ढंग से कैसे विद्यापति पर काम किया जा सकता है।

डॉ. बृजलता शर्मा

जन्म—10 फरवरी, 1977, अलीगढ़, उत्तर प्रदेश

पिता—श्री केशव देव शर्मा

शिक्षा—पीएच.डी, हिन्दी।

व्यवसाय—अध्यापन।

उपलब्धियाँ—चित्रकथा, भारत-भारती में कविता एवं पृथ्वी दिवस पर वार्तालाप प्रस्तुतिवि देशी प्रसारण विभाग, आकाशवाणी, नई दिल्ली, कालिकट विश्वविद्यालय केरल त्रिदिवसीय राष्ट्रीय संगोष्ठी में मुख्य वक्ता के रूप में सहभागिता, पी जी डी ए वी कॉलेज (सांध्य) दिल्ली विश्वविद्यालय में दो दिवसीय अन्तर्राष्ट्रीय संगोष्ठी में सहभागिता, मध्य भारतीय हिन्दी साहित्य सभा, ग्वालियर, राष्ट्रीय संगोष्ठी में सहभागिता, संस्कृति संचय पत्रिका में विषय संपादक, शोध-संदेश पत्रिका में विषय संपादक के रूप में कार्यरत, विभिन्न पत्रिकाओं में 20 से अधिक आलेख प्रकाशित।

विद्यापति के काव्य में भक्ति-शृंगार का समन्वय है।

प्रश्न—आप विद्यापति से कितने प्रभावित हैं?

उत्तर— नहीं, मैं विद्यापति से परिचित नहीं थी। जब मेरे पास शोधार्थी मार्गदर्शन हेतु आए, और उनका विषय विद्यापति थे, तब उन्हें विस्तृत रुप में जानने का मौका मिला। मैं उनको जानकर आश्चर्य में थी, कि इतने प्रतिभाशाली काव्य-सृजक कैसे उपेक्षित रहे? या मिथिला, बंगाल, आसाम, नेपाल से बाहर अन्य से भली-भांति परिचित नहीं हैं, पाठक उनसे अनभिज्ञ हैं। मैं ही नहीं, कोई भी उनके काव्य को पढ़कर उनसे प्रभावित हुए बिना नहीं रह सकता।

प्रश्न—आपके लेखन/शोध में कैसे-कैसे और कहाँ-कहाँ विद्यापति का वास है?

उत्तर— मेरे शोध व लेखन में लोकजीवन तो है, लेकिन विद्यापति नहीं। मेरे निदेशन में विद्यापति पर कार्य किया गया है। वहीं से मैं विद्यापति को जानती और समझती हूँ। उनके भव्य व विराट रचना संसार को मुझे जानने-समझने का अवसर प्राप्त हुआ। एक काव्य-प्रेमी और साहित्य साधक के रुप में खुद को गौरवान्वित व सौभाग्यशाली मानती हूं।

प्रश्न—विद्यापति के बाद के लेखकों में कितना प्रभाव आपको देखने को मिलता है?

उत्तर— विद्याापति ने परवर्ती कवियों, कृष्ण-भक्ति साहित्य तथा रीतिकालीन साहित्य के लिए राधा-कृष्ण के रूप में नायिका भेद की वर्णन की प्रवृति को परोक्ष रूप से मार्ग प्रशस्त किया। राधिका कन्हाई सुमिरन का बहाना लेकर आश्रय लीलाओं के उन्मुक्त और मांसत्व चित्र उकेरने वाले रीतिकालीन कवि विद्यापति से पर्याप्त प्रभावित हुए। इनके पुरुष-परीक्षा तथा कीर्तिलता जैसे वीर रसात्मक ग्रंथों तथा नीति और उपदेशात्मक ग्रंथों की शैली का परवर्ती युग क लेखकों और कवियों ने भी इनके पद लालित्य को अंगीकर किया।

प्रश्न—आज के समय में 'देसिल बयना सब जन मिट्ठा' को किस परिप्रेक्ष्य एवं वस्तुस्थिति में देखने को मिलता है?

उत्तर—देसिल बयना सब जन मिट्ठा से तात्पर्य यह है, कि जो अपनी देसी भाषा है वह सबको प्यारी लगती है और 700 वर्ष पूर्व लिख गये थे, विद्यापति और 19वीं शताब्दी में भारतेन्दु हरिश्चन्द्र जी कहते हैं, कि 'निज भाषा...सब उन्नति को मूल'...। तो इसक सूत्र पात्र तो कई साल पहले विद्यापति कर गये थे। और इस पंक्ति में यही सोच है, कि अपनी भाषा में ही अपना कर्म करना चाहिए, अपनी भाषा न सिर्फ़ सब को अति प्रिय होती है, बल्कि उसमें अभिव्यक्ति का जो रस है वह पाठक के हृदय को सराबोर करने में सक्षम होता है।

प्रश्न—राजनीतिक सामाजिक जीवन में आज विद्यापति कितने प्रासंगिक हैं?

उत्तर—वर्षों बाद भी विद्यापति प्रासंगिक है। प्रायः विद्यापति को केवल भक्ति और श्रृंगार के कवि के रूप में मूल्यांकित किया जाता रहा है। यह उनका एकांगी विश्लेषण है। कवि के समग्र व्यक्तित्व और कृतित्व के अवलोकन से यह लक्ष्य स्पष्ट होता है, कि वे सभी अप्रासंगिक नहीं हो सकते। व्यक्ति और समाज का सर्वांगीण विकास उसकी निज भाषा उन्नति में ही हो सकता है। भारतेन्दु हरिश्चन्द्र ने यह बात 19वीं शताब्दी के लगभग मध्य में कही। पर विद्यापति ने इसे 14वीं शताब्दी में ही देसिल बयना सब जन मिट्ठा कहकर निज भाषा प्रेम के सिद्धान्त का न सिर्फ़ प्रतिपादन किया, साथ ही संस्कृतनिष्ठ होने के उपरान्त भी मैथिली में पदावली की रचना कर चरितार्थ किया। इनकी कीर्ति कीर्तिलता में तत्कालीन समय की राजनीति और समाज के लिए जो कीर्ति सूत्र कथन रचे गये हैं वे आज प्रतिबिम्बवत है।

प्रश्न—श्रृंगार भक्ति के समन्वय पर विद्यापति के लिए आपका अपना दृष्टिकोण क्या है?

उत्तर—श्रृंगार और भक्ति जीवन की दो प्रमुख; परंतु सर्वथा विपरीत ध्रुवीय प्रवृतियाँ हैं। श्रृंगार रागोत्पादक प्रवृत्ति है जो मनुष्य को सृजन कर्म की ओर अग्रसर करती है, जबकि भक्ति वैरागात्मक प्रवृत्ति हैं। सृष्टि के संचालन और सौन्दर्य बोध के अभिवृद्धि में श्रृंगार प्रधान कारक है। परंतु इसका आधिक्य मनुष्य को पतन की ओर ले जाता है। भक्ति भाव आत्मोन्नति और जीने की रीति का प्रतिपातक है। विद्यापति ने अपने काव्य में भक्ति को भी आश्रय दिया है और श्रृंगार को भी। इन दोनों का समन्वय इनके काव्य में उपस्थित है।

प्रश्न—आज भी विद्यापति साहित्य के मूल्यांकन और पुनर्मूल्यांकन के संदर्भ

में आपके क्या विचार हैं? क्यों?

उत्तर— विद्यापति ने संस्कृति भाषा प्रधान युग में अपनी काव्य रचना की। इन्होंने सस्कृत में लिखा ही अवहट्ट और लोक भाषा मैथिली में भी लेखन कार्य किया इनके भक्ति और शृंगार परक पदों का माधुर्य आज भी कम नहीं हुआ। ये इन्हीं दोनों रसों की अभिव्यक्ति के लिए विवादित व विस्तारित हैं। यह विद्यापति का आधा-अधूरा मूल्यांकन है। कीर्तिलता, कीर्तिपताका, पुरुष-परीक्षा आदि ग्रंथों में इनकी जो ऐतिहासिक, राजनीतिक, सामाजिक व नैतिक दृष्टि प्रतिबिम्बित हुई हैं, मूल्यांकन..। उनका भी होना अनिवार्य है। अब तक जो मूल्यांकन हुआ है, उसका भी पूनरावलोकन आवश्यक है।

प्रश्न—मिथिलांचल के लोकाचार में विद्यापति की प्रासंगिकता क्या है?

उत्तर— मिथिलांचल बिहार का एक ऐसा अंचल है, जहाँ पौराणिक मान्यता यह है, कि सीता के पिता मिथिला नरेश राजा जनक का यह अंचल था, मिथिलांचल में जो भी लोकाचार है वह इन्हीं परम्पराओं को लेकर चल रहे हैं। विद्यापति ने उन लोकाचारों को अपने काव्य का स्पर्श दिया। जिसे देसिल बयना के सूत्र में पिरोते हुए लोक जीवन से सीधे जुड़ गये आज भी विद्यापति के पद विभिन्न अवसरों पर गाये जाते हैं, विद्यापति को आधुनिक जयदेव की संज्ञा प्राप्त है, क्योंकि उनके पदों में वैसी ही मिठास है, ताज़गी है और सुगंधता है, जो जयदेव के गीतों को सुनने पर प्राप्त होता है। आज वर्षों बाद भी उसका क्षरण नहीं हुआ है, वह जीवंत है, प्रासंगिक है, मूल्यपरक है।

प्रश्न—मैथिल को भाषा की मान्यता मिलने के साथ ही हिन्दी से पृथक करने का प्रश्न खड़ा कर दिया गया है। ऐसे में भविष्य में हिन्दी और मैथिली का कितना नुक़सान है (ह्रास) और क्या लाभ देखकर यह बहस छेड़ी गई?

उत्तर— अपने अंचल की जो लोक भाषा है, वह सबको प्यारी होती है और लोक भाषा की उन्नति के लिए प्रत्येक व्यक्ति प्रयत्नशील भी रहता है। लोक भाषा में साहित्य भी सृजित हुआ है। हिन्दी का वर्तमान स्वरूप् जब उभरा नहीं था, तब अधिकांश रचनाएँ होती थी, वह बृजभाषा,...? खड़ी बोली जिसका विकास आज हिन्दी खड़ी बोली के रूप में हुआ है, जो कि एक क्षेत्रीय बोली थी, इसी तरह बुन्देली, मालवी, निवाड़ी, अवधी, मैथिली से समस्त भाषाएँ जो क्षेत्रीय बोलियाँ है। ये वस्तुत: हिन्दी की ही उपबोलियाँ हैं। इसमें कुछ तो भाषा के प्रेम के कारण लोग इनको संविधान की 22वीं सूची में शामिल करना चाहते हैं, लेकिन वस्तुत: कुछ राजनैतिक कारण भी होते है और यह नि:संदेश सत्य है, कि यदि ऐसी तमाम क्षेत्रीय बोलियाँ को भाषा के रूप में मान्यता दी जाती रहेगी, तो हिन्दी अपंग हो

जाएगी फिर हिन्दी का असतित्व बचेगा ही क्या? वैसे भी आज तक हमारे देश की कोई संविधानिका की राष्ट्रीय भाषा नहीं है। हिन्दी एक ऐसी भाषा है जो राजकीय संरक्षण प्राप्त होने के बाद शनैः शनैः राष्ट्रीय भाषा की ओर पग बढ़ा रही है, लेकिन यदि इसी प्रकार अपनी आंचलिक बोलियों के प्रेम में फँसकर आंचलिक लोग अपनी-अपनी बोलियों को तरजीह देने लगेंगे तो हिन्दी कमजोर पर जाएगी, ये भी ठीक है, कि अपनी-अपनी बोली का विकास होना चाहिए, आज से पूर्वोत्तर में लगभग 2000 से अधिक बोलियाँ अपनी खुद की लड़ाई लड़ रही है और संयुक्त राष्ट्र संघ ने भी भाषा एवं सांस्कृतिक बिम्ब दी है, उन्होंने भी इस बात पर चिंता की है, क्योंकि भाषा नहीं छुटती, विचारों की संप्रेक्षण का माध्यम नहीं होता है, उसके पीछे एक समूची संस्कृति को परिभाषित करती है। इसलिए मेरी दृष्टि में तो अपने स्तर पर तो लोक भाषाओं मो संवर्धन संरक्षण होना चाहिए, लेकिन इसे भाषा को दर्ज़ा दिलाना हिन्दी के साथ अन्याय करना होगा।

प्रश्न—इस साहित्य धरोहर को आगे बढ़ाने व लोक-संस्कृति के विकास हेतु कौन-कौन से प्रयास साहित्यकार समाज और सरकार द्वारा किये जा रहे हैं? साथ ही किस प्रकार के प्रयास कारगर सिद्ध हो सकते हैं?

उत्तर—इतिहास हमें बताता है, कि राज्यों के द्वारा जिस कला के द्वारा संरक्षण प्राप्त हुआ है, वह निःसंदेह फली-फूली है, पहले संस्कृति को राजाश्रय प्राप्त था। कालान्तर में जिस राजा का राज रहा मुसलमानों के समय में अरबी, फारसी, उर्दू, को राजकीय भाषा बनाया गया और संरक्षण दिया गया। ठीक इसी प्रकार जब अंग्रेजों का आगमन हुआ तो अंग्रेजी को संरक्षण प्राप्त हुआ, आज हिन्दी की आवश्यकता है, कि उसे संरक्षण प्राप्त हो जहाँ तक मैथिली की बात है, तो विद्यापति ने जो लिखा है निःसंदेह आज प्रासंगिक है न केवल विद्यापति अपितु जो भी हमारे रचनाकार होते हैं उनकी रचनाएँ किसी न किसी रूप में सार्वकालिक होती है सार्वउद्देश्य होती है। हर काल में वो प्रासंगिक होती है, इसलिए मैथिली भाषा को और मैथिली के जयदेव विद्यापति की रचनाओं को संरक्षण दिया जाना अति आवश्यक है। राज्य सरकारें इस कार्य को यदि करती है वो समाज और जनता का जुड़ाव स्वतः ही उस ओर हो जाता है हम केवल राज्य सरकारों के उपर ये भार व सौंपे अपितु जन जागरण भी करें ताकि लोगों को लगें कि यह हमारी धरोहर है इसका दायित्व इसके संरक्षण का दायित्व केवल राजा का नहीं है क्यों? क्योंकि जन राजतंत्र था तब उनके संरक्षण का भार राजाओं पर था, लेकिन आज प्रजातंत्र है जो जितना राज्य सरकारों का दायित्व बनता है, उतना ही जनता का बनता है इसके लिए केवल बीए या एमए के पाठ्यक्रम में पढ़ना जाता आवश्यक नहीं है, यह पर्याप्त नहीं है। वास्तविक यह है, कि हमने विद्यापति को एमए के पाठ्यक्रम

में रख दिया तो केवल छात्र उतना ही पढ़ेगा और जानेगा जितना उसे उत्तीर्ण होने के लिए चाहिए थे, उनका संर्वांग अध्ययन नहीं...? अध्ययन के लिए हमें स्कूलों व कॉलेजों में उनके साहित्य के लिए आयोजित कराये जाने चाहिए, उसमें अधिक से अधिक छात्रों की व जनता ही भागीदारी होनी चाहिए, उनके जो पद है यद्यपि बहुत से कैसेट बन गए हैं सुने व गाए जाते हैं फिर भी उनके पदों को और अधिक संरक्षित और संबंधित करना चाहिए।

श्रीमती आशा मिश्रा

पिता—भवानंद झा

जन्म—6 जुलाई 1950

शिक्षा—स्नातक, हिन्दी साहित्य एवं दर्शन शास्त्र

अनुभव—1989 ई. से लेखन प्रारंभ।

कथा साहित्यक अतिरिक्त निबन्ध, संस्मरण, व्यंग्य, समीक्षा आदि अन्य विधा में लेखन। उपन्यास की रचना। हिन्दी पत्रिका 'नवनीत' एवं 'मनोरमा' के कुछ अंक में भी कथा एवं रम्य रचना प्रकाशित।

साहित्य अकादमी, नई दिल्ली द्वारा आयोजित विभिन्न अखिल भारतीय कार्यक्रम यथा मैथिली कथा गोष्ठी (बोकारो) 'ऑल इंडिया वीमेंस फ्रिक्शन राइटर्स मीट' (गौहाटी), 'अस्मिता 'कार्यक्रम' (जमशेदपुर), सुरेन्द्र झा 'सुमन' जन्म शतवार्षिकी राष्ट्रीय संगोष्ठी (दरभंगा), आधुनिक मैथिली साहित्य में नारी तत्व राष्ट्रीय संगोष्ठी (पांडिचेरी) तथा मानव संसाधन मंत्रालय, संस्कृति विभाग, भारत सरकार द्वारा रायपुरक संगोष्ठी में कथा और आलेख पाठ करने का सुअवर, आकाशवाणी दरभंगा से अनेकों कथाक प्रसारण, महाकवि यात्री काव्य-संग्रह 'चित्रा' पर आधारित चित्र का रेखांकन।

प्रकाशित पुस्तक—सभसं पैघ विजय (कथा संग्रह), थाहैत स्वप्न (कथा संग्रह), उचाट (उपन्यास), इंदिरा गोस्वामी के उपन्यास का मैथिली अनुवाद का साहित्य अकादमी द्वारा प्रकाशन।

पुरस्कार—उचाट के लिए साहित्य अकादमी पुरस्कार, मिथिला विभूतियात्री सम्मान।

अष्टम् सूची में भाषा की मान्यता के बाद भी मैथिली वांछित

प्रश्न—आप विद्यापति से कितने प्रभावित हैं?

उत्तर—महाकवि विद्यापति की सरस, प्रवाहमयी एवं मधुर भाषा, उनके शब्द संचयन तथा संयोजन, उनके गीतों से झलकते उनके मनोभाव, लोकजीवन में प्रचलित मुहावरों का गीतों में उपयोग, समाज में प्रचलित कुरीतियों का उनके गीतों में वर्णन तथा सबसे बढ़कर अपनी बोलचाल की भाषा मैथिली में अपने भावों को अभिव्यक्त करना ही 'महाकवि' तथा 'मैथिली कोकिल' की उपाधि से विभूषित करता है। सभी साहित्यकारों तथा साहित्य प्रेमियों की तरह मैं भी महाकवि विद्यापति से अत्यन्त प्रभावित हूँ। एक साथ संस्कृत, अवहट्ट, मातृभाषा पर समान अधिकार के साथ गद्य, काव्य, धर्मशास्त्र, कर्मकांड, संगीत, ज्योतिष आदि अनेक विषयों के प्रकांड पंडित से भला कौन प्रभावित नहीं होगा? राधा-कृष्ण की सुन्दरता एवं प्रेम से पगे श्रृंगारिक गीत हो या शिव और शक्ति के भक्ति में डूबे रस भरे गीत, विद्यापति की काव्य प्रतिमा हो या विद्धत्ता से भरे गद्य अथवा उनकी आध्यात्मिकता, किसी को प्रभावित करने के लिए पर्याप्त हैं।

प्रश्न—आपके लेखन/शोध में कैसे-कैसे और कहाँ-कहाँ विद्यापति का वास है?

उत्तर—विद्यापति मूलतः कवि हैं। रामधारी सिंह 'दिनकर' ने प्रसंगवश कहा भी है, कि विद्यापति केवल कवि थे तथा कविता में सौंदर्य या आनन्द को छोड़कर वे अन्य किसी बात को स्थान नहीं देते।

मेरे लिए लेखन में यूँ तो प्रत्यक्षरुप से विद्यापति कहीं दृष्टिगत नहीं होते, किन्तु बचपन से पढ़े और सुने उनके गीत, उनके जीवन की कथा अवचेतन मन में कहीं ना कहीं दबी पड़ी तो अवश्य होंगी जो रचते हुए हो सकता है आ भी गई हों। वैसे मेरी औकात कहाँ कि मैं अपनी रचना में विद्यापति जैसे महान श्रृंगार कवि, भक्त कवि, वैष्णव कवि, शैव कवि और शाकृ कवि को अपनी रचना में बसा सकूँ। मेरी रचनाओं में वो हों या ना हों, मेरे जीवन पर तो उनकी रचनाओं तथा

उनकी कथाओं का प्रभाव अवश्य है। अपने जीवन में निराशा और दु:ख के क्षणों में उनके भक्ति काव्यों से अवश्य श्क्ति और शांति पाई है।

शिव हो उतरब पार कवन विधि या कखन हरब दु:ख मोह हे भोलानाथ मन को अतीव शान्ति तथा दु:ख सहने की शक्ति देते हैं।

प्रश्न—विद्यापति के बाद के लेखकों में कितना प्रभाव आपको देखने को मिलता है?

उत्तर— महाकवि के गीतों से तो साधारण प्राणी भी प्रभावित हुए बिना नहीं रह पाये फिर रचनाकार और साहित्यकार प्रभावित हुए बिना कैसे रह पायेंगे! चैतन्य महाप्रभु तक उनसे प्रेरित हो कृष्ण भक्ति के गीत गाते रहे। बंगाल के कवियों ने उनकी भाषा और भाव को ग्रहण कर 'ब्रजबुली साहित्य' के नाम से कविताएँ रची। आसाम में भी विद्यापति के गीतों से प्रभावित हो 'अंकिया नाट' तथा 'वरगीत' आदि की रचना की गई। नेपाल के कवि तथा मिथिला से पलायन कर नेपाल में शरणागत हो अनेक कवियों ने विद्यापति से प्रेरित हो उन्हीं के भाव, यहाँ तक, कि उन्हीं विषयों पर भी कविताऐं रचीं। 'विद्यापति पदावली' का अधिकांश भाग हमें नेपाल से प्राप्त हुआ। उड़ीसा के कविगण भी उनसे प्रेरित होकर वैष्णव भक्ति काव्य की रचना कर उसमें नवीन प्राण डाले।

विद्यापति के गीतों का माधुर्य, श्रृंगार तथा भक्ति के उदात्त रूपों से भरे गीतों ने उनके तत्कालीन बाद वाली पीढ़ी के रचनाकारों को तो अत्यन्त प्रभावित किया ही, उनके पांच-छः सौ वर्ष बाद के रचनाकार भी उनसे प्रभावित हुए बिना नहीं रह पाये। राजकमल चौधरी हों या नागार्जुन 'यात्री', मैथिल कवि सुरेन्द्र झा 'सुमन' सभी लोग विद्यापति से प्रेरित रहे हैं। नागार्जुन ने विद्यापति के पदों का अनुवाद भी किया है। विद्यापति ने अपने समय के समाज में फैली कुरीतियों, उसमें पिसती नारी की पीड़ा, व्यभिचारी पुरुषों पर आक्षेप आदि को अपनी कविताओं में अभिव्यक्ति दी है जैसे

'पियामोर बालक हम तरुणी हे' 'माघव इ नहि उचित विचार जनिक एहनि धनि काम-कला सनि से किअ करू व्यभिचार'

नागार्जुन 'यात्री' विद्यापति से प्रेरित हो समाज में बाल विवाह, 'बूढ़ वर' आदि अत्याचार को मुखर करते हुए कहते हैं—

'सुतल रही, बहीन भड़वा पर ल गेल
किदन कहाँदन भेल, वियाह म गेल।'

गुरुदेव रवीन्द्रनाथ टैगोर ने विद्यापति पदावली से प्रभावित हो भानुसिंहेर पदावली की रचना की। ग्रियर्सन ने लिखा है—'विद्यापति इज अनपैरेलल इन द हिस्ट्री ऑफ लिट्रेचर।'

प्रश्न—आज के समय में 'देसिल बयना सब जन मिट्ठा' को किस परिप्रेक्ष्य एवं वस्तुस्थिति में देखने को मिलता है?

उत्तर—जिन दिनों विद्वत समाज में बोलचाल चिंतन तथा शास्त्रों की रचना की भाषा संस्कृत थी। उस समय में महाकवि विद्यापति ने मातृभाषा तथा अवहट्ट अर्थात् अपभ्रंश में रचना कर मातृभाषा के महत्व तथा अपनी भाषा के प्रति प्रेम तथा अनुराग की महत्ता को बताया। देसिल बयना में रचित ये रचनाऐं इतनी प्रसिद्ध और लोकप्रिय हुई कि विद्यापति अपने समकालीन विद्वानों के मध्य सूर्य की तरह चमक उठे। उनकी लोकप्रियता का अंदाज़ा इसी से लगाया जा सकता है, कि उन दिनों यात्राऐं इतनी दुरुह तथा दुष्कर थीं, न अख़बार, न ही रेडियो, टी.वी या सोशल मीडिया के कोई भी उपकरण। किन्तु वैसे समय में बंगाल, नेपाल, आसाम और उड़ीसा में उन्हें एक महान वैष्णव कवि के रूप में प्रतिष्ठा और प्रसिद्धि मिली। महाकवि विद्यापति अनेक विषयों के विद्वान होने के साथ-साथ मनोविज्ञान के भी गहरे जानकार थे। अपनी भाषा में किसी विषय को अभिव्यक्त करना अधिक सरल, सहज तथा मौलिक होता है। यही कारण है, कि उनके गीत आज भी लोगों के कंठ में बसे हैं। मिथिलांचल के लोक-व्यवहार में उनके भक्तिगीत हों या श्रृंगार गीतों का माधुर्य सुननेवालों के कानों में मधुर रस घोलता है। जब हम अपने प्रदेश से या देश से दूर जाते हैं तब हमें देसिल बयना सब जन मिट्ठा का महत्व पता चलता है। मातृभाषा में वार्तालाप करता सुन कोई अनजान व्यक्ति अचानक मुड़ कर हमारी बातचीत में शामिल हो पूछ ही बैठता है—'अहाँ मिथिला सँ आयल छी? हमहुं फलां गामक छी। अनेक दिनक बाद अपन भाषा सुनि अपना के रोकि नहि पओल हुं।' और अनजान प्रदेश का वह अनजाना व्यक्ति पल भर में अपना बन जाता है, संबंध की मधुर डोर से बंध जाता है। मनुष्य के व्यक्तित्व निर्माण में अपनी मातृभाषा का बहुत बड़ा योगदान है। भाषा और संस्कृति से जुड़कर ही हम अपने समाज की धरोहर को आगे बढ़ा सकते हैं। अब तो अध्ययन से भी यह साबित हो गया है, कि जो बच्चे घर में या स्कूल में अलग-अलग भाषा बोलते हैं वे एक ही भाषा बोलने वाले बच्चों से अधिक बुद्धिमान होते हैं।

विद्वान शिरोमणि विद्यापति ने आज से सैकड़ों वर्ष पूर्व अपनी भाषा के महत्व को इतना सम्मान दिया, कि वे अन्य भाषा-भाषी के लिए भी अनुकरणीय हो गए, किन्तु आज आधुनिकता के प्रभाव में आ कर लोग अपनी मातृभाषा बोलने में लज्जा का अनुभव करते हैं। अपनी भाषा को वह सम्मान और आदर नहीं दे रहे, जो उसे मिलना चाहिए। फैशन का तो यह आलम है, कि मैथिली पढ़ने और पढ़ाने वाले, मैथिली भाषा से पोषित होने वाले अध्यापक गण भी घर में अपने परिवार वालों से मातृभाषा में बात करने में लज्जा का अनुभव करते हैं। देसिल बयना मैथिली भारत के बिहार, झारखंड तथा नेपाल की तराइयों में बोली जाने वाली मधुर, मोहक तथा

महत्वपूर्ण भाषा है। मैथिली को पहले बोली की मान्यता दी गई, जबकि इसका अपना व्याकरण तथा अपनी लिपि है, अपने मुहावरे तथा लोकोक्तियाँ हैं, लोकगीत तथा लोककथाऐं हैं। 2003 ई. में मैथिली को अष्टम् अनुसूचि में सम्मिलित किया गया तथा इसे एक स्वतंत्र भाषा के रूप में स्वीकृति मिली। नेपाल में मैथिली को द्वितीय राजभाषा का दर्ज़ा प्राप्त है, जबकि अपने ही राज्य बिहार में इसे पहली क्या दूसरी राजभाषा बनने का गौरव सरकार द्वारा प्राप्त नहीं है। आज भले ही अपनी मातृभाषा बच्चों को देहाती लगती हो, अंग्रेजी बोलने में वे गर्व का अनुभव करते हों, किन्तु प्रसन्नता की बात है, कि लोग अपनी भाषा और संस्कृति को बचाने की चेष्टा में लगे होते हैं। प्रत्येक वर्ष पूरे देश में उत्साह के संग विद्यापति पर्व समारोह मनाया जाता है। सोशल मिडिया पर भी मैथिली अपने पूरे आन बान और शान के साथ कितने ही समूहों पर विद्यमान है, जिसमें पूरे देश के लोग देसिल बयना सब जन मिट्ठा की सार्थकता सिद्ध कर रहे हैं। विदेशों से भी मैथिली भाषा तथा संस्कृति की छवि देखने को मिलती है। देसिल बयना का प्रभाव आज के परिपेक्ष्य में भी उतना ही प्रासंगिक और मधुर है जैसा कि महाकवि ने सोचा होगा।

प्रश्न—राजनीतिक सामाजिक जीवन में आज विद्यापति कितने प्रासंगिक हैं?

उत्तर—आज से कई सौ वर्ष पूर्व विद्यापति ने सामाजिक बुराइयों तथा राजनीतिक अराजकता जैसे विषयों पर अपनी लेखनी चलाई, जो आज के परिपेक्ष्य में भी उतना ही प्रासंगिक है। उनकी कुछ पंक्तियाँ—

'ठाकुर ठग भए गेल चोरे छप्परि धर सिज्जिअं दास गोसाउनि गहि उद्यम्म गये धंध विभाज्जिअं खेल सज्जन परिभविअ कोई नहि होय विचारक जाति अजाति विवाह अद्यम उत्तम का पारक अक्सर रस बुझनिहार नहि कइकुल मर्म भिक्खारिभऊं तिरहुत तिरो हितसव्वगुणेरा गणेश जव सग्गगऊं।'

चौदहवीं शताब्दि में मिथिलांचल में अराजकता फैली थी। 'कीर्तिलता' की रचना में उन्होंने अपने समय के समाज की स्थिति का विवरण दिया है। बेमेल विवाह की कुरूपता, नारी की विवशता को वे आज से 600 वर्ष पूर्व अपने काव्य में स्थान देते हैं। आज की पढ़ी-लिखी, पुरुषों के कंधे से कंधा मिलाकर चलती सक्षम स्त्रियों को आज के आधुनिक समय में भी वह आदर या मान प्राप्त नहीं है जिसकी वह अधिकारिणी है। महाकवि उस काल में भी नारी को पर्याप्त सम्मान देते हुए लिखते हैं—

'आजु नाथ एक व्रत महासुख लागत हे
तोहे शिव धरु नट वेश कि डमरू बजावह हे।'

गौरी के इस आग्रह को सुनकर शिव नृत्य के दौरान उत्पन्न होने वाले अनेक भयंकर खतरों के विषय से उन्हें अवगत कराते हैं और कहते हैं, कि इन सब ख़तरों

के उपस्थित होते ही डर कर आप भाग जायेंगी फिर नृत्य कौन देखेगा?

विद्यापति की रचनाओं में उनके समय का समाज मुखर हो कर उभरा है। जनसाधारण की भावनाएँ, मानवीय भावनाएँ भी मुखर होकर उभरी है और यही कारण् है, कि महाकवि विद्यापति हर युग में प्रासंगिक रहेंगे।

प्रश्न— शृंगार भक्ति के समन्वय पर विद्यापति के लिए आपका अपना दृष्टिकोण क्या है?

उत्तर— विद्यापति की कविताओं में शृंगार तथा भक्ति दोनों एक समान इस प्रकार मिले हैं, कि उन्हें किसी एक भाव का कवि मानना गलत होगा। शृंगार एवं भक्ति का अद्‌भुत समन्वय इनकी रचना में हमें देखने को मिलता है। इनकी सबसे लोकप्रिय रचना में हमें देखने को मिलता है। इनकी सबसे लोकप्रिय रचना में हमें देखने को मिलता है। इनकी सबसे लोकप्रिय रचना 'विद्यापति पदावली' के अधिकांश पद शृंगार विषयक है और इसी आधार पर हिन्दी साहित्य के विद्वानों ने इन्हें शृंगारी काव्य के जनक के रूप में वर्णित किया। आचार्य रामचन्द्र शुक्ल उन्हें पूर्ण रूप से शृंगारिक कवि ही मानते हैं। उनके अनुसार नारी के नख-शिख का वर्णन विद्यापति ने जिस प्रकार किया है अथवा राधा का सौंदर्य वर्णन तथा कृष्ण के प्रणयी रूप से भरे काव्य, पूर्ण रूप से शृंगार विषयक काव्य हैं भक्तिपूर्ण नहीं। वहीं ग्रियर्सन तथा अन्य कई विद्वान उनके शृंगार काव्य में भी भक्ति रस पाते हैं। ग्रियर्सन शृंगार काव्य को जीवात्मा का आत्मा से मिलन के प्रतीक के रूप में देखते हैं वे कहते हैं, कि विद्यापति के सभी शृंगारपूर्ण काव्य वैष्णव पद या भजन हैं।

चैतन्य महाप्रभु का भी यही मानना है, कि राधा का प्रेम भाव ही भक्ति है।

हम सब जानते हैं, कि विद्यापति दरबारी कवि थे। उनकी कितनी भी रचनाओं में महाराज कीर्तिसिंह तथा राजा शिवसिंह का यशोगान तथा कृतित्व गान पाते हैं। कभी वे राजा देवसिंह के कहने पर 'भू-परिक्रमा' की रचना करते हैं तो कहीं 'कीर्तिलता' तथा 'कीर्तिपताका' में उनकी वीरगाथा रचते हैं। अपने आश्रयदाता महाराज शिवसिंह तथा महारानी लखिमा देवी को उन्होंने अपनी रचनाओं में अमर कर दिया। अत: आश्रयदाता को प्रसन्न करने के लिए वीररस, शृंगाररस, विलासपूर्ण काव्य, मनोरंजक काव्य, यशोगान आदि अनेक प्रकार के पदों की रचना की परंतु भक्तिकाव्य का प्रभाव महाकवि पर स्पष्ट देखा जा सकता है। महाराजाओं को प्रसन्न करने के लिए वे शृंगार विषयक रचनाएँ भले ही रचते हों, उन कविताओं और पदों के गूढ़ में भक्ति सूक्ष्म रूप से समायी रहती थी। किसी विद्वान ने सत्य ही कहा है, कि 'राधा-कृष्ण का सौन्दर्य तथा प्रेम वर्णन में शारीरिक पक्ष अवश्य प्रधान है, किन्तु भाव इतने मधुर हैं, कि इससे पाठकों या श्रोताओं के मन में विकार उत्पन्न नहीं होते।' इतिहास गवाह है, कि विद्यापति के प्रेम भरे शृंगार गीतों ने देश के अनेक

भागों के वैष्णवभक्तों को प्रभावित कर भक्ति साहित्य में नई प्राण धारा संचारित की

हमारे पौराणिक ग्रंथों में कहा गया है, कि श्रद्धा और रति को ही भक्ति की सीढ़ी माना जाता है। बलपूर्वक इन भावों को दबाने के फलस्वरूप कितने ही साधक, ऋषि-मुनि स्खलित हो चुके हैं जिसका वर्णन हमें ग्रंथों को पढ़ने से ज्ञात होता है। कितने ही पुराने मंदिरों में काम-कला से संबंधित मूर्त्तियाँ संभवतः इसी कारणवश पायी जाती हों। उड़ीसा का कोर्णाक मंदिर इसका उदाहरण है। श्रृंगारिक विषय मनुष्य की एक सामान्य कृति है और इस विषय को दबाने, छिपाने के कारण ही हमारा आज का समाज रोग ग्रस्त हो गया है।

श्रृंगारिक गीतों को रचने के बाद महाकवि अपने स्वाभाविक रूप में लौट का भक्ति में डूब जाते हैं, भक्ति वत्सल हो जाते हैं। 'कखन हरब दुख मोर हे भोलानाथ' या 'दिय भक्ति के दान जगदम्बे, हे जननी आहाँ जन्म सुफल करु' में मनुष्य जीवन की सार्थकत प्राप्त करने हेतु माता की अराधना करते हैं तो कभी भक्ति में डूब माता से आग्रह करते हैं, तो कभी मिथिला का शीर्ष भजन बन जाने वाली अद्‌भुत रचना 'जय जय भैरवि असुर भयाउनि रचते हुए प्रार्थना करते हैं, विद्यापति कवि तुअ पद सेवक पुत्र बिसरु जनि माता। शिव, राधा-कृष्ण, दुर्गा, काली, गंगा आदि अनेक देवी-देवताओं की अराधना करते हुए भक्ति काव्य की रचना की। वे शिवजी के परम भक्त थे। उनकी भक्ति से प्रसन्न हो साक्षात शिवजी उगना के रूप में मनुष्य रूप धारण कर उनके सेवक बन जाते हैं। मृत्यु का समय जानकर वे पालकी पर गंगा के किनारे प्राण त्यागने विदा हुए। आगे-आगे पालकी और पीछे-पीछे उनके सगे संबंधी। सूर्योदय होने पर उन्होंने पूछा—'गंगा अब कितनी दूर है? ' कहारों ने कहा—'पौने दो कोस।' विद्यापति का रोगग्रस्त शरीर थक चुका था। उन्होंने कहा 'पालकी यहीं उतार दो अब गंगा मैया अपने पुत्र को यहीं आकर दर्शन देगी।' और वे वहीं ध्यान मुद्रा में बैठ गये। कुछ ही क्षणों में गंगा अपनी उफनती धारा के साथ पुत्र को दर्शन देने वहाँ पहुंच गई। महान भक्त विद्यापति ने हाथ जोड़कर प्रणाम करते हुए गंगा में प्रवेश किया और प्रार्थना की

'बड़ सुखसार पाओल तुअ तीरे
छोड़इत निकट नयन बह नीरे।'

और महाकवि ने कार्तिक युक्त गयोदशी को गंगा की अराधना करते अपने प्राणों का त्याग किया। उनके मुक्त होने का इन दोनों प्रमाणों से बढकर और भला क्या प्रभाव हो सकता है। उनके भक्ति काव्यों और गीतों को गाते समय संपूर्ण परिवेश भक्तिमय हो उठता है। राधा-कृष्ण के श्रृंगार गीत यदि मात्र श्रृंगार विषयक ही होते तो उन्हें मंदिरों में गाते समय भक्तगण भक्ति में क्यों डूब जाते? राधा-कृष्ण् के पवित्र प्रेम को अपनी कल्पना तथा अपनी भावना से उन्होंने अद्‌भुत रूप से व्यक्त किया है। वे कहते हैं—

'तोहे जनमि पुनितोहे समाओब
सागर लहरि समाना'

प्रश्न—आज भी विद्यापति साहित्य के मूल्यांकन और पुनर्मूल्यांकन के संदर्भ में आपके क्या विचार हैं? क्यों?

उत्तर—किसी भाषा के उत्थान, लोकप्रियता और जीवित रहने की कुछ शर्तें हैं जैसे—उस भाषा के साथ-साथ वहाँ की परम्परा संस्कृति तथा जीवन मूल्य भी संग-संग चलें। सभ्यता के विकास के साथ ही भाषा का भी विकास लेता गया है। भाषा को लोकप्रियता के लिए अन्य भाषाओं के लोकप्रिय शब्द ग्रहण करने होते हैं तभी वह भाषा लोकप्रिय होने के संग समृद्ध भी होती है विद्यापति के गीतों में कई भाषाओं के शब्दों को शामिल किया है। वे संस्कृत, प्राकृत अवहट्ट, मैथिली, ब्रजबुली, बंगला और हिन्दी के प्रकांड विद्वान थे तथा इन सभी भाषाओं का प्रयोग उन्होंने अपनी रचनाओं में किया।

भाषा के जीवित रहने की प्रमुख शर्त आजीविका से जुड़े रहना भी होता है। विद्यापति का जीवन मिथिला के राजाओं के आश्रय में बीता। राजा शिवसिंह उनके घनिष्ठ मित्र भी थे। विद्यापति ने अपनी भाषा को अपने गीतों और विद्धत्तापूर्ण रचनाओं के माध्यम से शिखर पर पहुंचा दिया था। विद्यापति की रचनाओं से हमें ज्ञात होता है, कि वे धर्मशास्त्र, राजनीति, अथशास्त्र, समाजशास्त्र, दर्शनशास्त्र, इतिहास, भूगोल, ज्योतिष, मनोविज्ञान तथा संस्कृत, संस्कृति एवं संगीत के प्रकांड विद्धान थे। उनकी कविताओं में तथा रचनाओं में ये सारे तत्व विराजमान हैं। उनकी सभी कविताएँ गीत-संगीत से अद्‌भुत सामन्जस्य तथा आंतरिक संबंध रखती हैं और यही कारण है, कि संगीत न जानने वाले भी उनके गीतों को आजतक गाते हैं। किसी विद्धान का कथन कितना सत्य प्रतीत होता है—'जो अपनी भाषा से प्रेम करता है, अपनी भाषा में बातचीत करता है, वह पूरी मानवीयता से प्रेम करता है।'

पटना विश्वविद्यालय के पूर्व प्रो। हेतुकर झा, जो स्वयं एक बड़े समाजशास्त्री के रूप में प्रतिष्ठित हैं उन्होंने विद्यापति के साहित्य का मूल्यांकन करते हुए कहा है, कि 'पुरुष परीक्षा' एक अति उत्तम कोटि का ग्रंथ है। यह ग्रंथ समाजशास्त्रियों, इतिहासकारों, राजनीतिशास्त्रियों, दर्शन, साहित्य एवं मानव वैज्ञानिकों के लिए एक अद्‌भुत और उत्कृष्ट कृति है।' सच है विद्यापति जैसा विद्धान, भाषाप्रेमी, संगीत-गीत और मन की समझ रखने वाला न कोई हुआ न होगा। न भूतो न भविष्यति।

प्रश्न—मिथिलांचल के लोकाचार में विद्यापति की प्रासंगिकता क्या है?

उत्तर—विद्यापति के गीतों के बिना आज भी मिथिलांचल का कोई भी लोकाचार पूर्ण नहीं होता। ब्रह्म मुहुर्त्त में ही गाँव में किसी का मधुर स्वर गूंज उठता

है—'कखन हरब दुःख मोर हे भोलानाथ' और संपूर्ण परिवेश शिवमय हो उठता है। मिथिला का दालान हो या आंगन, विद्यापति के गीतों से वातावरण पवित्र हो उठता है।

संतान का माता के गर्भ में धारण हो या जन्म, नामकरण संस्कार हो या जन्मदिवस, मूंडन, जनेऊ, विवाह, पूजा-पाठ, विरह हो या कोई उत्सव, कोई भी अवसर और लोकाचार विद्यापति के गीतों के बिना संपूर्ण नहीं हो सकते। शादी-विवाह के अवसर पर गाए जाने वाले श्रृंगार गीत हों या पूजा-पाठ के अवसर पर गाए जाने वाले भक्तिगीत, विद्यापति के गीतों की प्रासंगिकता सर्वोपति है। मिथिला के किसी भी अनुष्ठान या समारोह आरंभ करने से पहले देवी काली का आहवान करने के लिए गाया जाने वाला अभूतपूर्व गीत 'जय-जय भैरव असुर भयाउनी अनिवार्य है। महाकवि के इस अद्‌भुत गीत में श्रृंगार रस, वीर रस तथा युद्धगीत तीनों ही भाव सन्निहित है। अन्त में भक्ति भाव से वे प्रार्थना करते हैं 'विद्यापति कवि तुअ पद सेवक, पुत्र विसरुजनि माता।' एक ही गीत में चार भावों का यह अभूतपर्व सम्मिसरण विद्याापति को अमर रखने के लिए पर्याप्त है।

विद्यापति की रचनाऐं आज भी हमारे समाज में प्रासंगिक हैं। समाज की कुरीतियों पर गीतों के माध्यम से ध्यान दिलाने वाले प्रथम कवि महाकवि विद्यापति ही थे जिन्होंने अपनी बोलचाल की भाषा में गद्य, पद्य और गीत रचकर जनसाधारण से लेकर विद्वान तक का ध्यान आकृष्ट किया।

आज भी इनकी कितनी ही रचनाऐं मिथिलांचल, नेपाल, आसाम, बंगाल और उड़ीसा आदि क्षेत्र के लोक-व्यवहार में कभी श्रृंगार गीत तो कभी कभी भक्तिगीत के रुप में प्रवाहित होते रहते हैं।

समाज की कुरीतियों पर ध्यान दिलाने वाले विद्यापति को आज भी लोग आदर से याद करते हैं। पिछड़े मिथिलांचल की सामाजिक कुरीतियों पर, सामाजिक व्यवस्था और बदलाव पर एक साथ बैठकर लोग आज भी विद्यापति का स्मरण करते हैं वे आज भी उतने ही प्रासंगिक हैं जितना पहलें थे।

प्रश्न—मैथिल को भाषा की मान्यता मिलने के साथ ही हिन्दी से पृथक करने का प्रश्न खड़ा कर दिया गया है। ऐसे में भविष्य में हिन्दी और मैथिली का कितना नुक़सान है (ह्रास) और क्या लाभ देखकर यह बहस छेड़ी गई?

उत्तर— आरंभ से ही मैथिली का अपना व्याकरण तथा अपनी लिपि है जिसका विकास नवीं शताब्दी से ही आरंभ हो गया था। इस लिपि को तिरहुता या मिथिलाक्षर के रुप में जाना जाता है। यह लिपि बांगला, असमिया और उड़िया लिपियों की जननी है।

यूँ तो 1965 ई. से ही मैथिली को साहित्य अकादमी द्वारा साहित्यिक भाषा का दर्ज़ा हासिल हो गया था किन्तु 2003 ई. में इसे भारतीय संविधान की अष्टम

सूचि में लेने का फैसला लिया गया।

स्वतंत्रता प्राप्ति के पश्चात् 1950 ई. में संविधान के लागू होने के साथ हिन्दी को भारत की अधिकारिक भाषा का दर्ज़ा दिया गया। महात्मा गांधी ने कहा था कि 'किसी देश की राष्ट्रभाषा वही हो सकती है जो सरकारी कर्मचारियों के लिए सुगम तथा सहज हो जिसे बहुसंख्यक लोग बोलते हों।' हिन्दी को राष्ट्रभाषा का दर्ज़ा तो प्राप्त नहीं हुआ किन्तु इसकी व्यापकता को देखते हुए इसे राष्ट्रभाषा कहा जा सकता है।

हिन्दी को विकसित तथा समृद्ध करने के लिए भारत की अनेक प्रदेश की भाषाओं तथा बोलियों को सम्मिलित किया गया जिसमें एक अत्यधिक समृद्ध भाषा मैथिली भी थी।

यूँ तो 1965 ई. से ही मैथिली को साहित्य अकादमी द्वारा साहित्यिक भाषा का दर्ज़ा हासिल हो चुका था किन्तु भारतीय संविधान की अष्टम सूचि में 2003 ई. में शामिल किया गया। फलस्वरुप मैथिली पुनः एक स्वतंत्र भाषा के रुप अवतरित हुई। हिन्दी से मैथिली के अलग होने पर प्रश्न उठता है, कि दोनों भाषाओं को कितना लाभ और कितनी हानि हुई। मैथिली संस्कृत से जन्म लेने वाली स्वतंत्र और समृद्ध भाषा थी और है। इसकी अपनी लिपि, अपना व्याकरण, मुहावरे, लोकोक्तियाँ, लोकगीत आदि नवीं, दशमी शताब्दी से ही उपलब्ध है, जिन्हें महाकवि विद्यापति ने जन-जन की भाषा बना दी। स्वतंत्र भाषा होने के बाद विद्यालयों तथा विश्वविद्यालयों में इसकी पढ़ाई होने लगी। लोकसेवा आयोग तथा यूपीएससी में भी मैथिली भाषा को स्थान मिल गया। कुछ ही दिन पूर्व बनारस हिन्दू विश्वविद्यालय में मैथिली को पाठयक्रम में शामिल करने की घोषणा की गई है।

हिन्दी से पृथक होने के पश्चात् 15/20 रेडियो स्टेशन से मैथिली भाषा में कार्यक्रम प्रसारित होने लगे हैं। मैथिली में समाचार तथा नाटकों का भी प्रसारण होता है। टेलिविजन पर भी मैथिली समाचार सुनाए, दिखाए जाते हैं। नेपाल की द्वितीय राष्ट्रभाषा मैथिली है। अतः वहाँ के रेडियो स्टेशन तथा टीवी चैनल पर संगीत तथा समाचार का प्रसारण नितय होता है।

इतना कुछ होने पर भी मैथिली का जितना उत्थान होना चाहिए था उतना नहीं हो सका। 2003 ई. में अष्टम सूचि में सम्मिलित होने के पश्चात् भी मैथिली माध्यम के कोई प्राथमिक विद्यालय नहीं खुले, ना ही मैथिली माध्यम से मिथिला के क्षेत्रों में पढ़ाई ही शुरू हुई ना नौकरियों के ही द्वार खुले।

छात्र हिन्दी के पाठ्यक्रम में विद्यापति की कविताऐं पढ़ते थे। किन्तु हिन्दी से अलग होने के बाद मैथिली बस मैथिली विषय रखने वाले छात्र ही पढ़ सकेंगे। फलस्वरुप मैथिली के पाठकों की संख्या कम हो गई। मैथिली के अलग होने से हिन्दी को अवश्य हानि हुई। एक तो अत्यन्त पुरानी तथा हर प्रकार से समृद्ध भाषा

के अलग हो जाने से हिन्दी भाषा का राजकोष निःसन्देह कमजोर हुआ। मैथिली की देखादेखी अन्य भाषाएँ भी अष्टम सूचि में शामिल होने की माँग उठाने लगे।

अब बहस का मुद्दा आरंभ हो गया। लोग चिन्तित हुए भी सभी प्रादेशिक भाषाऐं यदि हिन्दी से अलग होने लगे तो हिन्दी टूट-टूट कर बिखर जाएगी। बोलियाँ अलग हो गई तो हिन्दी में बचेगा क्या? अन्य कितनी ही भाषाओं को शब्द जैसे मैथिली, भोजपुरी, मगही, अंगिका, ब्रज भाषा, यहाँ तक कि फारसी अरबी और अंग्रजी के कुछ शब्द तो हिन्दी में इस प्रकार एकाकार होकर मिल गये हैं, कि वे अलग भाषा के शब्द प्रतीत ही नहीं होते। हिन्दी साहित्य में अभी हम तुलसी, जायसी को पढ़ते हैं जो अवधी भाषा के हैं, मीरा राजस्थानी भाषा की, सूरदास ब्रज के हैं। यदि सभी भाषाऐं स्वतन्त्र सत्ता हासिल करने लगे तो हिन्दी साहित्य खोखला हो जायेगा।

प्रश्न—इस साहित्य धरोहर को आगे बढ़ाने व लोक संस्कृति के विकास हेतु कौन-कौन से प्रयास साहित्यकार समाज और सरकार द्वारा किये जा रहे हैं? साथ ही किस प्रकार के प्रयास कारगर सिद्ध हो सकते हैं?

उत्तर—मैथिली साहित्य को 1965 ई में साहित्य अकादमी में शामिल कर राष्ट्रीय स्तर पर मान्यता प्रदान की गई। 2003 ई में इस भाषा को भारतीय संविधान की अष्टम् सूची में शामिल करते हुए इसे अंतर्राष्ट्रीय स्तर तक पहुंचाने की एक सार्थक प्रयास किया गया। किन्तु मैथिली साहित्य को जो गौरव प्राप्त था, इन प्रयासों के बावजूद वैसा देखने को नहीं मिला। जैसा कि हम सब जानते हैं, कि कोई भी भाषा मूल रूप से अपने भौगोलिक, सामाजिक और सांस्कृतिक छत्रछाया में ही पलती, बढ़ती और विकसित होती है। किन्तु पिछले कई वर्षों में मैथिली भाषा और साहित्य में अन्य समृद्ध और लोकप्रिय भाषाओं की तरह कुछ नवीनता देखने को नहीं मिली। अत्यंत दुःखद है, कि वर्तमान साहित्यकारों या इनसे जुड़े व्यक्तियों द्वारा मैथिली साहित्य के सुनहरे इतिहास, इसकी धरोहर तथा प्रतिष्ठित साहित्यकारों के द्वारा किये गये साहित्यिक कार्यों का संरक्षण भी नहीं हो पा रहा है। फलस्वरूप मैथिली और मैथिलों के सैकड़ों ऐसे परिवार भारतवर्ष के विभिन्न शहरों में तथा विदेशों में रच बस गये हैं। इन परिवारों की युवा पीढ़ी मैथिली साहित्य की सुदृढ़ इतिहास से वंचित हैं। विज्ञान के इस युग में जहाँ हर चीज एक अंगुली से उपलब्ध है, वहाँ मैथिली साहित्य से संबंधित जानकारियाँ अन्य भाषाओं की तरह उपलब्ध नहीं है। जब-जब मैथिली साहित्य की चर्चा होती है, तो विद्यापति से आगे बात नहीं बढ़ पाती है। जहाँ तक इस भाषा और साहित्य के धरोहर को आगे बढ़ाने की बात है तो कुछ संस्थाएँ जैसे मैथिली साहित्य परिषद (दरभंगा) नामक संस्था ने अपने प्रारंभिक दिनों में भाषा और साहित्य को सुदृढ़ करने का अथक प्रयास किया और इसी क्रम में मिथिलाक्षर लिपि अभ्यास पुस्तिका का प्रकाशन कर मृतप्राय लिपि

को जीवित करने का प्रयास करते हुए मैथिल जनमानस से पुनः अवगत करवाया। परिणाम तत्क्षण तो देखने को नहीं मिलना किन्तु कालक्रम में व्यक्तिगत प्रयासों से लोगों ने मिथिलाक्षर लिपि सिखाने का कार्य आरंभ किया जिसके लिए लिंग, आयु, धर्म या जाति का कोई बंधन नहीं रखा गया। मिथिलाक्षर लिपि और भाषा को सुदृढ़ करने का एक साकारात्मक प्रयास रहा किन्तु इसे और अधिक व्यापक करने की आवश्यता है। वर्तमान में देश के विभिन्न राज्यों में रह रहे। मैथिल समुहों के द्वारा विद्यापति पर समारोहों का आयोजन प्रत्येक वर्ष किया जाता है, जिसमें मैथिली भाषा में किए गये प्रयासों की चर्चा, नये साहित्यकारों को प्रोत्साहन, मैथिली लोक-संस्कृति, मैथिली चित्रकला आदि को राष्ट्रीय एवं अन्तर्राष्ट्रीय पहचान दिलाने को प्रयास किया जाता है। इन प्रयासों के परिणाम स्वरूप विदेशों में बसे मैथिली की भी अभिरूचि अपनी मातृभूमि तथा मातृभाषा की ओर उन्मुख हुई है। इन प्रयासों से प्रतीत होता है, कि भविष्य में मैथिली साहित्य, भाषा एवं लिपि सुदृढ़ होगी किन्तु यह भी सत्य है, कि इसकी गति अत्यंत धीमी है। आवश्यकता है सही नेतृत्व, व्यवस्थित प्रबंधन, सामूहिक सहभागिता एवं प्रोत्साहन की, जिसमें अपने अतीत के गौरव को वर्तमान और भविष्य में प्रतिष्ठित किया जा सके।

भाषा की सुदुढ़ता के प्रयासों के लिए आवश्यक है, कि बोलचाल की भाषा की माध्यम मैथिली हो, लिखने में उसका प्रयोग मिथिलाक्षर के माध्यम से हो। विद्यापति की मूल रचनाएँ, जो पांडुलिपि के रूप में संग्रहित है उन्हें बेबसाइट पर उपलब्ध कराया जाए। साथ ही मैथिली के अन्य मूर्धन्य साहित्यकारों की रचनाओं को भी बेबसाइट पर पाठकों के लिए उपलब्ध करवाया जाना चाहिए। प्रतिष्ठित मूल संस्थानों, जैसे—मैथिली साहित्य परिषद, चेतना समिति जैसी संस्थाओं के स्थापना का उद्देश्य, किये गये कार्यों, संस्था से जुड़े प्रतिष्ठित व्यक्तियों से संबंधित जानकारियों को एकत्रित कर बेबसाइट पर उपलब्ध करवाया जाए।

मैथिली साहित्य एवं भाषा से संबंधित कार्यशाला का आयोजन की ज़िम्मेदारी तथा कथित संस्थाओं के द्वारा प्रत्येक वर्ष किया जाए, जिसका उद्देश्य नये साहित्यकारों के लेखन का मूल्यांकन किया जा सके। इन्हें साहित्य अकादमी जैसे प्रतिष्ठित संस्थानों के प्रतिष्ठित व्यक्तियों के द्वारा मूल्यांकन किया जाए ताकि साहित्यिक गुणवत्ता तथा साहित्यिक प्रति स्पर्द्धा में मैथिली भाषा पुनः अपना एक विशिष्ट स्थान बना सके।

डॉ. मंजर सुलेमान

जन्म-13 अक्टूबर 1973, दरभंगा, बिहार

पिता-मो. अश्फाक अशरफ

शिक्षा—पीएच.डी. राजनीति शास्त्र, स्नाकोत्तर त्रय शिक्षण, राजनीति एवं इतिहास।

प्रकाशन-अनुवाद—माटिक आवाज, मौज़े सुल्तानी 1884, आइना-ए-तिरहुत-1883, दो गज जमीन। पुस्तक—नाकदीन अदब और प्रो। तर्जी मैथिली मातृभाषा शिक्षण। मैथिली पुस्तक मिथिलाक मुसलमान सामाजिक सांस्कृतिक दशा दिशा, संगोष्ठी एवं आलेख—60 से अधिक राष्ट्रीय अन्तराष्ट्रीय संगोष्ठी में सहयागिता, साहित्य अकादमी, नई दिल्ली के एक दर्जन से अधिक संगोष्ठी में सहयागिता, 100 से अधिक आलेख उर्दु, हिन्दी, मैथिली, अंग्रेजी में प्रकाशित, 150 से अधिक स्थानों पर विभिन्न विषयों के व्याख्यान विभिन्न भाषाओं में प्रस्तुत, आकाशवाणी, दरभंगा से आलेख और कविता प्र..., दिल्ली सरकार द्वारा आयोजित कवि सम्मेलन में कविता पाठ, विभिन्न पत्रिका/स्मारिकाओं का सम्पादन।

सम्मान—मैथिली भाषा साहित्य में योगदान के लिए अनेक सम्मान और प्रशस्ति पत्र, एक दर्जन से अधिक शैक्षणिक, साहित्यिक, सामाजिक संस्थाओं से सम्मानित।

सामाजिक चेतना, समन्वय व सामंजस्यता के कवि हैं विद्यापति

प्रश्न—आप विद्यापति से कितने प्रभावित हैं?

उत्तर—विद्यापति मैथिल संस्कृति के गौरवशाली आदर्श पुरुष हैं। इन्हें हम सभी कवि कोकिल, महाकवि, युगपुरुष, अभिनव जयदेव, प्राकण्ड विद्वान, बहुभाषी विद्वान कहकर पुकारते हैं। इन्होंने मात्र गीत, काव्य, महाकाव्य नहीं लिखा बल्कि उन्होंने उस समय के क्षेत्रीय सामाजिक, राजनीतिक, ऐतिहासिक, भौगोलिक और आर्थिक चित्रण भी अपनी रचनाओं में किया है। इतिहास के साथ-साथ शासन सत्ता के बीच समन्वय को भी रेखांकित किया है। अपनी रचनाओं, नाटकों के माध्यम से भाषा साहित्य को अलग आयाम दिया। इन्होंने भक्तिकाव्य और शृंगार रस की कविताओं के माध्यम से इस भाषा की महत्ता को रेखांकित किया। अपनी पुस्तकों में उन्होंने सारी चीजों को समेटकर काव्यात्मक शैली में जनमानस के बीच परोसा जिससे हम सभ्ज्ञी को उस समय के इतिहास, समाज को जानने में सुविधा होती है इसी कारण से मैं इनसे अत्यधिक प्रभावित हूँ।

प्रश्न—आपके लेखन/शोध में कैसे-कैसे और कहाँ-कहाँ विद्यापति का वास है?

उत्तर—मैं अपनी रचनाओं में कभी इस ओर ध्यान नहीं दिया कि विद्यापति का वास कहाँ-कहाँ है? यह तो सुधि पाठक, आलोचक, समीक्षक तय करेंगे।

प्रश्न—विद्यापति के बाद के लेखकों में कितना प्रभाव आपको देखने को मिलता है?

उत्तर—विद्यापति के बाद के लेखकों की रचनाओं में विद्यापति का प्रभाव देखने को ज़रूर मिलता है। अगर उतना नहीं जितना विद्यापति का था। उनके बाद के लेखकों ने विद्यापति से प्रभावित होकर रचना करने का प्रयास किया इस शृंखला में बहुत सारे लेखक मैथिली भाषा में हुए हैं। उसी शिल्प, शैली को ध्यान में रखकर रचना करने का प्रयास किया और लिखा जिसमें मांगलिक अवसरों पर गाया जाने

वाला संस्कार गीत, शृंगार की कविता, कर्मकाण्ड, धर्मकाण्ड से संबंधित गीत, काव्य आ टीका लिखकर इस भाषा साहित्य को समृद्ध करने का प्रयास किया। विद्यापति काल में बोलचाल की भाषा 'मिथिला भाषा' और लेखन की भाषा अवहट्ट कहलाती थी। विद्यापति के बाद इस शृंखला के लेखकों का बड़ा योगदान है जिन्होंने इस भाषा-साहित्य को विकसित, समृद्ध करने में अपना महत्वपूर्ण योगदान दिया जिसे भुलाया नहीं जा सकता।

प्रश्न—आज के समय में 'देसिल बयना सब जन मिट्ठा' को किस परिप्रेक्ष्य एवं वस्तुस्थिति में देखने को मिलता है?

उत्तर—जनभाषा ही लोगों की मातृभाषा होती है। प्रत्येक समाज, समुदाय, क्षेत्र और लोगों की अलग-अलग अपनी बोलियाँ और भाषाएँ होती है और सबका झुकाव अपनी मात ृभाषा के प्रति अगाढ़ होता है। वह भाषा के प्रति प्रेम रखते हैं। इतिहास में ऐसे कई उदाहरण हैं। भाषा को जीवंत बनाए रखना लोगों को कर्तव्य होता है। उसी तरह मिथिला के मिट्टी-पानी, जन-जन, कण-कण, लोक-वेद की भाषा मैथिली है। उनका स्नेह, प्रेम भक्ति, लगाव, अनुराग इस भाषा के प्रति अत्यधिक है जिसके संबंध में आज से 700 वर्ष पूर्व महाकवि विद्यापति ने लिखा—

देसिल बयना सबजन मिट्ठा
तें तेसओ जंपओ अवहट्ट

प्रश्न—राजनीतिक सामाजिक जीवन में आज विद्यापति कितने प्रासंगिक हैं?

उत्तर—आज के सामाजिक, राजनीतिक जीवन में विद्यापति की प्रासंगिकता और आवश्यक है क्योंकि उन्होंने अपनी रचनाओं में समय काल परिस्थिति का वर्णन व्यापक रूप से किया है। बदलते समाज की उन्होंने देखा सांस्कृतिक, सामाजिक, राजनीतिक चेतना मुखरित हुई और उन्होंने अपनी रचनाओं में इसका समायोजन किया और सुधि समाज और पाठकों के समक्ष प्रस्तुत किया। तत्कालीन मिथिला में आर्थिक और सामाजिक विषमता सर्वत्र व्यापक रूप से व्यक्त था जिसका निदान करना किसी लेखक, कवि, चिंतक साहित्यकार के बस में नहीं था। लेकिन विद्यापति ने इन सामाजिक विषमताओं को अपने गीत में व्यक्त करने का प्रयास किया, श्रमजीवी किसान मजदुर का दर्द भरा हुंकार, स्त्रीगण की दयनीय स्थिति मिथिला में प्रचलित सामाजिक अंधकार के कारण बेमेल विवाह पर तीक्ष्ण व्यंग इस नचारी को देखकर समझा जा सकता है—

हम नहि आजु रहब य आंगन जो बुढ़ होएत जमाई गे माई।
एक त बइरि भेल बीध विद्याता, दोसर पिया केर बाप
तेसरे बइरि भेला नारद बाभन जे बुढ़ आनल जमाई गे माई॥

विद्यापति की रचनाओं को प्रभाव और उनकी लेखन शैली की खुबियों से प्रभावित होकर गुरूदेव रविन्दनाथ टैगोर अपने किशोरावस्था में भानुसिंह के नाम से ब्रजबुलि में कुछ गीत लिखा और विद्यापति के गीत की शैली को स्वीकार करने का प्रयास किर्या विद्यापति के गीतों को गाकर आज मैथिल जनमानस अपने अंदर आनंद का संचार करते हैं। आशान्वित रहने और धैर्य धारण कर रहने का संदेश देते हैं।

प्रश्न—शृंगार भक्ति के समन्वय पर विद्यापति के लिए आपका अपना दृष्टिकोण क्या है?

उत्तर—विद्यापति ने शृंगार और भक्ति दोनों प्रकार की रचनाएँ की है शृंगारिक कविता को भी लोगों ने जिस प्रकार स्वीकार किया उससे अधिक भक्तिरस की कविताओं को स्वीकार किया, जिसे वह अपने माँगलिक अवसर पर गाकर भगवान की स्तुति करने के साथ-साथ आनंदित होते हैं। विद्यापति शृंगार के अजय सम्राट थे और हैं उन्होंने अपनी शृंगारिक कविताओं में वियोग का अत्यंत सजीव और मार्मिक चित्रण किया है, इसकी कविताओं के शृंगार का प्रेम जिंदगी का एक क्षण मात्र नहीं बल्कि बहती धारा के मानिंद है। जवानी की बहती धारा, संध्या के समय प्रेमी और प्रेयसी के मन में उठने वाला आवेग और चित्रण आलिंगन की मौन कल्पना, जीव के आनन्द का सुख सम्पूर्णता के साथ इनकी इन कविताओं में मिलता है। बसन्त के समय के प्रेम का मोहक साम्राज्य इसके आकर्षण के केन्द्र में है—

मोर रे अंगनमा चानन केरि गछिया, ताहि चढ़ि कुरूरय कागारे
सोने चोंच बंधाए देब तोहे बायस, जञो पिया आओत अजरे

भक्तिरस की कविता विद्यापति काव्य की अमूल्य धरोहर है, जो कि मिथिला के जन-जन के बीच, प्रत्येक क्षेत्र में, गाँव से लेकर नगर तक व्यापक रूप से विद्यमान है, किसी भी माँगलिक अवसर के आरंभ और बीच-बीच में इसे श्रद्धा के साथ गाया जाता है। इसका एक उदाहरण मिथिला में कोई कार्यक्रम के आरंभ में गाया जाने वाला गीत दृष्टव्य है—

जय जय भैरवि असुर भयाउनि
पशुपति भामिनि माया
सहज सुमति वर दिअ हे गोसाउनि
अनुगत गति तुअड पाया

प्रश्न—आज भी विद्यापति साहित्य के मूल्यांकन और पुनर्मूल्यांकन के संदर्भ में आपके क्या विचार हैं? क्यों?

उत्तर—विद्यापति साहित्य के मूल्कमूल्यांकनन और पूर्नमूल्यांकन के संदर्भ में मेरा मानना है, कि चौदहवीं शताब्दी (विद्यापति युग) के बाद से लेकर आज

तक और आने वाले दिनों में भी इनका मूल्यांकन और पूर्नमूल्यांकन होता रहेगा। मूल्यंकन का ही नतीजा है, कि जार्ज अब्राहम ग्रियर्सन पुरुष परीक्षा का अनुवाद अंग्रेजी में किया और इसकी विस्तृत भूमिका लिखी। 1815 में पंडित हरप्रसाद राय ने इसका बांग्ला अनुवाद किया। मैथिली को यह गौरव प्राप्त रहा है, कि चंदा झा ने 1888 में इसका अनुवाद किया। हिन्दी में 1926 में पंडित जनार्दन झा द्वारा अनुवाद किया गया। इनके साहित्य की जीवंतता का एक उदाहरण 1937 में देवकी बोस ने इनसे प्रभावित होकर 'विद्यापति' नाम की एक फिल्म बनाई। फिल्म सुपर हिट रही। दुनिया के अधिकांश भाषा में विद्यापति के रचनाओं का अनुवाद हुआ है यही इनकी लोकप्रियता का प्रमाण है।

प्रश्न—मिथिलांचल के लोकाचार में विद्यापति की प्रासंगिकता क्या है?

उत्तर— मिथिलांचल के लोकाचार में विद्यापति की प्रांसगिकता पहले से भी अधिक बढ़ गई है। सामाजिक चेतना, समन्वय, सामंजस्ता की जो छाप विद्यापति साहित्य में मिलती है वह अद्‌भुत है, क्योंकि उन्होंने तत्कालीन मिथिलांचल के भौगोलिक, ऐतिहासिक, धार्मिक, सामाजिक, सांस्कृतिक मनोदशा के यथार्थ को अपने साहित्य में समेटने का प्रयास किसा उसकी आवश्यकता आज के सामाजिक, राजनीतिक, व्यवस्था और भी आवश्यक प्रतीत होता है, क्योंकि आज का समाज, लोक व्यवस्था, आचार-विचार, जीवन शैली सब आधुनिकता की आंधी में तेजी के साथ प्रगति और तथाकथित विकास के पथ पर गतिमान है, हमारी सामाजिक व्यवस्था बिखर रही है, जिसे बचाकर रखना हम सभी मैथिली भाषी का दायित्व है, जिसे हम अपनी मिथिलांचल की सुदृढ़ सामाजिक परम्परा को सबल लोक व्यवहार और लोकाचार से बचा सकते हैं। यहाँ का लोकाचार की सुदृढ़ परम्परा और सबलता का प्रमाण है, कि यहाँ के सभी आयोजनों में सभी समुदाय को व्यापक समन्वय होता है, आयोजन चाहे धार्मिक हो, सामाजिक हो या माँगलिक सभी सभी की व्यापक भूमिका होती है मात्र शैली आ शिल्प थोड़ा बदल जाता हे। जैसे मुहर्रम के अवसर पर गाया जाने वाल झरनी का गीत भी मैथिली भाषा से प्रभावित है और सामाजिक संबंध की सुदृढ़ परम्परा के अनुरूप सभी धर्म और समुदाय के लोगों द्वारा मिलकर गाया जाता है।

प्रश्न—मैथिल को भाषा की मान्यता मिलने के साथ ही हिन्दी से पृथक करने का प्रश्न खड़ा कर दिया गया है। ऐसे में भविष्य में हिन्दी और मैथिली का कितना नुक्रसान है (ह्रास) और क्या लाभ देखकर यह बहस छेड़ी गई?

उत्तर— मैथिली पहले भी भाषा थी और आज भी है। हिन्दी जहाँ हमारी राष्ट्रभाषा है वहीं मैथिली मातृभाषा। 1801 में कोलब्रुक ने इसको यह नाम 'मैथिली'

लिखा, इसकी अपनी लिपि तिरहुता थी जो धीरे-धीरे सिमटती चली गई और मैथिली देवनागरी में लिखी जाने लगी, किसी भी जीवंत भाषा के लिए आवश्यक है, कि अपने अंदर दूसरे भाषाओं के शब्दों को अंगीकार करे। मैथिली और हिन्दी भाषा सौभाग्यशाली है, कि इसने दुसरे भाषाओं के कई सौ शब्दों को अंगीकार, स्वीकार किया और अपने लेखन में व्यवहार किया। एक भाषा दुसरे भाषा की बहन समान है जिसे नकारा नहीं जा सकता इसलिए मेरा मानना है, कि यह ही उचित नहीं मात्र कुछ लोगों और विद्वानों के बीच बहस का मुद्दा है। जैसा कि इसकी लिपि तिरहुता थी मगर यहाँ के विद्वान जब दुसरी जगह गये तो वहाँ उन्हें अपने साहित्य को परोसने के लिए देवनागरी लिपि का सहारा लिया, अपना साहित्य उनको दिया और उनके साहित्य की ज्ञानवर्द्धक पुस्तकों को अपनी भाषा में अनुवाद किया और ज्ञान की इस सुदृढ़ परम्परा को सबल बनाया।

प्रश्न—इस साहित्य धरोहर को आगे बढ़ाने व लोक-संस्कृति के विकास हेतु कौन-कौन से प्रयास साहित्यकार समाज और सरकार द्वारा किये जा रहे हैं? साथ ही किस प्रकार के प्रयास कारगर सिद्ध हो सकते हैं?

उत्तर— किसी भी सबल, सुदृढ़ भाषा के लिए आवश्यक होता है। उसका लोक साहित्य जीवंत और व्यापक हो जनमानस के बीच उसकी जड़ें गहरी हों। यह सौभाग्य मैथिली का है। इसकी लोक-संस्कृति, लोक-साहित्य, लोकगीत, लोकनाट्य लोक-काव्य, लोकाचार व्यापक है। इसके नायक प्रत्येक सम्प्रदाय हैं, जो यहाँ के जनमानस में विद्यमान है और यह यहाँ की मैथिली भाषा के प्रति अनुराग, सामाजिक एकता सुदृढ़ परम्परा का प्रतीक है, समय-समय पर होने वाले सामाजिक सांस्कृतिक आयोजनों में कवि गोष्ठी, कथापाठ, नाटक साहित्यकार द्वारा लिखा जाने वाला साहित्य लोगों के समक्ष प्रस्तुत किया जा रहा है। भारत के विभिन्न नगरों में विद्यापति समारोह को आयोजन इसका उदाहरण है जहाँ काव्यपाठ और नाटकों को मंचन होता है, मैथिली भाषा-भाषी लोगों के साथ-साथ वहाँ के स्थानीय लोग भी इससे आनन्दित होते है और अपने भाषायी मैथिल लोगों के बीच सामाजिकता का संचार करने का प्रयास करते हैं। सरकारी स्तर पर भी व्यापक रूप से इसके संरक्षण के लिए प्रयास किए जाते हैं और अनेकों कार्यक्रम चलाए जाते हैं। इसके लोक साहित्य के संरक्षण और संवहन के लिए अनेक सरकारी और गैर सरकारी संगठन सक्रिय है जिसमें साहित्य अकादमी, संस्कृति मंत्रालय, भारतीय भाषा संस्थान, मैसुर प्रमुख हैं। बिहार में मैथिली अकादमी और दिल्ली में मैथिली भोजपुरी अकादमी भी मैथिली भाषा साहित्य के प्रचार-प्रसार, संरक्षण संवेदन में अपनी सक्रिय भूमिका निभा रहे हैं।

श्रीमती आरती झा

पिता का नाम-स्वर्गीय श्री सुरेन्द्र चौधरी

जन्म-1 जून, 1974, दरभंगा, बिहार

अध्यनन—स्नातक, वनस्पति-विज्ञान

रूचि—अध्ययन तथा संगीत।

शुरु से ही मातृभाषा प्रति लगाव रहा। विवाह के उपरांत भाषागत अभिरुचि बढ़ी और मैथिली भाषा की समस्या से अवगत होने अवसर प्राप्त हुआ। विभिन्न संघ संस्था जैसे; मैथिली साहित्य परिषद् (राजबिराज), मिथिलाक अनुपम डेग (काठमांडू) तथा मिरानि से आबद्ध।

संस्थापिका सखी-बहिनपा समूह (फेसबुक)। इस समूह के विश्व भर में 25 हजार से अधिक सदस्य हैं। पूर्ण-रूपेण मैथिली में कार्यरत यह समूह नारी सदस्य के लिए है। इसका उद्देश्य मिथिला की नारी की अभिव्य क्तियों एवं प्रतिभाओं को मंच देना है।

विद्यापति साहित्यकार के रूप में क्रांतिकारी युगप्रवर्तक हैं

प्रश्न—आप विद्यापति से कितने प्रभावित हैं?

उत्तर—जहाँ तक विद्यापति से प्रभावित होने की बात है। मैं एक स्त्री होने के नाते उनसे विशेष रूप से प्रभावित हूँ। एक साहित्यकार के रूप में जो विद्यापति ने स्त्री के सूक्ष्म मनोभावों को अभिव्यक्त किया है, वह अद्‌भुत है। विश्व साहित्य में विद्यापति जैसे उदाहरण बहुत कम है।

प्रश्न—आपके लेखन/शोध में कैसे-कैसे और कहाँ-कहाँ विद्यापति का वास है?

उत्तर—लेखन और शोध तो नहीं लेकिन ऐसा कोई दिन नहीं जब मैं इनके द्वारा रचित कुछ पद गुनगुना न लूँ या सुन ना लूँ। एक मैथिली प्रेमी के रूप में विद्यापति की रचना मुझे बहुत प्रभावित, आह्लादित करती है।

प्रश्न—विद्यापति के बाद के लेखकों में कितना प्रभाव आपको देखने को मिलता है?

उत्तर—विद्यापति के परवर्ती लेखक गोविन्द दास, चन्द्र कवि आदि मुझे उनसे बहुत प्रभावित दिखते हैं। गोविन्द दास विद्यापति स्तूति ही लिख डालते हैं। इसके अलावा अनेक अज्ञात रचनाकार हैं, जो अपनी रचना विद्यापति की भनिता के साथ लिख उनको समर्पित कर देते। वर्तमान में भी विद्यापति के मौलिक राग पर रचना अनवरत हो रहा है।

प्रश्न—आज के समय में 'देसिल बयना सब जन मिट्ठा' को किस परिप्रेक्ष्य एवं वस्तुस्थिति में देखने को मिलता है?

उत्तर—देसिल बयना की पकड़ वर्तमान दशक में जोर पकड़ती जा रही है। अभी भी बहुत कुछ होना शेष है, किन्तु तीव्र गति से जागरूकता फैल रही है, लोग कार्य कर रहे हैं।

प्रश्न—राजनीतिक सामाजिक जीवन में आज विद्यापति कितने प्रासंगिक हैं?

उत्तर—राजनीतिक रूप में विद्यापति दस करोड़ में मैथिली भाषी जन और क्षेत्र को प्रभावित करते हैं। ऐसे तो विद्यापति वैश्विक हैं, लेकिन मैथिली भाषा के वो भाषिक पुरोधा हैं और मैथिली और मिथिला भाषायी राजनीति को सीधे-सीधे प्रभावित करते हैं।

प्रश्न—श्रृंगार भक्ति के समन्वय पर विद्यापति के लिए आपका अपना दृष्टिकोण क्या है?

उत्तर—आज का साहित्य चिरंजीवी साहित्य नहीं है, विद्यापति अपनी रचनाओं में लगातार जीवित हैं। यही विद्यापति हैं, जो कालातित हैं। साहित्य की भी एक आयु है जो रचना के अनुसार उसकी आयु निर्धारण करते हैं जबतक साहित्य है विद्यापति का मूल्यांकन होता रहेगा।

प्रश्न—आज भी विद्यापति साहित्य के मूल्यांकन और पुनर्मूल्यांकन के संदर्भ में आपके क्या विचार हैं? क्यों?

उत्तर—मिथिलांचल इस शब्द के स्थान पर मैं मिथिला शब्द प्रयोग करना चाहूँगी। मिथिला में विद्यापति एक मात्र साहित्याकार नहीं हैं, वो क्रांतिकारी हैं, युग प्रवर्तक हैं, सामाजिक बहुत सारी समस्या पर अपनी रचना से असहमति नहीं व्यक्त करते बल्कि विरोध भी करते हैं। इसलिए इनकी प्रासंगिता चिरकालिक है।

प्रश्न—मिथिलांचल के लोकाचार में विद्यापति की प्रासंगिकता क्या है?

उत्तर—मैथिली हिन्दी से बहुत प्राचीन है विद्यापति ने जब लिखा उस समय हिन्दी का कोई नाम-ओ-निशान नहीं था। राजनीतिक कारणों से मैथिली पीछे रही विद्यापति मैथिली के हैं और रहेंगे इसमें कोई आपत्ति नहीं विद्यापति हिन्दी में पढ़े जाएँ लेकिन मैथिल कवि के रूप में न कि हिन्दी कवि के रूप में।

प्रश्न—मैथिल को भाषा की मान्यता मिलने के साथ ही हिन्दी से पृथक करने का प्रश्न खड़ा कर दिया गया है। ऐसे में भविष्य में हिन्दी और मैथिली का कितना नुक़सान है (ह्रास) और क्या लाभ देखकर यह बहस छेड़ी गई?

उत्तर—मैथिली का इसमें कोई नुक़सान या हानि नहीं है। काल के अनुसार भाषा को स्वतंत्रता और नए भाषा का विस्तार एक दूसरे को समृद्ध ही करते हैं, जब तक साथ रही, साझाा है सब कुछ और अलग होते ही वहाँ से अपने-अपने सफर पर अपने प्रकाश के साथ राह दिखाती।

प्रश्न—इस साहित्य धरोहर को आगे बढ़ाने व लोक-संस्कृति के विकास हेतु

कौन-कौन से प्रयास साहित्यकार समाज और सरकार द्वारा किये जा रहे हैं? साथ ही किस प्रकार के प्रयास कारगर सिद्ध हो सकते हैं?

उत्तर—लोक द्वारा विकास तो हो रहा है। हम सभी मैथिली के विकास को लेकर लोगों में फेसबुक, शिविर, संगोष्ठि आदि के माध्यम से मैथिली के प्रति उसके लिपि-ज्ञान को आगे बढ़ाने का प्रयास अपनी-अपनी संस्था द्वारा कर रहे हैं। साथ ही संस्था के माध्यम से लघु एवं कुटीर उद्योग को भी बढ़ावा दे रहे हैं। सरकार की ओर से जमीनी तौर पर कार्य करने की आवश्यकता, हर एक व्यक्ति की ओर से दिखती है, नजर आती है। अब तक इतने महान कवि कोकिल विद्यापति की जन्मस्थली को पर्यटन केन्द्र नहीं बनाया जा सका है।

हरिमोहन झा

पिता—श्री शैलेन्द्र मोहन झा

माता—श्रीमती वीणा देवी

जन्मतिथि—01 मार्च 1981, दरभंगा, बिहार

शिक्षा-स्नाकोत्तर, मैथिली

सेवा—अनुभाग अधिकारी, गृहमंत्रालय, भारत सरकार

अभिरूचि—मैथिली/हिन्दी साहित्य अध्ययन, मैथिली भाषा आ मिथिलाक्षर लिपि के मैथिल जनमानस में प्रचार-प्रसार (सिद्धिरस्तु संस्था के संस्थापक अध्यक्ष)

साहित्यिक उपलब्धि—मैथिली में लेख, समीक्षा एवं पाठकीय विभिन्न मैथिली संस्था द्वारा निर्गत स्मारिका तथा अपने ब्लॉग में।

प्रकाशन—मिथिलाक्षर ज्ञानमाला पोथी का संकलन व संपादन, मानस संदेश (मैथिली भाषा में) प्रकाशनाधीन।

विद्यापति अपनी रचना के प्रति समर्पित रहे

प्रश्न—आप विद्यापति से कितने प्रभावित हैं?

उत्तर—मैथिल कोकिल विद्यापति संस्कृत, अवहट्‌ठ और मैथिली के महान रचनाकार हैं। उनकी रचना के विस्तृत आयाम का ही ये रहस्य है, कि बंगला वाले भी उन्हें ब्रजबुलि अर्थात् बंगला भाषा के रचनाकार मानते हैं। उनकी भाषा-शैली परिष्कृत एवं अनुपम है। उनकी रचना 'कीर्तिलता' की भाषा अवहट्‌ठ और पदावली की भाषा मैथिली है। उन्होंने अपनी भाषा को 'देसिल वअना सब जन मिट्‌ठा' कहा है और अपनी रचनाओं के बारे में वह इतने आश्वस्त थे और अपनी लेखनी पर उन्हें इतना आत्मविश्वास था, कि अपनी प्रारम्भिक कृति 'कीर्तिलता' में ही उन्होंने स्पष्ट से कहा—

बालचन्द विज्जावइ भासा। दुहु नहि लग्गइ दुज्जन हासा

अर्थात् बालचन्द्रमा और विद्यापति की भाषा दोनों ही दुर्जनों के उपहास से परे हैं।

यद्दपि विद्यापति संस्कृत भाषा के बहुत बड़े विद्वान थे, परन्तु अपनी रचनाओं को आमजनों को जोड़ने के लिए उन्होंने देशी भाषा में लिखना शुरू किया।'कीर्तिलता' के प्रथम पल्लव में स्वयं महाकवि ने कहा है—

सक्कअ वाणी बुहअण भावइ। पाउअ रस को मम्म न पावइ।
देसिल वअना सब जन मिट्‌ठा। तें तैसन जम्पओ अवहट्‌टा॥

अर्थात् संस्कृत भाषा बुद्धिमानों को ही भाती है। प्राकृत में रस का मर्म नहीं मिलता। देशी भाषा सबको मीठी लगती है, इसीलिए इस प्रकार अवहट्‌ट में मैं काव्य लिखता हूँ। अत: स्पष्ट है, कि आमजनों के पक्ष में सोचने वाले इतने बड़े चिन्तक, जब पदावली की रचना भी यही सब सोचकर तत्कालीन समाज की लोकभाषा मैथिली में किया। उनकी इसी सोच का परिणाम यह है, कि पदावली के अनेकों गीत आम मैथिल जनों के बीच व्यापक रूप से व्याप्त है। आज हर मैथिल उनके गीतों को गुनगुनाते रहता है और मैथिल घरों में होने वाले हरेक शुभ कार्यों में विद्यापति रचित गीतों को गाया जाता है। उनका यही सोच मुझे बहुत प्रभावित किया। मैंने उनसे यही सीखा कि हम जो भी कुछ भी करें उसमें आमजनों की आवाज हो और उससे आमजन को लाभ पहुँचे।

प्रश्न—आपके लेखन शोध में कैसे-कैसे और कहाँ-कहाँ विद्यापति का वास है?

उत्तर— (हंसते हुए) मैं मुख्य रूप से गणित का छात्र रहा हूँ। ये अलग बात है, कि मुझे गणित के साथ-साथ हिन्दी एवं मैथिली साहित्य से भी बेहद लगाव रहा है। मैंने हिन्दी एवं मैथिली के अनेकों लेखकों एवं कवियों के कृतियों को पढ़ा है और उनमें से कुछ पुस्तकों की समीक्षा भी लिखी है परन्तु एक मैथिल होने के नाते मुझे विद्यापति पर बहुत गर्व है। जिस तरह महाकवि विद्यापति अपनी लेखनी में लोकभाषा को जिस तरह स्थान दिया है मेरी कोशिश रहती है, कि मैं भी जो कुछ भी लिखूँ जन सामान्य भाषा में ही लिखूँ। हालाँकि अभी मैं कोई कवि या लेखक नहीं हूँ फिर भी कुछ-न-कुछ लिखते पढ़ते रहता हूँ। कुछ पत्र-पत्रिकाओं में मेरी रचना छपती रहती है। मेरा कोशिश यही रहता है, कि मैं जब भी लिखूँ जनसामान्य भाषा में लिखूं जिससे कि वह आम लोगों को आसानी से समझ में आ जाय। मेरी अपनी निजी पुस्तकालय में विद्यापति से संबंधित 8-10 पुस्तकें हैं, जिन्हें मैं समय-समय पर पढ़ता रहता हूँ।

प्रश्न—विद्यापति के बाद के लेखकों में कितना प्रभाव आपको देखने को मिलता है?

उत्तर— विद्यापति के बाद के लेखकों के लेखन कला में विद्यापति का प्रभाव स्पष्ट रूप से दृष्टिगोचर होता है। हालांकि विद्यापति को कुछ लोग जानकारी के अभाव में दरबारी कवि, शृंगारिक कवि आदि समझते हैं, जबकि उनके गीतों से ये आभास होता है, कि उनके गीतों में जनता के आत्मा की आवाज हैजो उनके गीतों में अपने विविध रूपों में दर्ज़ हुई है। विद्यापति के गीतों का प्रभाव न केवल मिथिला में बल्कि बंगाल, असम एवं देश के एन्य भागों में भी काफी गहरी है। कवि कोकिल विद्यापति की पदावली के गीतों की परम्परा इतनी सुदृढ़ और विकसित हो गई कि भक्तिकाल के संत कवियों जैसे कबीर, मलूकदास, दादू आदि के पदों में विद्यापति का प्रभाव स्पष्ट रूप से नज़र आता है। बाद के वर्षों में बंगाल के कवियों पर विद्यापति के गीतों का प्रभाव सर्वाधिक पड़ा। अपनी पदावली के कारण विद्यापति नेपाली, बांग्ला, ओड़िया, असमिया सभी आधुनिक लोकभाषाओं के आदिकवि रहे हैं। महाकवि विद्यापति के गीतों को गाकर धन्य होने वाले वैष्णव संतों-आचार्यों में बंगाल के चैतन्य देव, असम के आचार्य शंकर देव जैसे युगांतरकारी महापुरुष भी थे। पंडित शिवनन्दन ठाकुर के अनुसार विद्यापति के कोमलकान्त पदावली पर बंगलाभाषी मुग्ध हो गए। इस संबंध में डॉ. सुनीति कुमार चटर्जी और डॉ. दिनेश चंद्रसेन आदि का मत है, कि कई बंगाली साहित्यकार मैथिली पर मुग्ध होकर उसमें रचना करने लगे। शताधिक बंगाली कवियों ने इस भाषा में रचना की। रवींद्रनाथ टैगोर ने भी विद्यापति के पदों के अनुकरण में अनेक पद लिखे, जिनका संग्रह

'भानुसिंहेर पदावली' है जो बंगालियों के बीच काफी प्रसिद्ध है। बंगला कवियों के इन रचनाओं को 'ब्रजबुली साहित्य' के नाम से जाना गया। आसाम का 'वरगीत' और 'अंकिया नाट' पर विद्यापति का प्रभाव स्पष्ट है। रागतरंगणी में संकलित पदों का विधिवत अनुशीलन करने पर विद्यापति के प्रभाव का प्रमाण मिलता है। 'ब्रजबुली साहित्य' के माध्यम से विद्यापति के गीतों का प्रभाव उड़ीसा के साहित्य पर भी पड़ा। नेपाल में तो सहज ही विद्यापति का प्रभाव दृष्टिगोचर है। जब विद्यापति के गीतों पर देवाधिदेव महादेव रीझ गए थे तो आम जनों और रचनाकारों के बारे में क्या कहा जाय। बंगला के एक विद्वान श्री सुशील कुमार चक्रवर्ती ने तो स्पष्ट रूप से कहा No other persons in the world, not even my brother, sister or wife has given me such joy as these lyric poets (Vidyapati and Chandidas) have done. और गुरुदेव रवीन्द्रनाथ टैगोर के शब्दों में The songs and poems and poems of vidyapati were one of my earliest delights that stirred my youthful imagination.

परवर्ती काव्यधारा में गोविन्ददास, उमापति, लोचन प्रभृति, हर्षनाथ, हरिदास आदि कवियों ने महाकवि विद्यापति के परम्परा को ही आगे बढ़ाया। हिन्दी के रीतिकालीन और भक्तिकालीन कवियों की सूची तो लम्बी है। इनमें सूरदास, बिहारी, देव, नन्ददास, केशवदास, मीराबाई, तुलसीदास, रसखान, मतिराम, जायसी आदि प्रमुख हैं। इनकी रचनाओं में या तो विद्यापति का सीधा प्रभाव दिखता है या विद्यापति द्वारा प्रारंभ किये गए भावों, अर्थों और प्रतीकों का असर नजर आता है। राष्ट्रकवि रामधारी सिंह 'दिनकर' ने 'मेरी पसंद की कविताएँ' और सूर्यकान्त त्रिपाठी 'निराला' ने 'चंडीदास और विद्यापति' में महाकवि विद्यापति का प्रभाव स्पष्ट दिखाई पड़ता है। नागार्जुन और राजकमल चौधरी के लिए विद्यापति आदर्श कवि रहे हैं।

प्रश्न—आज के समय में देसिल बयना सबजन मिठ्ठा का सूत्र किस परिप्रेक्ष्य एवं वस्तु-स्थिति में देखने को मिलता है?

उत्तर— महाकवि विद्यापति को संस्कृत, प्राकृत अपभ्रंश एवं मातृभाषा मैथिली तीनों पर समान अधिकार था। उनकी रचना 'कीर्तिलता'की अवहट्ट और पदावली की भाषा मैथिली है। उन्होंने अपनी भाषा को 'देसिल बयना स्ब दिन मिठ्ठा'कहा है। अपने जनोन्मुख होने के सम्बन्ध में उन्होंने साफ-साफ कहा है—

सक्कअ वाणी बुहअण भावइ। पाउअ रस को मम्म न पावइ।
देसिल वअना सब जन मिट्ठा। तें तैसन जम्पओ अवहट्टा।

अर्थात् संस्कृत भाषा बुद्धिमानों को ही भाती है। प्राकृत में रस का मर्म नहीं मिलता। देशी भाषा सबको मीठी लगती है। इसीलिए इस प्रकार अवहट्ट में ही मैं काव्य लिखता हूँ। यद्दपि महाकवि विद्यापति ने संस्कृत, अवहट्ट और मैथिली में

अनेकों रचनाएँ की हैं परंतु जो प्रसिद्धि उनको मैथिली में लिखी पदावली के कारण मिली वह अप्रतिम है। पदावली के गीतों के कारण ही विद्यापति 'कवि-कोकिल' कहा गया और उनके गीत लोगों के कंठ में बस गए। उनकी कीर्ति का मुख्य आधार उनकी पदावली ही है। विद्यापति के गीतों में बोल-चाल की भाषा के शब्दों की बहुलता है। लोक जीवन में प्रचलित मुहावरों का प्रयोग उनके गीतों में हुआ है और इसी ने उन्हें जनप्रिय बना दिया है। इस संबंध में आज के परिदृश्य को भी लें तो 'देसिल बयना सबजन मिट्ठा' आज भी उतना ही प्रासंगिक है जितना कि महाकवि विद्यापति के समय में था। जनभाषा में कही गई बातें आम लोगों के समझ में आसानी से तथा जल्दी से समझ में आ जाती है। कई राष्ट्रीय एवं बहुराष्ट्रीय कंपनियाँ अपने उत्पादों को बेचने के लिए स्थानीय भाषाओं का प्रयोग धड़ल्ले से कर रही है। मोबाइल में भी स्थानीय भाषाओं का प्रयोग धड़ल्ले से किया जाता है। इसका एकमात्र कारण यही है, कि स्थानीय लोगों के बीच उनकी पकड़ बढ़े। आजकल भारत सरकार भी प्रारंभिक शिक्षा भी स्थानीय भाषाओं में कराने पर जोर दे रही है। अतरू यह कहा जा सकता है, कि आज के परिप्रेक्ष्य में भी देसिल बयना प्रासंगिक है।

प्रश्न—राजनीतिक, सामाजिक जीवन में आज विद्यापति कितने प्रासंगिक हैं?

उत्तर—आजके राजनीतिकएवं सामाजिक जीवन में भी विद्यापति अपने कालजयी रचनाओं के प्रासंगिक बने हुए हैं। महाकवि विद्यापति ओइनवार राजवंश के अनेक राजाओं यथा देवसिंह, कीर्तिसिंह, शिवसिंह, पद्मसिंह, नरसिंह, धीरसिंह, भैरवसिंह और चन्द्रसिंह के साथ-साथ इसी राजवंश के तीन रानियों लखिमादेवी, विश्वास देवी और धीरमति देवी के शासनकाल में विराजमान रहकर अपने वैदुश्य एवं दूरदर्शिता से इन राजाओं का मार्गदर्शन करते रहे एवं इन रानियों के सलाहकार बने रहे। इन राजाओं के शासन काल में बहुमुखी प्रतिभा के धनी महाकवि विद्यापति ने अनेक ग्रन्थों यथा—पुरुष परीक्षा, भू-परिक्रमा, लिखनावली, शैवसर्वश्वसार, गंगावाक्यावली, विभागसार, दानवाक्यावली, दुर्गाभक्तितरंगिणी, गयापतलक एवं वर्षकृत्य आदि की रचना की जो उनके युगद्रष्टा एवं युगस्त्रष्टा स्वरुप का साक्षी है। इसके साथ ही उनके द्वारा रचित कीर्तिलता एवं कीर्तिपताका आधुनिक भारतीय आर्यभाषा का अनुपम ग्रंथ है। परन्तु उनके अपराजेय एवं कभी न नष्ट होनेवाले कीर्ति का आधार उनके द्वारा रचित 'मैथिली पदावली' है। मैथिली पदावली में महाकवि ने राधा-कृष्ण के प्रेम-प्रसंगों, शिव-पार्वती संबंधी अनेक गीतों सहित विभिन्न देवियों के संबंधित अनेकों गीतों की, रचना अपनी मातृभाषा मैथिली में की है। इनके ये गीत इतने प्रसिद्ध हुए कि बंगाल, असम तथा उड़ीसा के वैष्णव भक्तों ने विद्यापति के अंदाज़ में ही अनेक गीतों की रचना की और विद्यापति के पदावलियों को मौखिक परम्परा से एक से दूसरे लोगों में प्रवाहित करते रहे।

महाकवि विद्यापति के इन रचनाओं का आज भी राजनीतिक एवं सामाजिक प्रभाव है। महाकवि ने 'पुरुष परीक्षा' की रचना महाराज शिवसिंह के निर्देशन में किया था। इसमें वीरकथा, सुबुद्धिकथा, सुविद्यकथा और पुरुषार्थकथा—इन चार वर्गों में पञ्चतन्त्र की परम्परा में शिक्षाप्रद कथाएँ दी गई है। यह ग्रन्थ समाजशास्त्रियों, इतिहासकारों, मानवविज्ञानियों, राजनीतिशास्त्रियों के साथ-साथ दर्शन एवं साहित्य के लोगों के लिए भी एक अपूर्व कृति है। कीर्तिलता में महाकवि ने महाराज कीर्तिसिंह का यशोगान किया है। महाराज कीर्तिसिंह ने अपने पिता के द्वारा खो, गए राज्य को जिस तरह से पुनरू हासिल किया उसका विस्तृत वर्णन इस ग्रन्थ में किया गया है। कीर्तिपताका में महाकवि ने महाराज शिवसिंह का यशोवर्णन किया है। इन ग्रन्थों का यदि अनुशीलन किया जाय तो आज की मिथिला पुन: अपनी गौरवमयी स्थान प्राप्त कर सकती है। जहाँ तक महाकवि विद्यापति के रचनाओं के सामाजिक प्रभाव की बात है तो इससे बड़ा प्रभाव क्या हो सकता है, कि महाकवि द्वारा रचित पदावली केअनेक गीत आज मैथिल जन-जन के कंठहार बन चुके हैं। जन्म से मृत्यु तक शायद ही ऐसा कोई संस्कार हो जब विद्यापति द्वारा रचित गीतों को नहीं गाया जाता हो। पदावली में रचित अपने गीतों के कारण महाकवि विद्यापति इतने अधिक प्रसिद्ध हो चुके हैं, कि केवल भारत भर में ही नहीं वरन् संपूर्ण विद्यापति समारोह बहुत धूमधाम से मनाया जाता है। पदावली के कुछ गीत जैसे—एते जप-तप हम की लागि कएलहु, हम नहि आजु रहब एहि आंगन, कखन हरब दुरूख मोर हे भोलानाथ, गौरा तोर अंगना, तिलक लगौने धनुष कान्ह पर, जय-जय भैरवि असुर भयाउनि, नव जौवन नव नागरि सजनी गे, तरुणि बयस मोही बीतल सजनी गे, सैसव जौवन दुहु मिल गेल, कुंज भवन सं निकसलि, नन्दक नन्दन कदम्बक, के पतिआ लय जायत रे, चानन भेल विषम सर रे, बड़ सुखसार पाओल तुअ तीरे, जोगिया मोर जगत सुखदायक, पिया मोर बालक हम तरुणी गेआदि अनेकों मैथिलों के कंठ में बसा हुआ है। आज भी इन गीतों को लोग बड़े चाव से गाते और सुनते हैं। अत: यह कहा जा सकता है, कि मिथिला के आज के सामाजिक तथा राजनीतिक जीवन में भी विद्यापति प्रासंगिक हैं तथा सदैव प्रासंगिक बने रहेंगे।

प्रश्न—श्रृंगार भक्ति के समन्वय पर विद्यापति के लिए आपका अपना दृष्टिकोण क्या है?

उत्तर— श्रृंगार और भक्ति—ये दोनों ही प्रेम का चरम बिन्दु और परम लक्ष्य है। दोनों का मूल अनुराग और समर्पण है। दोनों ही भाव मानवों के चित्त में उपजे प्रेम से शुरू होते हैं। प्रेम का संबंध शरीर से नहीं होता है बल्कि आत्मा से है। राष्ट्रकवि रामधारी सिंह 'दिनकरजी' के शब्दों में—"प्रेमादि जितने भाव हैं वे देह के न विकार हैए सब मानवों के चित्त ही उनके पवित्रागार हैं।" वास्तविकता यह

है, कि शृंगार और भक्ति दोनों ही समर्पण का चरम बिन्दु है। प्रेम में प्रेमी-प्रेमिका का एक-दुसरे के प्रति समर्पण होता है, ठीक उसी तरह भक्ति में भक्त और भगवान भी एक-दुसरे के प्रति समर्पित रहते हैं। एक भक्त का भगवान के प्रति प्रेम अर्थात् समर्पण जितना अधिक होगा भगवान का भी भक्त के प्रति वैसा ही समर्पण रहेगा। गीता के अध्याय 4 के 11वें श्लोक में योगेश्वर कृष्ण ने स्वयं कहा है : ये यथा मां प्रपद्यन्ते तांस्तथैव भजाम्यहम्। अर्थात् जो मुझको जैसे भजता है, मैं भी उसको उसी तरह भजता हूँ। इसे इस तरह से भी कहा जा सकता है, कि जिस भाव से लोग मेरी शरण ग्रहण करते हैं, उसी के अनुरूप मैं उन्हें फल देता हूँ। इससे यह सिद्ध होता है, कि भगवान भी भक्त से उतना हे प्रेम करते हैं जितना कि भक्त उनसे करता है। भक्तमती मीराबाई की काव्य साधना से यह पता ही नहीं चलता है, कि मीरा, श्रीकृष्ण की प्रिया थीं या भक्त परन्तु यह तो स्पष्ट है, कि मीरा, श्रीकृष्ण से अनन्य प्रेम करती थी। प्रो. मैनेजर पांडेय अपनी पुस्तक 'भक्ति आन्दोलन और सूरदास का काव्य' में स्पष्ट रूप से कहा है, "ईश्वरीय प्रेम के लिए मानवीय प्रेम की अनुभूति और उसके स्वरुप का बोध आवश्यक है। व्यक्तिए समाज उर सम्पूर्ण सृष्टि के साथ लौकिक प्रेम ही ईश्वरोन्मुख होकर भक्ति का रूप धारण कर लेता है। प्रेम जोड़ने और मिलाने की शक्ति है और यही शक्तिए भक्त और भगवान के बीच सक्रिय होती है। ईश्वरणीय प्रेम में भक्तए भगवान के साथ संयुक्त होकर पूर्ण हो जाता है।...ईश्वर असीम, अनन्त और सर्वव्याप्त है, व्यक्ति ससीम और लोकबद्ध है। लेकिन असीम और ससीम, सर्वोच्च सत्ता और आत्मा का योग प्रेम से ही संभव है। प्रेम के लिए द्वैत आवश्यक है। प्रेमी, प्रिय में अपनी आत्मा को ही खोजता और पाता है। प्रेमानन्द में प्रेमी अपनी आत्मा का प्रिय की आत्मा से संयोग करता है। आत्मा प्रेम के सतत विकास-पथ पर परमात्मा के संयोग की कामना से गतिमान है।"

हालाँकि विद्यापति के पदावली में वर्णित गीतों को ध्यानपूर्वक देखा जाय तो पाएँगे कि पदावली के भक्ति प्रधान गीत और शृंगार प्रधान गीत अन्य भक्तकालीन कवियों के गीतों की तरह न तो एकेश्वरवाद है और न ही अन्य शृंगारिक कवियों की तरह लोलुप भोगवाद। उनके गीतों में कहीं शृंगार भक्ति पर तो कहीं भक्ति शृंगार पर हावी होते नजर आता है। वर्तमान परिदृश्य के आधार पर यदि महाकवि विद्यापति के गीतों का वर्गीकरण किया जाय तो पाएँगे कि राधा कृष्ण विषयक अधिकांश गीत शृंगारिक है पर भक्ति गीतों में प्रमुख है—शिव स्तुति, गंगा स्तुति, देवी वंदना, श्रीकृष्ण वंदना आदि। यहाँ यह भी उल्लेखनीय है, कि अपने प्रिय मित्र राजा शिवसिंह के मृत्यु के पश्चात महाकवि ने शृंगारिक रचनाएँ नहीं की। महाकवि के गीतों के संबंध में डॉ. शिव प्रसाद सिंह का मत है, कि प्रत्येक महाकवि अपनी परम्परा का परिणाम होता है। यह भी सच है, कि जीवन्त कवि पुरानी रूढ़ियों को तोड़कर नए प्रतिमान गढ़ता है परन्तु अपनी परम्परा से एकदम विच्छिन्न कभी नहीं हो सकता।

उनके काव्य को समझने के लिए तत्कालीन काव्य की मर्यादाओं तथा परम्पराओं को समझना होगा जो उन्हें विरासत में मिली थी। हालांकि आचार्य रामचंद्र शुक्ल इस राय से इत्तेफाक नहीं रखते हैं। उनके अनुसार इस तरह के गीतों से समाज पर नकारात्मक प्रभाव पड़ा। बाद के साहित्यिक रचनाओं में उन्मादकारिणी उक्तियों से भरी श्रृंगारिक रचनाओं को उन्होंने इसके प्रभाव के रूप में देखा है। परंतु यह भी सच है, कि कई कृष्ण भक्तों ने महाकवि के राधा कृष्ण प्रेम विषयक गीतों को भक्ति गीतों के रुप में गाया है। महाकवि विद्यापति के पदों के संदर्भ में प्रो. मैनेजर पाण्डेय ने कहा है, कि लौकिक प्रेम ही ईश्वरोन्मुख होकर भक्ति में परिणत हो जाता है। लौकिक प्रेम भी जोड़ने का काम करता है और ईश्वरीय प्रेम भी। एकात्म की जो स्थिति भक्ति में दिखाई देती है वही स्थिति लौकिक प्रेम में कृष्ण के प्रेम में सुध-बुध खोकर प्रेम दीवानी राधा में दिखाई देती है। अत: महाकवि विद्यापति के श्रृंगारिक गीतों के यह कहा जा सकता है, कि जो विद्यापति श्रृंगारिक गीतों में समर्पण और सौन्दर्य की हद तक लीन हैं, रमण, विलास, विरह, मिलन के इतने पक्षों को इतनी तल्लीनता से चित्रित करते हैं, कि पिया के बिना तन और यौवन की सार्थकता ही नहीं समझते (यौवन बिनु तन, तन बिनु यौवन, की यौवन पिय दूरे) वही विद्यापति अपने भक्तिपरक गीतों में इतने विनीत हो जाते हैं, कि पूर्व में किए गए रमण और आराम को निरर्थक बता देते हैं और 'रमणि'को तप्त बालू पर पानी के बून्द के समान कहकर भगवान के शरणागत होते हैं और श्रृंगार तथा भक्ति के सारे द्वैध को खत्म कर देते हैं। इससे यह भी सिद्ध होता है, कि दो कालखण्डों एवं दो मन:स्थितियों में एक ही रचनाकार द्वारा रचनाधर्म का यह अंतर कवि का अपने रचना के प्रति समर्पण और तल्लीनता को प्रदर्शित करता है।

प्रश्न-आज भी विद्यापति साहित्य के मूल्यांकन एवं पुनर्मूल्यांकन के संदर्भ में आपके विचार क्या हैं? क्यों?

उत्तर— मैथिल कोकिल महाकवि विद्यापति संस्कृतए अवहट्ठ और मैथिली के महान रचनाकार हैं। उनकी भाषा-शैली परिष्कृत एवं अनुपम है। उन्होंने अनेक ग्रन्थों यथा—पुरुष परीक्षा, भू-परिक्रमा, लिखनावली, शैवसर्वश्वसार, गंगावाक्यावली, विभागसार, दानवाक्यावली, दुर्गाभक्तितरंगिणी, गयापतालक एवं वर्षकृत्य आदि की रचना उन्होंने संस्कृत भाषा में की जो उनके युगद्रष्टा एवं युगस्त्रष्टा स्वरुप का साक्षी है। इसके साथ ही उनके द्वारा रचित कीर्तिलता एवं कीर्तिपताका आधुनिक भारतीय आर्यभाषा अर्थात्अवहट्ट का अनुपम ग्रंथ है तथा अपनी मातृभाषा मैथिली में उन्होंने 'पदावली'की रचना की जिसने उन्हें मैथिल कोकिल बना दिया। मैथिली पदावली में महाकवि ने राधा-कृष्ण के प्रेम-प्रसंगों, शिव-पार्वती संबंधी अनेक गीतों सहित विभिन्न देवियों के संबंधित अनेकों गीतों की रचना अपनी मातृभाषा मैथिली में की

है। इनके ये गीत इतने प्रसिद्ध हुए कि बंगालए असम तथा उड़ीसा के वैष्णवभक्तों ने विद्यापति के अंदाज़ में ही अनेक गीतों की रचना की और विद्यापति के पदावलियों को मौखिक परम्परा से एक से दूसरे लोगों में प्रवाहित करते रहे। उन्होंने अपनी भाषा को 'देसिल वअना सब जन मिट्ठा' कहा है और अपनी रचनाओं के बारे में वह इतने आश्वस्त थे और अपनी लेखनी पर उन्हें इतना आत्मविश्वास था कि अपनी प्रारम्भिक कृति कीर्तिलता में ही उन्होंने स्पष्ट से कहा—

बालचन्द विज्जावइ भासा। दुहु नहि लग्गइ दुज्जन हासा॥
ओ परमेसर हर सिर सोहइ। इ णिच्चइ नाअर मन मोहइ॥

पदावली के गीतों के विद्यापति जन-जन के कंठहार बन चुके हैं। पदावली की भाषा मैथिली है जो न केवल उस समय वरन् आज भी मिथिला के आम जनों की भाषा है। उस समय के मैथिल विद्वान साधारणतया संस्कृत भाषा के विद्वान हुआ करते थे। महाकवि विद्यापति संस्कृत भाषा के प्रकाण्ड विद्वान थे। उनके गीतों में भाषा, शब्द, छन्द, गीतात्मकता, लयात्मकता और ताल आदि का श्रेष्ठतम रुप दिखता है तथा इससे महाकवि के विराट काव्य प्रतिभा का निरुपण होता है। पदावली के गीतए गीतिकाव्य परम्परा के श्रेष्ठ गीतों के उदाहरण हैं।

महाकवि विद्यापति के समय 'गीति' की एक खास परम्परा कुछ इस तरह से विकसित हुई कि इसकी अपनी एक स्वतंत्र दुनिया क़ायम हो गई। इन गीतियों का मूल विषय राधा-कृष्ण विषयक प्रेम है जो जयदेव के 'गीत गोविन्द' का भी विषय है परंतु पदावली में राधा-कृष्ण विषयक गीतों के अतिरिक्त गंगा और शिव की स्तुतियाँ भी है जो मानव मन को लुभाती है। यहाँ यह ध्यातव्य है, कि संस्कृत में 'गीतगोविन्द' को गीतिकाव्य का सर्वश्रेष्ठ उदाहरण माना जाता है। विद्यापति के पदावली में मानव-मन के गहन अनुराग और संगीतात्मकता का अद्‌भुत सम्मिलन है। पदावली की शृंगारिक रचनाएँ, अपने समय के 300 वर्ष के शृंगारिक रचनाओं पर भी भारी पड़ती है। इन्हीं सब कारणों से महाकवि विद्यापति को हिन्दी-मैथिली का प्रथम गीतिकार माना जाता है। यहाँ यह ध्यातव्य है, कि सिर्फ़ पदावली के मूल्यांकन के आधार पर महाकवि विद्यापति को कवि-कोकिल, जन-जन के कंठहार, महाकवि, हिंदी-मैथिली के प्रथम गीतिकार और न जाने क्या-क्या उपाधियों से विभूचित किया गया है तो यदि उनके द्वारा रचित सभी ग्रंथों का समुचित अनुशीलन किया जाय तो और न जाने, महाकवि के बारे में कितने रहस्य हमारे सामने आ सकते हैं। पदावली का जिस तरह से देश-विदेश के अनेकों विद्वानों ने मूल्यांकन किया उसी तरह से विद्यापति के अन्य कृतियों का भी मूल्यांकन किया जाना चाहिए जिससे के विद्यापति के अनसुलझे रहस्य लोगों के सामने आ सके।

प्रश्न—मिथिलांचल के लोकाचार में विद्यापति की प्रासंग्किता क्या है?

बहुत बड़ी प्रासंगिकता है। अगर हम मिथिला के लोकाचार की बात करें तो शायद ही कोई लोकाचार ऐसा हो, जहाँ विद्यापति के गीत या विद्यापति की बातें वहाँ प्रासंगिक ना हों।

प्रश्न—मैथिली को भाषा की मान्यता मिलने के साथ ही हिंदी से पृथक करने का प्रश्न खड़ा कर दिया गया है। ऐसे में भविष्य में हिंदी और मैथिली का कितना नुकसान (ह्रास) है और क्या लाभ देखकर यह बहस छेड़ी गई?

उत्तर—हाँ, यह बात बिल्कुल सही है, कि आदरणीय वाजपेयी सरकार द्वारा सन् 2003 में देश के अन्य तीन भाषाओं के साथ-साथ मैथिली को भी संविधान की अष्टम् अनुसूची में शामिल किया। परंतु जहाँ तक मैथिली को भाषा की मान्यता मिलने के बाद हिन्दी से पृथक करने का प्रश्न है, तो इस संबंध में मैं यह कहना चाहता हूँ कि मैथिली तो हिन्दी से पृथक है ही, तो पृथक करने का प्रश्न ही कहाँ उठता है। वाल्मीकि रामायण के अनुसार मैथिली तत्कालीन मिथिला की राज्यभाषा थी। इससे यह स्पष्ट रुप से सिद्ध होता है, कि मैथिली भारत की अति प्राचीन भाषाओं में से एक है जबकि उस समय भाषा के रूप में हिन्दी का कहीं जिक्र ही नहीं है। यहाँ मैं आपके माध्यम से यह स्पष्ट कर देना चाहता हूँ कि हिन्दी हमारे माथे की बिंदी है, तो मैथिली हमारे माथे की पाग (सिर पर धारण करनेवाला एक प्रकार का सम्मानजनक टोपी) है। बिंदी कभी पाग का जगह नहीं ले सकती। मैं हिंदी साहित्य का बहुत बड़ा पाठक रहा हूँ। मैंने हिन्दी के कई महान लेखकों, कवियों जैसे—रामधारी सिंह 'दिनकर', जयशंकर प्रसाद, देवकीनंदन खत्री, हजारी प्रसाद द्विवेदी, प्रेमचंद, भगवती चरण वर्मा, मैथिलीशरण गुप्त, महादेवी वर्मा, कन्हैयालाल मानिकलाल मुंशी, सूर्यकान्त त्रिपाठी 'निराला', सुमित्रानंदन पंत, हरिवंश राय बच्चन, सुभद्रा कुमारी चौहान, भारतेन्दु हरिश्चन्द्र, भीष्म साहनी, अमृतलाल नागर, श्रीलाल शुक्ल आदि को पढ़ा है और अभी भी पढ़ता हूँ। परंतु इसका मतलब यह कतई नहीं है, कि मैंने मैथिली भाषा की किताबें नहीं पढ़ी हैं या मैं मैथिली भाषा का विरोधी हूँ। मैथिली हमारी मातृभाषा है जबकि हिंदी हमारी राष्ट्रभाषा है। दोनों ही भाषाएँ मुझे प्रिय है। परंतु मातृभाषा होने के कारण मैथिली अतिप्रिय है। हिन्दी का भाषा के रुप में जब उत्पत्ति और विकास होना शुरू हुआ, उस समय भी मैथिली स्वयं में एक समृद्ध भाषा थी। मैथिली की स्वतंत्र उत्पत्ति देवभाषा संस्कृत से हुई है, जबकि कई विद्वानों के मतानुसार हिन्दी का जन्म कई बोलियों एवं उपबोलियों के मिश्रण के फलस्वरुप हुआ है। डॉ. भोलानाथ तिवारी ने अपने ग्रन्थ 'हिन्दी भाषा का संक्षिप्त इतिहास' में हिन्दी को पांच उपभाषाओं अथवा बोलियों का समूह माना है। जो कोई तथाकथित विद्वान और मैथिली के प्रति नकारात्मक भाव रखने वाले लोग मैथिली को भाषा नहीं, बोली मानते हैं, उनको अधोलिखित दो तथ्यों पर भी

ध्यान देना चाहिये। सन् पचास के संशक में बाबा नागार्जुन और हिन्दी के बड़े आलोचक रामविलास शर्मा के बीच मैथिली को लेकर लंबी बहस चली थी। बाबा नागार्जुन के तर्कों से रामविलास शर्मा अंततः निरुत्तर हो गए थे। पूर्व प्रधानमंत्री स्व. (श्री) अटल बिहारी वाजपेयी ने सन् 1975 में आपातकाल लगने से कुछ ही दिन पहले 'मिथिला मिहिर को दिए अपने साक्षात्कार में मैथिली को अष्टम अनुसूची में शामिल किए जाने का समर्थन किया था और कहा था, मैथिली तो मैथिली ही है, वो हिन्दी नहीं है। निहित राजनीतिक स्वार्थों एवं मैथिली के प्रति कुछ लोगों के सौतिया दाह और कुछ नासमझ एवं कृतघ्न मैथिलों के कारण मैथिली को आज वह सम्मान नहीं मिल पाया जिसका वह हकदार है। कुछ तथाकथित विद्वान एवं प्रबुद्ध लोग भी सब कुछ जानते हुए भी मैथिली को भाषा नहीं, बोली मानते हैं। इन लोगों ने अपने कुत्सित प्रयास से बिहार में मैथिली को आगे नहीं बढ़ने दिया। इनके इन कुत्सित प्रयास में कुछ तथाकथित प्रबुद्ध मैथिलों का भी योगदान कम नहीं था। मैथिली बाहरियों से अधिक अपने भीतरघातियों के कारण उपेक्षित रही है। ख्याति प्राप्त शोध-पत्रिका 'मिथिला-भारती' में अपने एक शोधालेख में प्रसिद्ध शोधकार श्री अवनीन्द्र कुमार झा जी ने कहा है कि भाषा और बोली के मध्य तीन स्पष्ट विभाजक तत्त्व होते हैं। जिस बोली के पास ये तीनों तत्त्व होते हैं उसे भाषा कँ रुप में जाना जाता है। ये तीनों तत्त्व हैं—सम्पन्न एवं मानक शब्दकोष', 'वाक्य विन्यास का स्थापित एवं मान्य नियम' एवं 'मानक व्याकरण'। इस ह दृष्टिकोण से 'मैथिली बिहार की एकमात्र भाषा है जो इन तीनों गुणों से सैकड़ों वर्षों से अलंकृत की है। साहित्य के दृष्टिकोण से भी मैथिली भारत की अति प्राचीन भाषा है जिसके पास अकूत साहित्य संपदा है और इसकी एक अपनी स्वतंत्र लिपि है, जिसे 'मिथिलाक्षर' या 'तिरहुता' लिपि कहा जाता है। सन् 1809-10 में जब फ्रांसिस बुकानन बिहार के विभिन्न जिलों का सर्वेक्षण कर रहे थे, तो उन्होंने पाया था कि मिथिला के प्रबुद्ध वर्ग के लोग 'तिरहुता' लिपि का प्रयोग करते थे। देवनागरी लिपि का प्रयोग अत्यधिक न्यूनतम था। इसके अतिरिक्त उन्होंने यह भी कहा था, कि संस्कृत भाषा की पूर्ण अभिव्यक्ति 'तिरहुता' लिपि में ही संभव है न कि 'देवनागरी' लिपि में। ऐसे में यदि कोई विद्यापति को हिन्दी साहित्य से अलग करने की कोशिश करता है तो वह केवल और केवल हिन्दी पर कुठाराघात करता है न कि विद्यापति एवं मैथिली पर। आज जिन पुरातन साहित्यिक धरोहरों को हिन्दी का साहित्यिक धरोहर माना जाता है वे मूल रुप में हिन्दी के धरोहर हैं ही नहीं, चाहे वह तुलसीदासकृत्त 'रामचरितमानस' हो या जायसीकृत वी 'पद्मावत'। वे लोग कितने पुरातन ग्रंथों को हिन्दी से अलग करेंगे? फिर तो हिन्दी के पास कुछ नहीं रह जाएगा। मैं इसे मैथिली से अधिक हिन्दी का नुकसान मानता हूँ। हिन्दी देश की राष्ट्रभाषा है, कई बोलियों का समागम है, इसे और विस्तार देने के लिये इसको उदार बनना ही होगा

तभी यह संपूर्ण भारत की भाषा बन सकेगी। मुझे लगता है, कि कुछ लोग निहित स्वार्थ से वशीभूत होकर विद्यापति साहित्य को हिन्दी से अलग करना चाहते हैं। यदि विद्यापति साहित्य को हिन्दी से अलग कर दिया जाय, तो कुछ लोगों को शायद कुछ निजी फायदा जैसे कुछ पुरस्कार उन्हें प्राप्त हो सकते हैं, उनके कुछ रचनाओं का उन पुस्तकों में समावेश हो सकता है, जो विद्यापति के उत्कृष्ट रचनाओं के कारण नहीं हो पाता है। और भी कई छुपे हुए कारण हो सकते हैं, जिसके बारे में मैं कुछ सोचना नहीं चाहता हूँ।

प्रश्न—इस साहित्यिक धरोहर को आगे बढ़ाने व लोक संस्कृति के विकास हेतु कौन-कौन से प्रयास साहित्यकार, समाज और सरकार द्वारा किए जा रहे हैं? साथ ही, किस प्रकार के प्रयास कारगर सिद्ध हो सकते हैं?

उत्तर—महाकवि विद्यापति के साहित्यिक धरोहर को आगे बढ़ाने एवं लोक-संस्कृति के विकास हेतु साहित्यकार समाज एवं सरकार द्वारा अनेक प्रयास किये जा रहे हैं। आज बिहार के साथ-साथ देश के अन्य भू-भाग में जहाँ मैथिल बड़ी संख्या में रह रहे हैं के विद्यापति पर्व समारोह का आयोजन कर रहे हैं। इन समारोहों में विद्यापति के गीतों का गायन कई कलाकारों के द्वारा किया जाता है। कई साहित्यकारों ने विद्यापति के पदावली के कई गीतों को संकलन कई नामों से प्रकाशन एवं पुनर्प्रकाशन किया गया है। पदावली के कई गीतों का कई गायकों ने विभिन्न रागों में गाया है। जब ये गीत इन गायकों के द्वारा मंचों पर गाए जाते हैं, तो लोग आनंद से वशीभूत होकर झुमने लगते हैं। इन समारोहों का एक फायदा यह भी है, कि मैथिल लोगों के बीच आपसी मुलाकातें भी होती है, सामाजिक दायरा भी फैलता है, जो कि सामाजिक रूप से बहुत जरुरी है। आज के युग में लोग जिस तरह से संकुचित हो रहे हैं, सामाजिक रूप से सिकुड़ रहे हैं, तो इन परिस्थितियों में इन समारोहों के आयोजन समाज के एक बहुत बड़े सरोकार को पूरा करता है। इन समारोहों के सफल आयोजन हेतु साहित्यकारों के साथ-साथ सरकारों का भी योगदान सराहनीय है। कई राज्य सरकारें इन समारोहों के सफल आयोजन हेतु कुछ धनराशि भी निर्गत करती है। विद्यापति के साहित्य धरोहर को सुरक्षित रखने के लिए अभी बहुत कुछ किया जाना बाकी है। इसके लिए साहित्यकारों एवं सरकारों दोनों को बहुत कुछ करने की जरुरत है। साहित्यकारों को विद्यापति के विभिन्न रचनाओं पर शोध करने की जरुरत है और विद्यापति के साहित्यिक कृतियों को आमजनों के सामने लाने की जरुरत है। सरकारों को भी इन शोधार्थियों को प्रोत्साहित करने की जरूरत है। विद्यापति जैसे विराट, व्यक्तित्व और अजस्र प्रतिभावाले कवि यदि आज के साहित्यिक-फलक पर पूर्ण रूप से दैदीप्यमान नहीं हो पा रहे हैं या आज के युवाओं को विद्यापति के साहित्यों के बारे में पर्याप्त जानकारी नहीं हैं, इन सभी

के पीछे कहीं-न-कहीं आज के साहित्यकारों की विफलता है। सरकारें भी विद्यापति साहित्य के उत्थान के लिए पर्याप्त कदम नहीं उठा रही है। यदि विद्यापति के रचनाओं को आज के साहित्यिक फलक पर पुर्ण रुप से सामने लाना है, तो साहित्यकारों को विद्यापति के रचनाओं के विभिन्न आयामों को आम लोगों के बीच लाना होगा। लोगों को विद्यापति के रचनाओं में पाए जाने वाले विविधताओं को समझाना होगा जिससे कि लोगों के बीच विद्यापति को जानने की उत्सुकता बढ़े। केवल पदावली को जान लेना ही विद्यापति को जानने के लिए काफी नहीं है। लोगों के बीच विद्यापति के प्रति उत्सुकता जगाने के लिए ईमानदारी से प्रयास करना होगा। विद्यापति के प्रति अपना श्रद्धा प्रदर्शित करने के लिए अभी कई सामाजिक संस्थाओं एवं सरकारों के द्वारा विभिन्न स्तरों पर 'विद्यापति पर्व समारोह' किया जाता है। अकेले राष्ट्रीय राजधानी क्षेत्र दिल्ली में 100 से अधिक जगहों पर विद्यापति पर्व समारोह का आयोजन किया जाता है। परंतु यहाँ हमें ठहरकर सोचना होगा, कि क्या इन समारोहों में विद्यापति के बारे में समग्र मंथन एवं अनुशीलन किया जाता है। इन समारोहों में विद्यापति के कितने गीतों का गायन किया जाता है, विद्यापति के बारे आम लोगों को क्या जानकारी दी जाती है? तो हमारा उत्तर होगा कुछ भी नहीं। यहाँ पर साहित्यकारों एवं सरकारों की भूमिका अहम हो जाती है। इन समारोहों में लोगों को विद्यापति के विराट व्यक्तित्व के विभिन्न आयामों की जानकारी इन साहित्यकारों को देनी होगी और स्पष्ट रुप से कहें तो रवीन्द्र-संगीत की तरह विद्यापति-संगीत का आयोजन करना होगा। इस आयोजन में साहित्यकारों एवं विद्यापति के गीतों को गाने वाले गायकों दोनों को इमानदारी से प्रयास करना होगा। इस तरह से बारंबार प्रयास करने से लोगों के बीच विद्यापति के प्रति उत्सुकता जगाया जा सकता है। हम उम्मीद करते हैं कि आने वाले कुछ वर्षों में सकारात्मक परिवर्तन देखा जा सकेगा।

Printed by Libri Plureos GmbH in Hamburg,
Germany

9 789390 500604